Himmelskönigin

1

Autor: Wolf E. Matzker, 2021
Herstellung und Verlag: BoD - Books on Demand, Norderstedt
Cover: Weg auf dem Walberla (bei Forchheim)
ISBN: 9783753403861

2

Himmelskönigin

der mystische Weg ins Herz der Heiligen Mutter

spiritueller Roman

Wolf E. Matzker

Inhaltsverzeichnis

4

Vorwort 2021:

In meinem Roman geht es nicht um eine systematische, analytische oder theologische Aufarbeitung der Figur der Maria, sondern um Gedanken, Bilder, Metaphern, Träume, Visionen, die eine Versöhnung von christlichen Vorstellungen mit älteren Konzepten einer mütterlichen Gottheit bzw. „GÖTTIN" zum Ausdruck bringen wollen. Sie können und sollen auch unterschiedlich interpretiert werden. Mehrdeutigkeit ist immer ein Merkmal von künstlerischen Werken.

„Himmelskönigin" ist ein spiritueller Erfahrungsbericht in poetischer Form und stellt somit einen Prozess dar, der eine neue, moderne Sicht der GÖTTIN bzw. Maria entwickeln möchte. Das kann man wie ein Forschungsprojekt oder einen **Heilungsweg für die Seele** verstehen, bei dem viele Erkenntnisse und Weisheiten gefunden werden, aber nicht unbedingt eine endgültige Sichtweise, weil der Prozess der spirituellen Entwicklung weitergeht. Das gilt auch für den Leser während und nach der Lektüre.

Wichtig und zentral war mir vor 12 Jahren das Anliegen der Versöhnung der Religionen. Im vorliegenden Werk geht es um die Versöhnung der Naturreligionen, also des Schamanismus, mit dem Christentum. Ich selbst glaube heute, 2021, nicht mehr an die Möglichkeit einer Versöhnung, weil dogmatische Haltungen das verhindern. Eine Rückkehr zu ursprünglich deutsch-germanischen Haltungen scheint mir sinnvoller, wenn auch schwierig. Hinter der Figur der Maria scheinen mir diese auch verborgen zu sein. Es ging und geht mir aber nicht um irgendwelche Beweise, sondern um gelebte Natur-Spiritualität!

Mein Buch vermittelt ein tiefer gehendes Verständnis dahingehend, wie MUTTER ERDE verehrt, geachtet und bewahrt werden kann. Europas Seele könnten wir mit Begriffen wie Toleranz, Vernunft, Liebe, Nächstenliebe, Achtung, Respekt, Würde des Menschen und **Ehrfurcht vor dem vielfältigen Leben** beschreiben. Inzwischen sind wir mittendrin in der Klimakatastrophe. Ein wirkliches Umdenken ist nicht erkennbar. Auch keine wirkliche Liebe zu MUTTER ERDE. Dann muss eine Zivilisation eben untergehen, wie ich es im Buch bereits 2007 angesprochen habe.

Dennoch, jeder Einzelne kann und sollte aus meiner Sicht spirituell-naturverbunden sein.

Hinweis: Die Passagen in Kursiv sind *visionäre* Texte.

Prolog

Die Nachrichten über die Klimakatastrophe, die Franz erreichten, beunruhigten ihn mehr und mehr. Eisbären, die nicht mehr übers Eis laufen konnten, denen der Lebensraum weg schmolz. Allein diese Tatsache machte den ganzen Wahnsinn auf der Erde für ihn schon deutlich. Allein das reichte schon. Mehr Einzelheiten waren gar nicht nötig.

Was hatte der Mensch nur mit der Erde gemacht? Warum nur hatte er es so weit getrieben? Welche bösen Geister in seinem Kopf, in seinem Herzen und Handeln hatten den Menschen so weit gebracht? Und warum hatte die Erde es zugelassen, warum ließ sie es immer noch alles zu? Die Erde, die für alle Naturvölker die Große Mutter, Mutter Erde ist, warum war sie es schon lange nicht mehr für die Europäer, aber auch für viele andere Menschen in anderen Teilen der Erde nicht? Gab es in Europa keine Verehrung der Mutter? Oder war die Verehrung verborgen oder versteckt? Oder völlig vergessen?

Schon lange hatte er sich das gefragt, nicht erst seitdem die Klimakatastrophe nun auch von der UNO als solche begriffen wurde. Schon vor Jahren hatte er sich gefragt, ob nicht MARIA die Mutter des Lebens ist, ob sie nicht viel mehr repräsentiert als die Mutter von Jesus, ob sie nicht die Wege des Lebens hütet und bewahrt.

Er wusste nicht mehr, wann ihm der Gedanke zum ersten Mal kam, ob es oben in der kleinen Bergkapelle in den Dolomiten war, oder in einer anderen Kapelle irgendwo in der Eifel. Er hatte sie des öfteren aufgesucht, diese kleinen Marienkapellen auf dem Lande, irgendetwas hatte ihn gerufen, hatte ihn angezogen. Für spirituelle Menschen ist der innere Ruf sehr wichtig. Sie müssen ihm folgen. Er bestimmt ihren Weg und ihr Leben. Der innere Ruf kommt aus der göttlichen Dimension. Es gibt dann nur eines: dem Ruf zu folgen.

Maria musste nicht als Pacha Mama in Südamerika oder als Tara in Tibet gesucht werden, oder als vielleicht exotische Göttin Durga oder Kali in Indien, sondern hier, in Europa, im eigenen Land, in der eigenen Sprache, in der eigenen Heimat.

Zudem war die leibliche Mutter von Franz in diesem Jahr gestorben. So ergänzte sich beides auf eigenartige Weise, seine Suche nach der spirituellen Maria und im Untergrund seiner Seele die Suche nach der verlorenen Mutter, die ihm das Leben geschenkt hatte. So begab er sich auf einen Pilgerweg zur Himmelskönigin.

I. Wege zur Heiligen Mutter.

1. Die Versöhnung der Welt - Marienborn

Der Ort Marienborn hatte für Franz immer etwas Schreckliches, Fürchterliches, Grauenhaftes. Ein Ort, der typisch für das zwanzigste Jahrhundert war. Ein Ort der Grenze, mit allem, was zu einer unmenschlichen Grenze gehörte.

Seine Nachbarin hatte ihm erzählt, dass es hier einen besonderen Wallfahrtsort der Maria gebe. Das konnte er sich nicht recht vorstellen. In Marienborn? In Norddeutschland?

Er kannte den Ort nur von Durchfahrten mit dem Auto oder mit dem Zug. Militärisches Gebiet. Wachtürme. Soldaten. Russische. Russen – das klang in seiner Jugend immer nach Krieg, Verderben und Tod. Es wurde ihm von seinen Eltern vermittelt und von seinen Lehrern – von der sogenannten Kriegsgeneration. Sie hatten es erlebt, er hatte nur davon gehört, aber er konnte es sich gut vorstellen, sich gut einfühlen, es nachspüren. Die Grenze war die Linie zwischen zwei Blöcken. Der Todesstreifen. Die Todesgrenze. Und sie zögerten nicht, den Tod zu schicken. Sie hatten ihre Kalaschnikows immer griffbereit, schussbereit.

„Geh nicht so weit da hin, die schießen gleich!"

Die Grenze war wie die zerrissene Welt. Hier waren es die zwei Machtblöcke. Ost und Westen. Kommunismus und Kapitalismus. Damals, vor Jahrzehnten. Wen interessierte das heute noch wirklich? Aber jetzt gibt es andere Grenzen, neue, die nicht so offensichtlich sind wie der Eiserne Vorhang damals. Die Grenze bei Marienborn fiel auf, man konnte sie nicht übersehen, und wenn man nach Berlin fahren wollte, schon gar nicht. Die ganze Militärmaschine war da. Die ganze Grenzmaschine mit Wachtürmen, Zäunen, Soldaten und Maschinenpistolen. Es war keine friedliche Welt, sondern eine des Krieges und des Todes.

Das wusste Franz schon in seiner Kindheit: Die Welt ist eine Kriegswelt. Das Militär hat die Macht. Das militärische Denken. Und auch heute lauert hinter der Konsumfassade der mehr oder weniger militärische Anspruch, verbunden mit handfesten Geschäftsinteressen. Heutzutage wird die Erde überall ausgebeutet, und das ist wie ein Krieg gegen die Mutter, gegen Mutter Erde, gegen die heilige Natur. Aber das darf man nicht sagen, so wie man nicht Klimakatastrophe sagt, sondern Klimawandel, das klingt nicht so

9

schlimm. Statt Krieg sagt man nur Wettbewerb, das klingt modern und sportlich: Wettbewerb. Die ganze Welt ein Sportplatz mit einem großen Wettbewerb. Eine globale Olympiade. Die nächste findet wieder in einem die Menschen unterdrückenden System statt, in China. Aber das darf man nicht sagen, denn mit China macht man Geschäfte, mit China steht man im Wettbewerb.

Es war damals, in der Zeit des „kalten Krieges", eine Welt des militärischen Wahnsinns. Eine Welt des Militärs ist immer eine des Wahnsinns, weil sie geprägt ist von Hass, von Wut und Aggression. Sie will töten, so oder so, ob legitimiert oder nicht. Beide Seiten halten ihre Sache immer für gerechtfertigt, aber es bleibt doch nur das Töten. Hinter der Todesgrenze liegt der Wald und hinter dem Wald liegt Marienborn. Ein kleiner Ort. Ein unscheinbarer Grenzort, und doch hat er eine Besonderheit, eine Kostbarkeit: eine heilige Quelle und eine Kapelle der Weißen Maria. Einst hieß es „Mordthal". Also auch damals, vor vielen Jahrhunderten. Immer das Morden, immer das Töten. Der Fluch der Menschheit seit Kain und Abel, der endlich überwunden werden musste.

Friedenstal. So müsste es heute heißen. Tal des Friedens. Wir brauchen keine Gedenkstätten an das Grauen mehr, an den Tod, dachte Franz, sondern Stätten des Friedens. Orte, die eine friedliche Welt herbeirufen und fördern. Orte der Schönheit. Orte einer neuen, die Menschen und die Natur achtenden und liebenden, Spiritualität. Die teilweise renovierte Kapelle ist solch ein schöner Ort einer reaktivierten Spiritualität. Vor Jahren war sie in einem völlig desolaten Zustand, jetzt gibt es ein Dach, Fenster, eine Tür. Innen müsste sie noch weiter renoviert werden, wie er sogleich feststellte, als er die Kapelle betrat.

Die Weiße Maria aus Alabaster wird die Menschen rufen, und sie werden langsam das Werk weiterführen. Eines Tages wird es eine vollständig erneuerte Kapelle sein. Ein heiliger Tempel der Quelle. Ein heiliger Tempel des heilenden Wassers. Wasser – das sanfte, das friedliche Element, das den Menschen reinigt von den bösen Gedanken, dem gierigen Feuer in seinem Herzen. Vielleicht ist nichts so wichtig für eine Harmonie mit der Natur und eine Versöhnung der Menschen wie das reine, klare Wasser, ohne das kein Leben ist, und damit auch kein guter Geist, kein Heiliger Geist.

Franz stand rechts von der Weißen Maria, unter ihrer linken Hand. Er spürte ihren Segen und fühlte, wie sie die Verbindung schuf zwischen dem Himmel und der Erde, zwischen dem roten Feuer des Himmels und dem blauen Wasser der Erde. Auf ihrem Arm trug sie das Kind, das die Harmonie des Kosmos schuf. Der kosmische Christus. *Salvator Mundi*. Der Retter

10

einer zerrissenen Welt der Gewalttätigkeiten auf vielen Ebenen. Der Retter einer Welt der Abgrenzungen zwischen den Blöcken, den Lagern, den Nationen, den Richtungen, egal was es sein mag, egal auf welcher Ebene, egal in welcher Kultur oder zwischen welchen Kulturen.

Unter seinen Füßen spürte er eine stark ziehende Kraft, hinunter in die Erde, hinunter in den Strom der Quelle. Er fühlte sie stärker als die Kraft von oben, aber das konnte bei einer Quelle nicht anders sein, denn das Wasser war im Fließen, in der Bewegung, die weiter hinunter ins kleine Tal von Marienborn führte. Der Segen der Hand der Weißen Maria strahlte auf das fließende Wasser. Auf den fließenden Kreis, in der Erde, im Körper, im Geist.

Die Kapelle wurde ihnen von Frau Wuttge, einer alten Frau mit weißen Haaren gezeigt, sie „hütete" die Kirche und die Kapelle, indem sie interessierte Besucher informierte, indem sie dort putzte und säuberte. Sie war die wissende Alte, sie war die Hüterin. Das Reinigen ehrwürdiger Orte ist eine wichtige Aufgabe. Die äußere Tätigkeit der Reinigung, die von den Mächtigen in Staat und Gesellschaft oft gar nicht geachtet und gewürdigt wird, schafft einen neuen Raum, einen heiligen Bezirk, und ruft somit den heilenden Geist.

Frau Wuttge hatte die Jahrzehnte des Grenzortes erlebt, das Sperrgebiet. Die Jahre des Zerfalls und des Niedergangs. Jahrzehnte hatte sie den desolaten Zustand der Kapelle gesehen, aber jetzt, im fortgeschrittenen Alter, konnte sie Besucher zur Kapelle führen und von der Vergangenheit berichten. Die bauliche Renovierung ist eine Sache, die regelmäßige Reinigung eine andere. Es ist sozusagen ein permanentes Ritual, das immer wieder neu den heiligen Raum für Gebet und Meditation schafft.

Schon eigenartig, dachte Franz, wie nach einer Zeit des Zerfalls doch wieder eine Zeit der Erneuerung kommt. Einst war alles zerfallen und verschwunden, sogar die Marienfigur aus carrarischem Marmor. Wer mag sie mitgenommen haben? Vielleicht steht sie irgendwoanders? Oder jemand hat sie in seinem Hass nur zerstört? Man scheint es nicht zu wissen. Oder die bunten Glasfenster, auch nur zerstört, weggeworfen wie alter Müll?

Als Waltraud rechts neben der Figur der Maria stand, spürte sie auch die nach unten zur Quelle ziehende Kraft des fließenden Wassers. Sie hielt die Augen geschlossen, sah plötzlich einen Lichtblitz von oben nach unten zucken, so als hätte jemand in der Kapelle für einen kurzen Moment eine helle Lichtquelle angeschaltet, um sie gleich wieder auszuschalten. In der Kapelle war es dämmrig, die kleinen Lampen leuchteten nur schwach, drau-

11

ßen regnete es und der Himmel war bedeckt, so dass es definitiv kein Sonnenstrahl gewesen sein konnte. Waltraud fragte Frau Wuttge, ob sie eben Licht angemacht hätte, was diese jedoch verneinte.

Waltraud war wie Frau Wuttge in der ehemaligen DDR aufgewachsen, kannte also die Spaltung des Landes, das Eingesperrtsein und die Unmenschlichkeit des eisernen Vorhangs aus eigener Erfahrung sehr gut. Auch die atheistisch ausgerichtete Politik der DDR war ihr nur zu bekannt. Um so mehr freute sie sich über die Wiederbelebung des Wallfahrtsortes Marienborn. Sie kannte spirituelle Orte nur aus Bayern, aus der Umgebung von München, wo sie wohnte und neben ihrem Beruf auch schamanisch tätig war. Sie hätte es niemals für möglich gehalten, dass es im aus bayrischer Sicht eher unspirituellen Norden überhaupt einen Wallfahrtsort geben könnte.

Neben der Kapelle befand sich der Rest einer alten, großen Eiche, die 1958 in einem Sturm umgefallen war. Sie wurde als „Bluteiche" bezeichnet, womit vermutlich das heilige Blut Christi gemeint sein könnte. Auf die morschen Reste legte Franz seine Gebetsfäden, zu einem Kreis des Lebens gebunden. Möge der Ort weiter das spirituelle Leben erwecken und fördern. Möge die Zeit der Erneuerung weiter andauern. Möge die Quelle der Liebe fließen, das reinigende Wasser des Herzens. Heute steht eine neue Eiche etwas weiter links von der Kapelle. Ein neuer Baumhüter der Quelle, umgeben von wildem Buschwerk.

Es war einmal vor vielen Jahren, da stand ein großer, uralter Eichenbaum in einem Tale. Dort weidete der einfache, aber herzensgute und fromme Konrad seine Herde.

Eines Tages, es war ein heißer Sommertag, lag er an dem Brunnen unter der Eiche. Die Luft flirrte vor Hitze, auch seine Schafe hatten den Schatten aufgesucht. Konrad kam mehr und mehr ins Träumen. Plötzlich sah er helle, lichte Wesen sich der Eiche und dem Brunnen nähern. Vor dem Wasser knieten sie nieder, um zu beten und zu singen. Dann schöpften sie Wasser in ihre mitgebrachten Gefäße. Eine junge Frau mit langen, blonden Haaren spielte ein wunderschönes Lied auf ihrer Flöte. Konrad fühlte sich in seiner Brust, in seinem Herzen berührt. Er fühlte eine tiefe Liebe zum ganzen Leben, zur ganzen Natur.

Später am Nachmittag, als die Hitze etwas gewichen war, begann er über das seltsame Erlebnis zu rätseln, und er wusste nicht mehr recht, ob es nun Wirklichkeit gewesen war oder nicht. Eigentlich war es ihm auch wieder egal, denn er hatte öfter so seine Träume, wenn er stundenlang, ta-

gelang allein draußen mit den Tieren war. Nun ja, sagte er sich, den anderen besser nichts erzählen, für die ist es sowieso nur Phantasie, nur wilde Träumerei. Konrad, der Spinner.

An einem der nächsten Tage sah er in einem hellen Lichtstrahl die Mutter Gottes. Sie erzählte ihm, dass es eine alte, heilige Quelle sei, und dass man ihr dort eine Kapelle errichten solle. Das Wasser sei ein besonderes Wasser, heilendes Wasser.

An einem dritten Tag sah er einen intensiven Lichtstrahl durchs Blätterdach der Bäume direkt in den Brunnen fallen. Und in dem schillernden Licht sah er wieder die Mutter Gottes, begleitet von zwei zarten Engeln. Wir segnen die Quelle, wir segnen das Wasser, hörte er sie in seinem Herzen sagen. Nun hatte er keine Zweifel mehr, nun war er überzeugt von der tiefen Bedeutsamkeit des Ortes.

Aber er unterließ es, anderen Leuten sofort davon zu erzählen, denn er fürchtete, sie würden es als billigen Rausch abtun. Erst am Ende seines Lebens erzählte er einem Pfarrer von seinen Visionen am Brunnen und wollte wissen, ob es tatsächlich göttliche Eingebungen gewesen waren. Der Pfarrer spürte den göttlichen Geist in Konrads Erzählungen und bejahte deshalb ohne langes Zögern seine Frage.

Später berichtete er dann den anderen Menschen von Konrads Visionen. Auch andere Hirten und mehr und mehr Dorfbewohner erfuhren die Heilkraft der Quelle. So erzählten sie sich im Laufe der Zeit mehr und mehr besondere Erfahrungen mit der heilenden Wirkung des Wassers.

Eines Tages, bei einer Andacht am Brunnen, fand man im Wasser eine Figur der Maria. Die Menschen sahen es als Zeichen, dort eine Kapelle für die Mutter Gottes zu errichten, um den heiligen Ort der Quelle zu schützen und zu würdigen.

(Nachdichtung der Legende von Marienborn; die visionären Text sind in Kursiv)

Könnte man in der heutigen Zeit so eine Geschichte erzählen? Würden die Leute einem solch eine Geschichte abkaufen, sie als echtes, wahres spirituelles Erlebnis ansehen? Oder würden sie nur müde lächeln, und „naja" von sich geben oder ein skeptisches „ich weiß ja nicht"?

Wenn man das Wasser wissenschaftlich untersuchen lassen würde und ein großartiges Ergebnis vorlegen könnte, dann hätte man einen materiellen Beweis in der Hand. Frau Wuttge zeigte ihnen einen Wasseruntersuchungsbericht aus dem laufenden Jahr. Wie gut, es war „unbedenklich", es konnte getrunken werden. Wie gut, dass wir einen „Beweis" haben! Die besondere Wirkung von Wasser jedoch hängt oft mit der Einstellung der Menschen zusammen. Wenn sie etwas mit einer spirituellen Erwartungshaltung zu sich nehmen, wirkt es erst richtig – auf jeden Fall anders, als wenn sie nichts denken und nichts fühlen. Zwar reden alle immer davon, dass der Mensch keine Maschine sei, aber ständig wird jeder Mensch so behandelt, als wäre er eine, in sehr vielen Bereichen des modernen Lebens, eine Arbeitsmaschine in der Wirtschaft, eine Körpermaschine beim Arzt, ein Computer in der Schule.

Franz ging nach draußen zu dem Quellenhahn, aus dem in einem dicken Strahl das Wasser der Quelle floss. Er ließ es in seine Hand laufen, trank einen Schluck, benetzte Stirn und Scheitel mehrmals mit dem Wasser. Beides war ihm wichtig, das Trinken, und die äußere Berührung mit dem Wasser, der spirituelle Segen. Er fühlte sich verbunden mit der Quelle, der Erde, mit den unterirdischen und oberirdischen Strömen bis zum weltumspannenden Meer. So verband das Wasser das ganze Sein.

Anschließend umwandelte er das Kapellengebäude mehrmals im Uhrzeigersinn. Auf der Rückseite band er einen weiteren mehrfarbigen Gebetsfaden in den kleinen Lindenbaum. Gelb, Rot, Blau – der Dreiklang des Lebens, des Lichtes. Oh heilige Mutter Gottes der Liebe der Weisheit des Lichtes, möge hier ein Tal des Friedens sein und bleiben. Mögen die Menschen den Weg der tiefen Verbindung und Versöhnung verfolgen. Mögen sie hier, an diesem Ort die Verbindung zur Natur spüren und das Wissen erfahren, dass sie das Wasser achten und ehren müssen. Wasser und Wissen, Wahrheit und Weisheit.

Reines, lebendiges Wasser zu ehren ist kein archaisches Relikt der Spiritualität der Steinzeit, dachte Franz, sondern ein neues Lernprogramm der Menschen. Ohne Wasser kein Leben. Einfaches Biologiewissen, aber doch fehlt die ehrfürchtige Einstellung. So verbrauchen sie nur, verschmutzen sie nur. So ist es mit der Luft. Mit der Erde. Mit allem.

Mögen sie es neu lernen, an diesem Ort. Möge die Weiße Maria ihnen den Weg zur neuen, tiefen Achtung zeigen. Mögen sie die neue Versöhnung mit der Erde lernen, die in tiefer Ehrfurcht besteht, nicht nur in sogenannter „Nachhaltigkeit" oder in nur abstrakt formulierter Versöhnung, die keinen Bezug zum Herzen hat. Nein, genau das musste sie haben, die neue Versöhnung, einen tiefen Bezug zum Herzen, dem Zentrum der Liebe.

Franz wusste, dass es noch ein langer Weg sein würde, dass in diesem Jahrhundert erst noch der Ausbruch der Katastrophe kommen würde, die große globale Quittung des falschen Denkens und Handelns von vielen Jahrzehnten. Dennoch machte er sich auf einen Pilger-Weg zur heilenden Weisheit der Maria.

Heimsuchung.

Eigentlich konnte er mit dem Wort nicht viel anfangen, und es hatte für ihn einen negativen Klang. Erst die Informationen, die er darüber las, zeigten ihm, dass damit etwas Positives gemeint war. Die tiefe, menschliche Begegnung zweier Frauen, Maria und Elisabeth, die beide ein ungewöhnliches Erlebnis hatten und dieses teilten. (Lukas I, 39-56) Beide erlebten ihre Schwangerschaft als ein himmlisches Geschenk. Als Befruchtung durch den göttlichen Geist, das heute die meisten Menschen sicher nur belächeln und mit Skepsis betrachten dürften. Moderne Psychologen würden etwas anderes vermuten. Die Geschichte einer ungewollten Schwangerschaft, die irgendwie spirituell legitimiert werden musste. Das mag auch der reale Hintergrund sein. Aber geht es darum?

Über ungewöhnliche Schwangerschaften konnte man damals sicher nicht offen reden. Kann man es denn heute wirklich? Auf jeden Fall können zwei Frauen besser darüber reden, es miteinander teilen, als Frauen und Männer, oder als eine junge Frau und deren Familie. Deshalb „eilte" sie wohl zu Elisabeth und blieb dort „drei Monate". Vermutlich wollte Maria ihre besondere spirituelle Erfahrung mit Elisabeth teilen und hatte sich deshalb auf den langen Weg ins Bergland von Judäa gemacht und dort ganze drei Monate verbracht, weil sie wusste, dass sie ihre ungewöhnliche Erfahrung nur mit Elisabeth teilen konnte. Dort konnte sie Verständnis erwarten. Dort konnte sie spirituelle Gemeinschaft erleben.

Vielleicht sollte man es „das Teilen einer spirituellen Erfahrung" nennen, und nicht mehr „Heimsuchung". Ungewöhnliche Erfahrungen zu teilen ist immer ein Problem. Visionen, Trance-Erfahrungen, göttliche Eingebungen etc. – immer konnten und können die Menschen, die nur in der normalen Alltagsrealität leben, nichts damit anfangen, oder halten es für „dummes, verrücktes Zeug". Niemand würde es in heutiger Zeit einem jungen Mädchen abkaufen, dass sie vom heiligen Geist schwanger geworden sei. Man würde sie vielmehr unter Druck setzen, endlich die Wahrheit zu sagen, end-

15

lich mit den Tatsachen herauszurücken.

Da ist es nur zu verständlich, dass eine junge Frau zu einer anderen Frau flieht, bei der sie Verständnis, liebevolles Verständnis erwarten kann. Bei der sie eine positive, tiefe, sinnvolle Deutung erhält. Bei der sie nicht herunter gemacht wird, weil sie sich falsch verhalten hat oder etwas Unpassendes gesagt hat, sondern bei der sie aufgebaut wird, bei der sie voll und ganz respektiert wird, bei der ihr Selbstbewusstsein und ihr Selbstwert als junge, schwangere Frau gestärkt werden.

Am ersten Juli wurde in der Kirche „Mariä Heimsuchung" gefeiert. Dafür waren die Kirche und die Kapelle von Frau Wuttge geschmückt worden. Im Ort waren viel mehr Leute als bei Franz erstem Besuch. Zahlreiche Autos mit Kennzeichen aus anderen Städten und Orten. Auch die Kirche war ziemlich voll, wenn es sich auch im Wesentlichen um alte Menschen handelte, also nicht um einen gesunden Querschnitt der Bevölkerung.

An der anschließenden Prozession nahmen nicht alle teil. Singend gingen die Menschen hinunter zur Kapelle, in der sie sich dann betend und singend um die Figur der Maria herum versammelten. Links und rechts vom Prozessionsweg standen Menschen herum, schauten aber nur zu. Für sie war es wohl ein Sonntags-Dorf-Event, ebenso wie für die Kameraleute vom MDR. Warum können sie es nicht einfach geschehen lassen, und nicht zuschauen, und nicht filmen – oder eben richtig daran teilnehmen?

Die einen möchten etwas beleben und erfahren, die anderen schauen nur zu oder stören sogar ein wenig, wie ein paar Jugendliche es tun. Nun, so sieht es in der modernen Welt aus. Und all die spirituell interessierten Menschen sind zersplittert in viele Gruppen, die meistens nichts miteinander zu tun haben wollen. Jeder verfolgt seine Sache, die er oft für die einzig richtige hält. Es gibt ja nicht einmal die Einheit der Christen, und der Weg zur versöhnenden Einheit ist sicher noch ein langer, denn Unterscheidungen und Abgrenzungsbedürfnisse scheinen in vielen Menschen einfach zu tief verwurzelt zu sein.

Der Maria dürfte das ziemlich egal sein, denn sie steht weit über solchen Kleinlichkeiten. Sie repräsentiert die Reinheit und Weisheit des Lebens. Letztendlich wenden sich die betenden und singenden Menschen an diese Kraft. Auf den Kontakt zu dieser kommt es an. Auf die Hilfe von dieser spirituellen Kraft. Auf die Hilfe der spirituellen, sprudelnden Quelle, die an diesem Ort Marienborn ganz konkret sichtbar, fühlbar, trinkbar war, eben als heilendes Wasser.

Franz wusste, dass er weitere Orte aufsuchen würde, um diese Kraft

16

mehr zu spüren und zu verstehen. Außerdem wollte er die unterschiedlichen Aspekte der grünen, mütterlichen Kraft des Lebens erfahren und verstehen, und die Heilung seiner Seele erlangen.

2. Die Kraft der Wandlung und Wende – Altötting

Franz schaute auf die Autokarte, um zu sehen, welche Strecke er hinunter nach Altötting fahren könnte. Der Ort lag tief unten in Bayern, recht weit im Osten, also überhaupt weit weg, was natürlich letztendlich relativ ist, immer abhängig von dem Ort, wo man selbst gerade lebt. Für jemanden aus Hamburg oder Hannover ist er eben weit weg, und das nicht nur geographisch, sondern auch gefühlsmäßig und spirituell.

Für Menschen, die keinen Bezug zum Katholischen haben, ist Altötting vielleicht eine Art Relikt des Mittelalters. Der Name ist da schon Programm. *Nomen est omen.* Stockkonservativ. Total rückständig. Irgendwie sehr altmodisch. Eben ein Relikt aus einer längst vergangenen, längst überwundenen Zeit.

Auch wenn das Pilgern in den letzten Jahren wieder etwas an Attraktivität gewonnen hatte, insbesondere durch die Berichte und Bücher über den Jacobsweg, „ich bin dann mal weg"..., so ist und bleibt es für die meisten doch eine Sache aus der Vergangenheit. In heutiger Zeit gibt es eher Ziele für körperliches Wohlfühlen, Wellness-Ziele, die man mit einem Flieger schnell und bequem erreicht.

Bei spirituellen Menschen sieht es natürlich anders aus. Sie haben ihre spirituellen Ziele, besondere Orte, die bekannt sind wie Altötting, oder die eher unbekannt sind, wenn sie zu keiner der institutionalisierten Religionen gehören. Wer kennt schon die heiligen schamanischen Orte in Deutschland? Wer will sie kennen, oder gar anerkennen? Sie bleiben im Geheimen, und müssen es wohl auch. Die moderne Technologie beherrscht alles, sie hat das ganze Land mit Mobilfunkmasten übersät. Das ist nicht zu übersehen. Man stelle sich einen Moment vor, an jeder Stelle stünde ein großes Herrenkreuz. Sofort wird einem klar, wie einseitig und diktatorisch die moderne Technologie ist.

Altötting ist vielleicht das Gegenstück, der Gegenpol. Ein archaischer Kontrapunkt. Eine kleine schwarze Madonna in einer kleinen dunklen Kapelle tief in Bayern. Papst Benedikt XVI hatte sie besucht, das hatte Franz im Fernsehen gesehen. Es schien ein wichtiger, ein bedeutsamer Ort zu sein, den er endlich selbst kennenlernen wollte, um ihn zu verstehen und um die Kraft der Schwarzen Madonna zu spüren.

Sein Verhältnis zum Schwarzen war gespalten. Franz fühle sich von den Typen abgestoßen, die nur in schwarz herumliefen – aber er fühlte sich auch von Leuten abgestoßen, bei denen alles weiß sein musste. Beides war einseitig, weil das Leben nun einmal nicht nur weiß oder nur schwarz ist. Eine Farbe, wobei Schwarz genau genommen keine ist, steht immer in einem Kontext von anderen Farben. Alle sind wichtig, alle bilden ein Ganzes.

Franz schaute weiter auf die Autokarte und sah, dass er recht lange durch Niederbayern fahren musste. Eine weite Strecke von Regensburg bis hinunter nach Altötting. Nun, sagte er sich, das gehört dazu, und wenn er es ganz zu Fuß machen würde, dann würde es noch viel länger dauern.

Schwarz wie die dunkle Erde. Schwarz wie das verbrannte Holz. Schwarz wie die Krähen und Raben. Schwarz wie eine mondlose Nacht.

Oder so seltsam und merkwürdig wie das sogenannte Schwarze Loch.

Das Schwarze war so wichtig wie der Tod. Der Tod war für alle auf der Erde lebenden Naturvölker etwas Schönes, denn nur durch den Tod kam das Leben. Es gab und gibt kein Leben ohne den Tod. Das individuelle Leid ist nur schlimm, wenn das Ego, die individuelle Abgrenzung zu sehr betont wird.

Was würde Franz in Altötting spüren?

Was würde er dort erfahren oder erkennen?

War es vielleicht im Grunde ein alter schamanischer Ort, hinter einer katholischen Fassade?

Erst einmal musste er hinunter fahren. Schon bezeichnend, dachte er, dass ich immer denke und sage: hinunter fahren. Hinunter in die Tiefe. Während er fuhr, war es sehr heiß. Mitten in einer der Hitzeperioden, die zu der Klimakatastrophe gehörten. Seine Haut war von einem Schweißfilm überzogen, er hatte leichte Kopfschmerzen und seine ganze Kleidung klebte am Körper. Als er durch die Landschaft fuhr, hatte er manchmal das Gefühl, durch eine Wüste zu fahren, obgleich es objektiv keine war, aber die Hitze veränderte alles, beeinflusste seinen Geist.

In einem kleinen Städtchen hielt er an, setze sich in ein leeres Cafe und bestellt sich etwas zu trinken. Der lange Marktplatz war wie ausgestorben. Kein Mensch zu sehen. Tote Stille. Tote Erstarrung. Stillstand. Neben dem Platz entdeckte er eine Kirche, deren Tür offen stand. Am Eingang hing ein großes Kruzifix, darunter eine Mater Dolorosa, das große Schwert im Herzen. Das Schwert und das unendliche Leiden. Wer ein Schwert im Herzen hat, müsste eigentlich tot sein, liegen, aber wenn er wie die Mater Dolorosa steht, dann leidet er unendlich und sieht vielleicht kein Ende seines Leidens. So wie mein Leiden an der Klimakatastrophe, dachte Franz. Diese unnatürliche Hitze. Diese krankmachende Hitze. In der Kirche war es relativ kühl und er genoss für einige Zeit die stille Atmosphäre. Ein stiller, die Seele kühlender Tempel, dachte er.

Die Hitze blieb draußen, in der aufgeheizten Biosphäre der Erde, die deshalb aufgeheizt war, weil der action-man, der permanent handelnde Mensch verrückt geworden war. Verrückt in seiner ständigen Aktion. Die ganze Luftschicht der Erde war davon erfüllt, und nicht nur die Luftschicht, alle Schichten! Aus dem blauen Planeten wurde allmählich ein roter. Überall brannte es. Die Motoren. Die Wälder. Die Köpfe. Die Körper. Das Öl. Das Benzin. Alles brannte. Alles verbrannte und ließ schwarze Asche zurück.

Die Heilung war das Gegenteil: nicht noch mehr Feuer, noch mehr Action und Wachstum, sondern weniger, alles weniger. Anhalten. Stille. Was für eine Vermessenheit, die Klimakatastrophe mit dem bekämpfen zu wollen, das sie verursacht hat. Und dabei wollen sie noch Gewinne machen, immer wollen sie das, die Wirtschaftsvertreter: Gewinne. Sie wollen ihre Sucht und Gier nach Geld und Macht nicht überwinden. Sie können es nicht, weil sie vom bösen Geist des brennenden Benzins besessen sind. So werden wir alle von der Kali, der Schwarzen aller Schwarzen die große Quittung für unser Handeln bekommen. Sie wird uns die Wandlung aufzwingen, weil wir unwillig waren, sie selbst zu vollziehen. Das ist keine Schwarzmalerei, dachte Franz, sondern es sind Tatsachen eines natürlichen Prozesses. Extreme Entwicklungen stürzen immer früher oder später in sich zusammen.

Franz dachte zurück an das kühlende Quellwasser von Marienborn. Es war ihm so kühl erschienen, so anders kühl, eine tiefe Erdkühle, eine reine Form der Kühle, eine heilende Kühle, die seinen Körper und seine Seele durchfloss.

In Altötting fand er ein einfaches, billiges Pilgerzimmer. Das wohl billigste Hotelzimmer mit Frühstück, aber es strahlte eine ursprüngliche Reinheit und Behaglichkeit aus. Und das direkt neben dem Kapellenplatz, also praktisch gleich neben der Kapelle der Schwarzen Madonna. Zurück zum ganz einfachen Leben, zum Elementaren, dachte Franz. Die einfache und gute Versorgung, nicht mehr. Die schöne und klare Reinheit. Er fühlte sich wohl.

Die Schwarze Madonna stand in einer silber leuchtenden Altarnische des Oktogons, des achteckigen Raumes im Inneren der Kapelle. Die Wände des Raumes waren schwarz, um so mehr leuchtete, und glänzte das viele Silber. Auf der linken Seite stand sie, in der unteren Mitte des silbernen Gnadenaltars, die kleine Schwarze Madonna. Ein absolut mystischer, magischer, geradezu archaischer Ort. Aber alle Wörter und Begriffe waren nur Wörter und Begriffe, die das Geheimnisvolle doch niemals zum Ausdruck bringen würden. Es entzog sich der Verbalisierung, es entzog sich im Grunde auch allen poetischen Metaphern.

Die Menschen, die es hierher an diesen heiligen Ort gerufen hatte, hatten sicher alle ein existentielles Anliegen, eine schwere Krankheit, eine fundamentale Lebenskrise, Enttäuschungen in der Liebe, in Beziehungen, im Beruf, Schicksalsschläge, Traumatisierungen, tiefe seelische Wunden. Sie suchten Trost, sie suchten Heilung, sie suchten die tiefgreifende Wandlung in ihrem Leben. So wie Franz, der sein Leben manchmal als verpfuscht und verkorkst ansah. Auch er suchte Wandlung, suchte die Wende oder das Wunder.

Die Menschen standen oder knieten voller Andacht in der dunklen Kapelle, die nur sehr schwach beleuchtet war. Sie beteten zur Schwarzen Madonna, damit in ihrem Leben das Wunder der Wandlung geschehen möge. Hier versuchten sie sich ganz hinzugeben, ganz der Großen Schwarzen Mutter alles zu überlassen. Sie wollten in ihrem Leben ganz selbstlos werden, sich trotz all der persönlichen Probleme irgendwie aufzulösen im dunklen Schoß der Kapelle, denn sie selbst waren mit ihren kleinen menschlichen Bemühungen und Weisheiten am Ende angekommen, hatten dies oder das versucht, und noch einmal versucht, und wieder und wieder versucht, um schließlich zu erkennen und es in der ganzen Tiefe zu begreifen, dass sie selbst nichts bewirken können, dass sie selbst keinerlei Macht und Einfluss hatten und somit ihr Leben und ihr Schicksal nur noch der Schwarzen Mutter der Tiefe und des Alls überlassen konnten.

Still und andächtig, duldend und demütig erwarteten sie am schwarzen Tiefpunkt die Wende in ihrem Leben.

Sie konnten nur beten und still sein.

Demütig sein.

Und warten.

20

Hier im dunklen, stillen Schoß der Schwarzen Madonna, der unergründlichen Mutter konnten sie nur demütig bitten. Der Ort war wie eine dunkle Höhle in der Erde. Es war eine Art geheimnisvoller Höhle, in der man mit dem Mysterium des Lebens, des eigenen Lebens in Verbindung treten konnte. Das eigene Leben, der Weg und der Sinn des eigenen Lebens waren nicht immer eine Angelegenheit, die man klar regeln konnte, vor allem dann nicht, wenn man an einer nicht oder nur sehr schwer zu heilenden Krankheit litt.

Menschen, denen alles im Leben gelingt, die sowohl beruflich als auch privat erfolgreich sind, können dies vielleicht nicht nachvollziehen. Ihnen mögen die eigenen Erfahrungen fehlen. Sie mögen die Meinung vertreten, im Leben sei alles eine Frage der guten Organisation, ob finanziell oder spirituell. Aber andere Menschen haben nicht das Glück, leiden an einer Krankheit oder an Defiziten in ihrem Leben, die sie nicht meistern. Sie sehen und empfinden sich als Opfer, nicht als Macher des Lebens. Sie haben vielleicht auch nicht mehr den Mut und die Kraft, irgendeine Wende herbeizuführen. So bleibt ihnen nur das stille, demütige Bitten um Gnade. Es heißt ja auch „Gnadenaltar". Die Gnade ist das göttliche Geschenk einer neuen Wende und Kraft im Leben. Dieses Geschenk kommt von oben – und es ist keine Sache der verdienten Leistung mehr, sondern eine Gabe der Barmherzigkeit.

Besonders am Abend, als sich nur wenige Menschen in der Kapelle befanden, konnte Franz dies spüren. Zu der Stunde war es noch stiller, noch mystischer als am Nachmittag. Manche Frauen knieten ganz in sich versunken, zum Gnadenbild aufschauend vor dem Altar der Schwarzen Madonna. Es war die Stunde der völligen Hingabe an das Göttliche, das man um die Gnade der Wandlung bat.

Die dunkle Kapelle, das spärliche Licht, das Silber des Gnadenaltars bildeten eine Atmosphäre wie in der Nacht. In der dunklen Nacht wird das neue Licht geboren. Wer einmal nachts, Stunden vor Sonnenaufgang draußen in der Natur gewesen ist, der kennt diese besondere Atmosphäre. In der Wildnis ist nur das Licht der Sterne, es leuchtet vielleicht der Mond, silbrig-weiß, aber der große, weite, unendliche Kosmos ist schwarz.

Es ist der tiefste Punkt des Tages, und damit des Lebens. Die Zeit, in der man das irdische Leben abgeben kann – oder in der etwas Neues geboren wird. Die Zeit, in der wir direkten Kontakt zum fließenden Ur-Grund des Daseins haben können, in der wir die mystische Einheit mit dem Kontinuum fühlen können.

Die kleine Schwarze Madonna von Altötting mit dem kostbaren Gewand mag all das in sich vereinen – und vieles mehr, das wir nicht in Worte fassen können, denn das Mysterium bleibt eben das: ein Mysterium.

Der wissenschaftlich denkende Mensch möchte alles entschlüsseln und mit seinem Verstand nachvollziehen. Das zeigt sich in seinen Konzepten und Theorien. Der handelnde Mensch möchte es dann in seinem Sinn verändern. Das zeigt sich in der vielfältigen Nutzung der Natur. Der religiöse Mensch sucht die mystische Verknüpfung mit dem heiligen Ur-Grund des Lebens, er sucht die Verbindung zur dunklen, geheimnisvollen Mutter des Daseins und des Lichtes.

Wir durchlaufen jeden Tag den Prozess des Daseins, sterben gewissermaßen jeden Tag, und werden wieder neu geboren. In einer Zeit der persönlichen Krise, die fundamental ist und in der eine bedeutsame Wandlung nötig ist, bitten wir darum, dass in uns eine neue Geburt des Lichtes stattfinden möge. Wir wissen, dass das Leben ein Geschenk der Großen Unendlichen Mutter des All ist, und wir wissen auch, dass wir es letztendlich dem Ganzen zurückgeben werden.

In der dunkelsten Stunde sind wir vielleicht wie hilflose Seelen, die demütig die Magna Mater um eine neue Möglichkeit des Lebens und des Lichtes bitten.

Franz hatte auch sein persönliches Problem des völligen Ausgebranntseins. Vieles in seinem Leben war falsch und schief gelaufen. Er sah in allem oft keinen Sinn mehr. Er hatte keine Perspektive, keinen Lichtblick. Er hatte zu viele Enttäuschungen erlebt. Und er wusste nicht, wie er die kommende Zeit der Klimakatastrophe überstehen sollte. Er sah nur Schlimmes auf die Welt und auf sich zukommen. Deshalb konnte er sich auch nur demütig hingeben – und auf ein göttliches Geschenk warten.

Außerhalb der Kapelle lief er mehrmals über den ganzen Platz hin und her, um den Ort zu erfassen, sah sich in den vielen Läden mit den Devotionalien um, betrachtete die Kopien der Schwarzen Madonna, von denen ihm einige gefielen. Überall gab es viele Lourdes-Madonnen zu kaufen, was ihn überraschte, denn dies war ein Ort der Schwarzen Madonna.

In der Mitte des Platzes befand sich unter freiem Himmel die Weiße Maria, die Maria des leuchtenden Himmels. Sie stellte den Kontrapunkt zum dunklen Oktogon mit der Schwarzen Madonna dar. Sie war die zentrale Figur eines Brunnens. Sie thronte über den hin und her laufenden Menschen auf dem Kapellenplatz und sie hütete und segnete den ganzen Ort.

22

Franz, den es immer zum Reinen und Lichten hinzog, wollte weitere Orte der Weißen Maria suchen.

Die Marienweihe

Franz saß in einem der Cafés auf dem Kapellenplatz und studierte die Beziehung der verschiedenen Bauwerke zueinander. Dabei fiel ihm auf, dass die größere, gelbe Kirche Maria Magdalena, die sich hinter der kleinen Kapelle befand, ebenfalls einen achteckigen Turm zu haben schien. Das dunkle Oktogon und das gelbe Oktogon der Sonne.

Auf der Westfassade der Magdalenenkirche befand sich eine goldene Sonne. Franz konnte nicht genau erkennen, ob sie das Christussymbol enthielt oder nicht. Die goldene Sonne dort oben auf der Fassade leuchtete hell, strahlte im Licht der milden ˙Nachmittagssonne. In der Fassade stand in einer Nische eine Madonna. Allein die vielen Madonnen bilden ein Netz für sich, dachte Franz, das man kaum bewusst erfassen kann. Die Weiße Maria auf dem Brunnen, der das helle Zentrum des Platzes bildete. Die schwarze Maria oben auf der Kirche St. Anna mit dem dunklen Turm. Das Helle und das Dunkle, oben und unten, draußen und drinnen.

Der Brunnen auf dem Platz, an dem viele Menschen nur vorbeiliefen, den sie vielleicht nur als Dekoration wahrnahmen, war der Quell des Wassers, des Lebens, der Schönheit. Aus den Mündern der Engel-Fisch-Wesen floss das Wasser ins Blütenbecken. Alles war aus hellem Granitstein.

Der Ort der Kapelle, das dunkle Innere des ganzen Ortes, das Kernzentrum sozusagen, war der Ort der Wandlung. Und die Magdalenenkirche auf der Ostseite, war sie der Ort der Erleuchtung, wenn man das Deckengemälde und das Gelb der Fassade betrachtete? Und die Basilika St. Anna die Kirche der Kontemplation, der mystischen Wege?

Am Nebentisch von Franz saßen zwei Personen, ein älterer Herr und eine Frau, die sich über spirituelle Themen unterhielten. Franz fragte sie nach dem Turm der Magdalenenkirche – und warum sie überhaupt so hieß. Die beiden hatten ihrerseits Fragen an Franz, wollten mehr von ihm wissen, und forderten ihn auf, sich zu setzen.

„Magdalena ist die Frau, die bei Jesus unter dem Kreuz geblieben war und die ausgehalten hatte. Aber warum interessiert sie das?"

„Es wundert mich, ich hätte nicht gedacht, dass man eine Kirche nach ihr benennt."

„Jede Kirche hat ein Patrozinium. Ein Patron oder eine Patronin schützt

23

die Kirche, die ihr anvertraut ist. Das ist in diesem Fall Magdalena."

Franz wollte nicht weiter nachfragen und auch nicht über die Stellung der Maria Magdalena sprechen. So nahm er die Antwort einfach hin.

„Warum kommen Sie nach Altötting?"

„Ich hatte begonnen, mich mit Maria zu beschäftigen. Jetzt besuche ich Stätten der Maria."

„Und woher kommen Sie ? Sie kommen doch nicht aus Bayern, oder?"

„Nein, aus Niedersachsen. Aus dem Norden sozusagen."

„Das ist ja eigenartig", meinte die Frau, „dass Sie aus dem Norden hier ins Herz von Bayern gekommen sind. Das muss eine besondere Bedeutung haben, da muss eine Fügung hinter stehen, glauben Sie nicht?"

Franz stimmte ihr zu. Die Tatsache, dass Franz ihr sofort zugestimmt hatte, schien die Frau zu motivieren, mehr über Maria zu erzählen. Vielleicht hatte sie etwas in seinen Augen gesehen, oder in seinem ganzen Wesen gespürt. Vielleicht hatte sie auch nur gedacht, endlich ein Mensch, der offen ist, der bereit ist, dem ich über Maria erzählen kann.

„Maria ist die Mutter Gottes. Sie liebt jeden Menschen, jeden einzelnen Menschen, jedes einzelne Schicksal. Jeder Mensch ist ihr wichtig. Jeder Mensch ist ihr so wichtig, als wenn es ihr eigenes Kind wäre, das sie immer liebt, sei es auch krank oder unvollkommen. Sie ist eine Bewahrerin und Hüterin des Lebens, der Seelen, aller Seelen, denn sie kennt jedes Herz von allen Wesen. Sie bewahrt die vollkommene Idee des Menschen. Stellt sie wieder her, wenn sie verloren gegangen sein sollte. Jedes menschliche Wesen ist ihr wichtig, denn sie möchte, dass jeder den Weg findet, den Weg zum wahren Glück. Jeder Weg des Menschen zu Gott ist ihr wichtig. Sie ist die universelle Liebe.

Sie hilft den Menschen in ihrer Not, in ihrem Leiden. Sie zeigt den Menschen den Weg zum Herzen, zu Christus, aber sie zwingt keinem Menschen etwas auf, denn sie lässt den Menschen frei sein in seinem Willen.

Maria kann man sich ganz anvertrauen, so als wäre man noch ein kleines Kind. Man kann sich fallen lassen und man weiß, dass sie einen immer auffangen wird, in jeder Not, in jeder Situation des Lebens. Sie wird einen immer mit ihren liebevollen Armen empfangen. Das Vertrauen stärkt die Seele, gibt Kraft. Sie ist die schützende Liebe. Sie ist die Schutzgeberin. Sie ist der umhüllende Urgrund des Lebens, der den Menschen Halt und Stärke gibt.

Sie zeigt uns den Weg zu Gott, schenkt uns starke Inspirationen, damit wir unser Leben gut und sinnvoll gestalten können, damit in unser tägliches

24

Handeln Weisheit fließt und sich der gute Geist ausdrücken kann. Sie zeigt uns durch ihr Beispiel, dass die göttliche Idee auf der Erde Wirklichkeit werden kann. Dabei hilft sie jedem Menschen.

Wahrscheinlich hat sie etwas mit Ihnen vor. Das ist eine Gnade, dass Sie hier sind, dass Sie uns getroffen haben, denn Herr Jacob ist ein Pfarrer, ein marianischer sogar."

Der Herr Jacob hatte aus seiner Tasche eine der „Wunderbaren Medaillen" genommen und diese Franz gegeben. Er wollte ihm die Bedeutung der Medaille erklären. Franz teilte ihm mit, dass ihm diese bekannt sei, dass er davon gehört und gelesen habe. Außerdem hatte Herr Jacob ein Heftchen hervorgeholt mit dem Titel: Erlebnisse mit der wunderbaren Medaille. Franz war sehr angetan von den kleinen Geschenken und bedankte sich. Es waren zwar nur kleine Geschenke, aber beide, der Schenkende und der Beschenkte, wussten, dass sie viel mehr waren, dass sie eine tiefe spirituelle Bedeutung hatten.

„Irgendetwas hat Gott mit Ihnen vor, meinte die Frau. Ich spüre das. Meinen Sie nicht auch?"

„Ja, da haben Sie recht."

„Die Mutter Maria wird Ihnen helfen. Sie hilft allen. Sie können Ihr Leben und Ihren Weg ihr ganz übergeben und überlassen. Wenn Sie wollen, dann können wir gemeinsam in die Kapelle gehen. Herr Jacob kann ihnen eine Marienweihe erteilen. Sind Sie dazu bereit? Sie müssen das nicht, verstehen Sie das bitte nicht als Zwang. Die Mutter Gottes zwingt Sie nicht, sie zwingt niemals, keinen. Sie lässt den Menschen ihren Weg, auch wenn es vielleicht ein falscher sein mag, letztendlich führt er sowieso zu Gott. Auch der Irrende findet am Ende zu Gott. Das ist ein großes Mysterium. Was meinen Sie, *wollen Sie Ihr Leben der Mutter Gottes übergeben*? Aber wie gesagt, es ist Ihre freie Entscheidung, denn sie ist die Liebe, das Lassen, die Zärtlichkeit. Sie ist die Behutsame und die Beschützende."

„Ja", sagte Franz, „wenn Sie es mir schon anbieten, kann ich gar nicht nein sagen. Schließlich hat mich der Ruf von Maria hierher geführt."

„Sie könnten natürlich fortlaufen, aber es wäre sicher nicht gut."

„Nein, das wäre nicht gut. Und es wäre nicht richtig. Ich bin Ihnen sehr zu Dank verpflichtet, dass Sie mir die Marienweihe anbieten."

Die Frau blätterte in einem Gebetsbuch, fand ein kleines Faltblättchen mit einer Ikone darauf. Auf die Rückseite schrieb sie: zur Erinnerung an meine Marienweihe in Altötting in Gegenwart von Pfarrer Jacob am 1. September 2007.

Franz nahm das Blättchen in die Hände, hielt es an die Stirn, bedankte sich, schaute auf die mystische, russische Ikone, las den Satz des Gebetes: Mein Gott, Deine Augen sind immer über mir und bestrahlen mich wie ewige Sonnen.

Dann zeigte ihm die Frau ein einfaches Gebet, das er in der Kapelle sprechen sollte.

Jungfrau, Mutter Gottes mein,
lass mich ganz dein eigen sein,
dein im Leben und im Tod,
dein in Unglück, Angst und Not.

Dein in Kreuz und bitt'rem Leid,
dein für Zeit und Ewigkeit.
Jungfrau, Mutter Gottes mein,
lass mich ganz dein eigen sein.

Franz holte sein Tagebuch hervor und schrieb den Text auf, denn er kannte ihn nicht auswendig. Die beiden schienen sich darüber zu freuen, dass er den Text gleich sauber abschrieb.

In der Kapelle knieten Franz und Pfarrer Jacob vor der Schwarzen Madonna und sprachen gemeinsam das kurze Gebet. Anschließend erteilte der Pfarrer ihm den Segen der Maria. Franz war im Inneren tief berührt, fühlte sich verbunden mit einem heiligen, geistigen Strom, der aus fernen Zeiten in die Gegenwart reichte. Er fühlte sich verknüpft mit all den Menschen, die ihr Herz Maria geöffnet hatten.

Anschließend wollten Pfarrer Jacob und die Frau in die Anbetungskapelle gehen. Sie wollten ihm diese ebenfalls zeigen. Der Raum war recht leer, vorne stand eine kostbare Monstranz auf einer ebenfalls kostbaren Säule. Die Frau erklärte ihm die Bedeutung der konsekrierten Hostie. Gemeinsam knieten sie in stillem Gebet. Nach einiger Zeit erschien ein Pfarrer, der sich vor der Monstranz niederkniete, schweigend.

Die Stille entsprach der Seelenlage von Franz. Die Hostie erschien ihm wie ein reiner Spiegel der Weisheit und Wahrheit im Zentrum der Monstranz. Schweigend versenkte er sich in die Betrachtung des Heiligen Geistes. Es kam ihm vor wie eine buddhistische Leerheitsmeditation. Hinter den vielen Formen auf der Erde stand der reine, klare Geist Gottes. Ob man es nun so nannte oder anders, das war und ist letztendlich egal, dachte er. Begriffe oder kulturbedingte Differenzen sind nicht Gottes Sache, und Streitereien schon gar nicht.

Jeder Mensch ist letztendlich ein Kind Gottes, ob er es ganz erkannt hat oder nicht, ob er es lebt oder nicht. Jeder Mensch, so sagen die Buddhisten, hat letztendlich die Buddhanatur in sich, ob er es nun ganz erkannt hat oder nicht, ob er es lebt oder nicht. Jeder Mensch ist eigentlich ein Hüter der Harmonie von Himmel und Erde. Hinter den Aussagen steckt die Idee von der göttlichen Vollkommenheit des Menschen, die er durch gutes Handeln und spirituelle Praxis zur Entfaltung bringen kann.

Aber Franz dachte in diesem Moment nicht darüber nach, es durchströmte ihn in kürzester Zeit der Gedanke, ein Nachdenken und Überlegen war es nicht. Eher war es eine Art leuchtender Verbindungsstrom, wie in der Kapelle der Schwarzen Madonna. Er registrierte es.

Wer schweigt, ist still, kommt in die Tiefe, zur Mitte, zum Zentrum, zur Wahrheit. Wer schweigt, verwendet keine Worte mehr, keine Erklärungen oder gelehrte Deutungen, mit denen er womöglich andere beeindrucken will. Er ist nur spirituell erfülltes Schweigen. Er ist im heiligen Schweigen aufgehoben – und damit ist er nah bei Gott.

3. Der Traum der Reinheit – Schönenberg

Wer großes Leid erfahren hat, sucht vielleicht immer nach einem neuen Beginn, nach einer neuen Chance, nach einem neuen Weg. Neu und frisch soll er sein, wie ein ganz neuer Morgen nach einer schlimmen, unruhigen Nacht voller Schmerzen. Jeder kennt diesen Wunsch, diesen Traum, so auch Franz.

Zur Weißen Göttin hatte er schon seit vielen Jahren einen Kontakt geknüpft. Irgendwann hatte er Robert Ranke-Graves Buch DIE WEISSE GÖTTIN gelesen, aber sein Kontakt war älter. Im Osten hieß sie die Weiße Tara, die seit Jahrzehnten seine Göttin war. Sie hatte ihn gerufen – und er war dem Ruf gefolgt.

Einmal fuhr er die Autobahn von München nach Leipzig und hatte in der Fränkischen Schweiz das Gefühl, den Ort Gößweinstein besuchen zu müssen. „Habe ich die Zeit", fragte er sich, „lohnt es sich, was könnte dort sein." Immer meldete sich der innere Skeptiker: „Was könnte dort sein?" Manchmal war ja auch tatsächlich nichts zu finden, aber manchmal fand er eine Besonderheit, ein Kleinod. Er brachte den Skeptiker zum Schweigen und fuhr die zusätzlichen Kilometer nach Gößweinstein.

In der Basilika entdeckte er sie dann: die Weiße Göttin. Die Weiße Tara der Christen. Die Immaculata. Die Reine. Weiß und Gold ihre Farben.

Das spirituelle Prinzip ist überall auf der Erde identisch, so wie überall auf der Erde die gleichen Naturgesetze gelten, wie es überall Himmel und Erde, Männliches und Weibliches, Yin und Yang, Meer und Land, Tag und Nacht gibt. Die Menschen der verschiedenen Kulturen und Völker benutzen dann verschiedene Namen und Bilder, um das Prinzip sichtbar zu machen, um es künstlerisch zu gestalten. Manchmal ist die Reihenfolge unterschiedlich: Himmel und Erde bei uns, Yin und Yang bei den Chinesen. Wer das einmal in seiner ganzen Tiefe erkannt hat, kann die unterschiedlichen Kulturen verbinden, kann Ausgleich und Verständnis schaffen, wo sonst nur Unterscheidungen und Abgrenzungen, oder schlimmer noch, gegenseitige Ablehnung herrschen mögen. Wissen und Respekt schaffen gegenseitiges Verständnis, schaffen Harmonie in der Welt.

Der Mongole mag in seiner Jurte zur Weißen Tara beten, der Franke zur Immaculata, aber es ist *eine* Göttin, an die sie sich wenden, zu der sie beten.

Der Himmel ist überall auf der Erde blau. Die Reinheit ist überall auf der Erde ein zentrales Anliegen, dachte Franz. Es ist ganz elementar. Es ist ganz einfach.

Die Weiße Maria von Gößweinstein hält die rechte Hand vor dem Herzen, die linke Hand nach unten leicht geöffnet neben der Hüfte. Sie blickt nach rechts unten. Sie trägt ein lockeres, weites, weißes Kleid.

Sie ist verbunden mit dem Herzen und ihre Verbindung zur Welt ist eine des reinen Herzens. Um den Kopf trägt sie einen Sternenkranz, hinter ihrem Körper befinden sich goldene Strahlen. So symbolisiert sie insgesamt die strahlende Reinheit, die aus einer unschuldigen Mitte kommt. Die Kombination von „Reinheit" und „Strahlen" mag sich in heutiger Zeit nach Werbung anhören. Saubere Wäsche. Reines Weiß. Aber das ist nur die materielle Ebene einer materialistischen Zeit. Dahinter steckt natürlich eine höhere Dimension, die besonders durch die weiße Lilie, die andere Immaculatas in der Hand halten, zum Ausdruck gebracht wird. Die Lilie ist, wie der Lotus des Ostens, eine Blume, eine Blüte der absoluten Reinheit.

Der scheinbare Gegensatz zwischen Lilie und Lotus ist vielleicht typisch

28

für unser Verhältnis zur eigenen Kultur. Die Lilie scheint vergessen, der Lotus etwas Besonderes, Edles, Exotisches. Der Lotus als Symbol der angestrebten Erleuchtung des Geistes, eines reinen, ursprünglichen, unverdorbenen Geistes mag vielen bekannt sein. Und die Lilie?

Aber es muss nicht die Lilie sein, es kann auch eine andere weiße Blume sein, dachte Franz. Es kann auch die Margerite sein, oder eine weiße Hortensie oder eine weiße Rose. Oder meinetwegen ein ganz bescheidenes Gänseblümchen. Der Impuls der Einheit muss unser Herz erreichen. Wir müssen es spüren, fühlen, dass die Welt rein sein könnte, und im Wesenskern rein ist, vor aller Verschmutzung durch Sünde und Gift, durch böse Gedanken und gemeines Handeln.

Vielleicht sollten wir in Europa die weiße Lilie wieder entdecken, dachte Franz, die gerade nach oben wächst und oben ihren Stern von großen Blütenblättern entfaltet. Sechs an der Zahl. Die entfaltete Reinheit und Liebe. Das offene Mitgefühl. Das geöffnete Herz.

Franz freute sich, dass er in der Basilika von Gößweinstein, mitten in der fränkischen Schweiz, eine Weiße Tara entdeckt hatte. So war sie denn auch hier, nicht nur im fernen Tibet oder in der endlos weiten Mongolei.

In der modernen Vermarktungsgesellschaft wird noch immer das Exotische angepriesen, die wertvollen Schätze des eigenen Landes jedoch weniger gesehen und gewürdigt. Es mag daran liegen, dass alle, die nicht katholisch sind, es eben nur in diese Schublade packen – und das bedeutet dann, dass man sich überhaupt nicht damit beschäftigt. So werden Abgrenzungen vorgenommen und Grenzen gezogen.

Franz suchte weiter nach Weißen Taras, nach Immaculatas, nach Weißen Marien. Katholisch oder nicht, buddhistisch oder schamanisch – all diese Begriffe waren ihm egal geworden. Er suchte die göttliche Kraft. Er suchte die göttliche Ur-Quelle. Konfessionen sind etwas für spirituelle Kleingärtner, dachte er zynisch. Sie wollen ihre kleine, menschliche, überschaubare, kontrollierbare Form von Spiritualität. Die große Weite und Leere ist ihnen nicht geheuer. Die endlose Dimension jenseits aller Kulturen auf der Erde macht ihnen noch Angst. Ohne Priester und Professoren, ohne Lamas und Lehrer trauen sie sich keine eigenen Wege zu gehen. Immer brauchen sie Legitimationen. Immer brauchen sie Autoritäten.

Für Franz war die Immaculata von Gößweinstein die Weiße Tara, und sie war auch die schamanische Göttin der Reinheit, der reinen, naturbelassenen Kraft des Lebens. Wie die Milch, das Urgetränk des Lebens.

Franz verfolgte seine eigenen Wege, ließ sich einfach rufen und anzie-

29

hen. Er suchte das Wahre jenseits aller Deutungen, jenseits aller Kulturen. Das Wahre war für ihn das Reine, das Ursprüngliche, aus dem alle Kraft, alle spirituellen Inspirationen kamen.

Der blaue Himmel hinter allen Wolken der Begriffe und Deutungen. Der leere Himmel, der die Quelle aller geistigen Impulse war.

In Dettelbach bei Würzburg fand er in der Kirche „Maria vom Sand" eine Weiße Maria vor einem roten Stoffvorhang. Sie hielt die linke Hand vor ihrem Herzen und streckte die andere sanft nach außen. Ihr Kopf neigte sich nach links, und schaute mehr nach oben. „Verklärt" würden es vielleicht Kunsthistoriker nennen. Sie ist ganz verbunden mit dem göttlichen Geist, ganz empfangend, voll reiner Hingabe.

Im Kloster Schönau bei Gemünden entdeckte er ein großes Hochaltargemälde mit einer weiß-blauen Immaculata, deren offene linke Hand nach unten, und deren offene rechte Hand mit der Fläche nach oben zeigte. So verband sie Himmel und Erde, die göttliche und die menschliche Dimension. Sie blickte nach rechts oben. Sie stand auf einer silbernen Mondsichel, einer Schlange und einer Weltkugel. Für Franz war es nicht Unterdrückung oder nur Überwindung, sondern eine positive Form der Vergeistigung der elementaren Kräfte der Natur. Die Reinheit der Zukunft sollte ja nicht gegen, sondern mit der Natur arbeiten. Vermutlich hatten die damaligen Künstler anders gedacht, vielleicht aber auch nicht. Wer weiß das schon alles, denn es wurde nicht alles notiert und dokumentiert, und Gedanken und Gefühle, die eher nicht der Norm entsprachen, schon gar nicht. Da musste man vorsichtig sein.

Das Bild war 1706 von Georg Sebastian Urlaub gemalt worden, aber wegen der blauen Farbe passte es für Franz fast besser in die Zeit der Romantik. So konnte diese Immaculata vielleicht für den Traum von der blauen Blume und von der reinen, poetischen Liebe stehen. Vielleicht hatte Novalis in irgendeiner Kirche oder in irgendeinem Schloss ein ähnliches Bild gesehen.

Der Traum und die Sehnsucht nach geistig-seelischer Reinheit entstehen vielleicht besonders in einer Zeit, in der es zu viel Verschmutzung und zu viel Verdorbenheit gibt.

Wo gibt es sie in der modernen Welt, die Reinheit?

Auf den Autobahnen und den Landstraßen, die Franz lang fuhr? In den Städten, oder eher in den Dörfern? Manchmal, wenn er durch abgelegene Täler fuhr, oder durch ein stilles, kleines Dorf kam, dann spürte er dort eine gewisse Reinheit. Aber wer weiß, was sich in den Wäldern oder hinter den

Fassaden der Häuser zutrug.

Reinheit ist sicher sehr schwer zu finden oder wieder herzustellen, denn überall hat der Mensch seine Spuren hinterlassen, und oft handelte es sich dabei nur um Dreck, um Müll. Allein das ganze Kriegsmaterial in den Wüsten, in den Meeren oder auf den Inseln der Südsee, die ja immer als das reine Paradies auf der Erde galten.

An wenig oder gar nicht besuchten Orten der Natur spürte er die Unberührtheit am meisten, wie einmal an einem weit abgelegenen Strand an der Nordsee. An diesem völlig naturbelassenen Strand spürt er den Geist der Weißen Tara. Der Strand war weiß von den vielen Muscheln. Es waren nur natürliche Dinge vorhanden. Dünen, Sand und Muscheln. Es war wie der Besuch in einer anderen Zeit, einem anderen Jahrhundert.

Die Weiße Maria als „Göttin der Reinheit" wäre ein Zukunftsprogramm: wieder eine reine, unberührte Welt zu schaffen, jedenfalls teilweise. Oder es im eigenen Leben anzustreben. Reinigung des Körpers und des Geistes anzuzielen. All das Gift der bösen Gedanken loszuwerden. All die kleinen teuflischen Gedanken und Ideen. Einen neuen Geist schaffen, eben einen der Klarheit und Reinheit. Einen Geist der leuchtenden Leere.

Neben der gelben Kirche Schönenberg, die auf einem Berg oberhalb eines Tales stand, entdeckte er eine große, frei stehende Immaculata. Sie stand inmitten von Rosen, zu ihren Füßen eine goldene Mondsichel und eine Regenbogenschlange. In der Hand hielt sie eine goldene Lilie und über ihrem Kopf befand sich ein goldener Sternenkranz. Sie wirkte auf Franz wie eine griechische Göttin der Schönheit. Vielleicht war das sogar die geheime Absicht des Bildhauers gewesen. Die ganze Anlage mit der Kirche und den umgebenden Linden auf dem Berg oberhalb des Tales war ein schöner, leuchtender Ort, der beides gleichermaßen feierte: die Schönheit und die Spiritualität.

Für den spirituellen Menschen war und ist Reinheit immer sehr wichtig. Er wünscht sich eine reine Welt, im Inneren und im Äußeren. Eine reine Welt ist für ihn eine schöne Welt. Sein Begriff von Schönheit ist mit dem der Reinheit verbunden, oder er setzt beides gleich.

Franz dachte an die pure Klarheit der Zen-Klöster und der Zen-Gärten. Alles ist dort einfach, durch und durch sauber, edel, absolut rein. Das Äußere soll den Geist widerspiegeln, oder einen entsprechenden Geist fördern. Die europäischen Barockgärten sind ebenfalls Orte einer höheren Geistigkeit. Alles hat einen sinnvollen Platz. Alles steht in einem sinnvollen Bezug zueinander. Alles ist geprägt von Reinheit und Harmonie.

Franz umwandelte die Barockkirche, die in einem intensiven Gelb gestrichen war. Er schaute sich die Bäume an, vor allem die auf der Westseite. Von dort hatte er einen herrlichen Blick auf das Tal. Harmonie, Reinheit, Schönheit, Stille, Ordnung – alles gehörte hier zusammen.

Orte wie Schönenberg hüteten für Franz einen anderen Geist als den Geist, oder besser den Ungeist, der die großen Städten beherrschte. Hier gab es eine menschliche Ordnung. Ein klares, sauberes System, in dem sich der Geist des Menschen zuhause fühlen konnte, wo er kein getriebenes, gehetztes Wesen war, das sich den anderen beweisen muss oder will.

Hier konnte er sich als Gottes Ebenbild begreifen, konnte spüren und erleben, dass er ein vollkommenes Wesen war, so oder so, von allem Anfang an, ohne Leistungsbeweise, ohne Kompetenzen oder Zertifikate. Er war gut und vollkommen, jetzt und heute, trotz irgendwelcher Fehler, die aber bei Maria keine Bedeutung hatten. Sie spiegelte ihm seine eigene Schönheit und Vollkommenheit wider, nicht als fernes, unerreichbares Ziel in einem Jenseits, sondern gerade im Jetzt und Hier.

Die großen alten Bäume, sie strahlten Vollkommenheit aus, Ruhe, Stille, tiefes Verwurzeltsein in der göttlichen Vollkommenheit der Natur. Alles war gut, aber sie mussten es nicht sagen, schon gar nicht beweisen. Sie waren es einfach. Und die Barockkirche war der von Menschen geschaffene Tempel, mit dem sie das vollkommen Schöne zum Ausdruck brachten.

So drückte die ganze Anlage den heiligen Namen aus: Schönenberg.

Die Suche nach spirituellen Orten war für Franz immer auch eine Suche nach schönen Orten, denn sein Begriff von Schönheit bedeutete neben Ästhetik auch Tiefe und Wahrheit. Schöne Orte strahlten für ihn Tiefe, Sinn, Kraft und Wahrheit aus. Orte, die nur äußerlich schön waren, denen also eine tiefe Bedeutung fehlte, waren für ihn somit keine schönen Orte. Ein Wellnesshotel oder eine Freizeitanlage mochte wunderschön gestaltet sein, was er durchaus registrierte, fehlte jedoch eine tiefe, spirituelle Bedeutung, dann fühlte er sich davon nicht angesprochen.

So verließ er Schönenberg, auf der weiteren Suche nach spiritueller Schönheit.

4. Der Wert der alten Kunst – Maria im Weingarten

Nord-östlich von Würzburg führte ihn der Weg durchs Maintal, durch das fränkische Weinbaugebiet. Die Gebiete, in denen Wein angebaut wurde, waren altes Kulturland. In Norddeutschland hingegen gab es meist Getreide, Rüben, was oft ein wenig öde wirkte, und leider recht geistlos. Wein und Geist, beides war seit den Zeiten der Antike miteinander verknüpft. Für Europa und seine Geistesgeschichte hatte dies eine tiefe Bedeutung, zumal ja auch in der Bibel dazu wichtige Stellen nachzulesen sind. Brot und Wein – allein diese Kombination hat ihre lange Geschichte in der europäischen Kultur.

Um die Wallfahrtskirche zu erreichen, musste man am Fuße eines Weinberges parken und dann eine schmale Straße hinaufgehen. Neben dem Weg standen kleine Steinhäuschen, die dem Besucher und Pilger die Stationen des Passionsweges noch einmal verdeutlichen sollten. Der Lebens-Weg hinauf zur Höhe der geistigen Befreiung führt durch Stationen des Leidens hindurch. Unsere eigenen Stationen des Leidens spiegeln die Stationen des Weges von Jesus wider.

Für die Besichtigung der Kirche musste Eintritt gezahlt werden, was Franz verwunderte, weil die anderen Kirchen ohne Eintritt zu besichtigen waren. Vielleicht lag es an den Kostbarkeiten oder an der letzten teuren Renovierung, die erst ein paar Jahre her war. Drinnen fiel der Blick auf die im Chorbogen hängende Rosenkranzmadonna von Tilman Riemenschneider, dessen Werk Franz schon vor ein paar Jahren bei der großen Ausstellung in Würzburg bewundert hatte. Für ihn war Riemenschneider einer der ganz großen Bildhauer.

Die lebensgroße Madonnenfigur ist von einem Strahlenkranz umgeben, sie steht auf einer Wolkenkonsole mit dem rechten Fuß auf der Sichel des Mondes. Maria trägt auf ihrem linken Arm das aufrecht sitzende Jesuskind, die rechte Hand hält sie locker vor ihrem Bauch, den Kopf neigt sie nach links, schaut dabei aber mehr verklärt nach oben: so steht sie in einer Haltung der Kontemplation.

Die zentrale Marienfigur wird von einem Kranz stilisierter Rosen umgeben, der von fünf Medaillons unterteilt wird. Auf den Medaillons sind zentrale Szenen aus Marias zu sehen: die Verkündigung, die Begegnung mit Elisabeth, die Geburt, die Anbetung der Könige und der Tod. Inspiration durch den göttlichen Geist, Bewusstwerdung ihrer besonderen Aufgabe im

Leben, die Realisation ihrer Bestimmung, nämlich die Geburt von Jesus, die Würdigung ihrer Person und Rolle im Leben und die Vollendung ihres ganzen Lebensweges – so könnte man die Stationen vielleicht deuten.

Zwischen der Figur und dem Rosenkranz befinden sich drei Engelpaare: unten musizierende Engel, in der Mitte musizierende Engelkinder und oben ein Engelpaar, das einmal eine Krone über Marias Kopf gehalten hatte.

Franz bemerkte, dass die ganze Figur ein Mandala in einer Ei-Form war. Man konnte über Maria und ihren Weg meditieren, oder gleichzeitig auch über den eigenen, der von Gott kam und letztendlich nach einem leidvollen Durchgang durchs Leben wieder zu Gott zurückführte. Aus dem Reich der Vollkommenheit fallen wir ins irdische Dasein, wo wir eine Reihe von Aufgaben haben und erfüllen, um am Ende wieder ins Reich der Vollkommenheit zu gelangen. Ein Kreislauf, bei dem wir eigentlich immer mit dem Vollkommenen verbunden bleiben. Ein wunderschönes Meditationsbild in Form einer Skulptur aus Holz. Das Ei des Lebens, das heilige Ei der Weisheit und Wahrheit. Das Ei der Weisheit der Liebe.

So deutete Franz das Mandala der Rosenkranzmadonna im Sinne einer weisen Vollkommenheit. Riemenschneiders Madonna mit dem Strahlenkranz und dem Kranz der Rosenblüten hatte durchaus etwas von einem Bild der Versenkung für ihn. Der vollkommene Mensch stand im Zentrum. Die göttliche Dimension und die menschliche Vollendung fielen hier zusammen. Leider hing es so weit oben, Einzelheiten waren unten im Kirchenschiff nicht zu erkennen.

Schade, dass die Krone verschwunden war. Schade, dass sie keine Nachbildung geschaffen haben. Vielleicht wollte man es ganz bewusst nicht tun. Aber die Krone blieb doch ein fehlendes Stück, vor allem dann, wenn man sich den Strahlenkranz anschaute. Zur Aura der Weisheit gehörte die Krone, der zentrale Punkt der Höhe der Weisheit. Wie auch immer man es „richtig" deuten mag, dachte Franz, es ist und bleibt ein erstklassiges Kunstwerk. Da es im Chorbogen hängt, hat es einen würdigen Platz. Es vermittelt in jedem Fall den Eindruck von etwas Wertvollem, Kostbarem, Edlen. Auch die kleineren Figuren über dem rechten und linken Seitenaltar, die in einer neuen, das Edle betonenden Holzumrahmung standen, waren Kostbarkeiten der Kunstgeschichte.

Über dem linken Seitenaltar stand das Gnadenbild der Wallfahrtskirche, eine spätgotische Pieta. Es gehört zu dem Typus der sogenannten „schönen Vesperbilder". Das bedeutet, dass weniger der Schmerz betont wird, sondern mehr die meditative Transformation des Leides in wissende Weisheit.

So hat Maria ihre gerungenen Hände vor ihre linke Brustseite gehoben, und ihr Blick geht nach innen. Christus liegt starr und steif auf ihrem Schoß, sein Kopf ist nach hinten abgeknickt. Das Leiden ist vorbei, das Leiden ist überwunden, transformiert.

Unter dem Altar können Besucher ihre Kerzen anzünden. Ihre Gebete verrichten. Still vor dem Altar sitzen, über ihr Leid und die mögliche Überwindung meditieren. Über dem rechten Seitenaltar befindet sich in einer gleichen Umrahmung wie auf der linken Seite eine Holzplastik der heiligen Anna Selbdritt. Die Figur stammt aus dem Umfeld Riemenschneiders.

Auf dem Schoß der Anna, welche die größte, mittlere Figur bildet, sitzt linksseitig Maria mit einem Buch auf ihrem Schoß. Auf dem rechten Knie der Anna steht ein nacktes Jesuskind. Drei Figuren, drei Generationen, drei Dimensionen und Stufen des Lebens. Anna, die Urmutter umfasst das ganze Leben. Sie ist der dunkle Grund, aus dem alles kommt. Sie ist die große Ahnin, die Urmutter aller Materie und allen Geistes. Ohne ihre umfassende Ganzheit kann das Einzelne nicht sein, ohne sie kann Entwicklung und Evolution nicht sein. Maria, die reine, edle junge Frau, ist mit ihr eng verbunden. Sie lebt ein kontemplatives Leben in tiefer Verbundenheit mit der Ganzheit des Lebens. So kann sie denn die Mutter des Menschensohnes werden, des göttlichen Menschen, also eines Menschen, der die Evolution zur Vollendung bringt. Er bringt die Wahrheit zur Entfaltung, er ist die entfaltete Weisheit, die ihrerseits wieder die Ganzheit ist. So sind hier Ganzheit, Reinheit und Vollendung miteinander verbunden.

Eine kleine, vielleicht unscheinbare Figur, dachte Franz, aber doch voll tiefer Bedeutung, wenn man darüber nachdenkt, und nicht bei einer stereotypen, oberflächlichen Deutung stehen bleibt.

In der Kirche befanden sich weitere Kunstwerke. Ein bis an die Decke reichendes Fresko des Heiligen Christophorus, dem großen Helfer in der Not, dem Christusträger. Dem großen, starken Riesen, der jeden Fluss überqueren kann, der jedes Hindernis hinter sich lassen kann.

Draußen vor der Kirche traf Franz einen älteren Herrn, der auf einer Bank saß und auf die Weinberge hinaus schaute.

„Die Kirche enthält ja richtige künstlerische Kostbarkeiten", meinte Franz.

„Ganz richtig", betonte der Mann. „Künstlerisch wertvoll und kostbar. Die alten Kunstwerke vermitteln uns in schöner Form den göttlichen Geist, sie feiern ihn sozusagen. Aber worauf es noch mehr ankommt, das ist die Entwicklung, Entfaltung und Vollendung des menschlichen Geistes. Wir müssen die Figuren in einen Bezug zu unserem eigenen Leben stellen. Wir müssen lernen unser eigenes Leid zu transformieren."

Vielleicht hatte er alte Mann genau gespürt, was die Lernaufgabe für Franz in seiner gegenwärtigen Situation war.

„Und wie schaffen wir das Ihrer Meinung nach am besten?"

„Durch das stille Gebet. Durch die stille Verbundenheit mit Gott. Wir müssen sie möglichst immer aufrecht erhalten, in allem, was wir im Leben tun. Es muss kein langes Gebet sein, kein kompliziertes, es muss nur ein verbindendes Wort sein, ein Mantra, wie die Buddhisten sagen. Om Mani peme hung, wie die Tibeter ständig murmeln."

„Sind Sie Buddhist?", wollte Franz wissen.

„Ach wissen Sie, in meinem Alter, nach meinem langen Lebensweg ist das völlig egal geworden. Der göttliche Geist ist in allem, wenn man es zu erkennen vermag. Gott liebt viele Wege, so wie die Natur viele Wege liebt. Die Vielfalt ist ein Grundprinzip des Lebens und der Schöpfung. Alles ist gut, wie es so lapidar heißt. Buddha und Jesus, das sind nur zwei von vielen Söhnen Gottes. Und dann gibt es noch die Töchter wie Mutter Theresa. Das fanatische Behaupten, der eigene Weg sei der einzig wahre, zeigt nur, dass man die Wahrheit gar nicht verstanden hat, und es zeigt, dass man nichts von universeller Liebe versteht. Gott liebt alle Geschöpfe, und das bedeutet: Er liebt alle spirituellen Wege, die von Herzen kommen."

„Da haben Sie recht", stimmte ihm Franz zu, „sie müssen aus dem Herzen kommen. Aus der leuchtenden Mitte."

Der alte Mann lächelte und nickte. Mit seiner Hand wies er stumm auf die Landschaft, die Weinberge, den weiten Blick und den Himmel.

Franz nickte schweigend, um zu signalisieren, dass er verstanden hatte. So ging er für einige Minuten ganz im Schauen auf, im Schauen der schönen Schöpfung.

In dem kleinen Laden neben der Wallfahrtskirche entdeckte Franz ein größeres Bild der Morenita in einem Rahmen. Eigenartig, dachte er, da findet sich gerade hier das Bild der Maria von Guadalupe. Vor einiger Zeit hatte er das informative und spannende Buch von Paul Badde über die Maria von Mexico gelesen.

Das Bild ist auf übernatürliche Weise entstanden. Kein Wissenschaftler konnte es bisher erklären, trotz mehrfacher Untersuchungen. Man fand keine Farbspuren, keine Pinselstriche, nichts, was zu einem sonst natürlichen Entstehen eines Kunstwerkes gehört. Franz wusste, dass wahre, spirituelle Kunstwerke eigentlich immer aus der göttlichen Dimension kommen. Sie werden sozusagen heruntergeschickt, heruntergeladen, wenn man es mit der Computersprache ausdrücken will.

Wichtig ist und bleibt die spirituelle Botschaft. Die Morenita ist die indianische Maria mit dem türkisfarbenen Sternenmantel. Sie hält ihre betenden Hände still und kontemplativ versunken vor ihrem Herzen, und sie gehört zu den schwangeren Madonnen.

Voller Demut und Hingabe schaut sie nach rechts unten.

Juan Diegos Vision:

An einem Samstag machte sich Juan Diego früh morgens auf, um an einer Messe zu Ehren seiner himmlischen Mutter und Königin teilzunehmen. Auf dem Weg dorthin vernahm er plötzlich von oben her einen wunderschönen, lieblichen Gesang. Er hielt diesen zunächst für den Gesang eines Vogels, als er aber in Richtung dieses zarten Klanges blickte, sah er eine lichte Wolke, die immer näher kam.

Der Lichtglanz dieser Wolke wurde immer stärker, es gingen Strahlen in den Farben des Regenbogens von der Erscheinung aus. Er war sich nicht sicher, ob er auf die Erscheinung zugehen sollte oder nicht, als er eine weibliche, mütterliche Stimme in seiner Sprache vernahm: "Juanito! - Juan Dieguito", rief Sie ihm liebevoll zu "Höre, Juanito, mein liebstes kleines Söhnchen, wohin gehst du?" Er entgegnete Ihr: "O edle Dame, ich bin auf dem Weg zur Kirche nach Tlatilolco zur Heiligen Messe.", worauf Sie erwiderte "Wisse, mein liebstes Söhnchen, dass ich die reine und immerwährende Jungfrau Maria bin, die Mutter des wahren Gottes, durch den alles lebt, welcher der Herr über Himmel und Erde ist.

Es ist mein inniger Wunsch, dass man mir hier ein teocalli (ein Gotteshaus) baue, wo ich den Menschen meine ganze Liebe, mein Mitleid und Erbarmen, meine Hilfe und meinen Schutz erweisen und schenken will. Ich bin eure erbarmungsreiche Mutter, die Mutter aller Menschen, all jener, die mich lieben, die zu mir rufen, die Vertrauen zu mir haben. Hier will ich auf ihr Weinen und ihre Sorgen hören und will ihre Leiden, ihre Nöte und ihr Unglück lindern und heilen.

Und damit ich meine Absichten verwirklichen kann, gehe zu dem Haus des Bischofs in der Stadt Mexiko und sage ihm, dass ich dich gesandt habe und dass es mein Wunsch ist, dass hier ein teocalli gebaut werde. Sage ihm, was du gesehen und gehört hast. Sei versichert, dass ich mich sehr dankbar erweisen und dir alles vergelten werde, wenn du mit Sorgfalt ausführst, worum ich dich gebeten habe. Nun, da du meine Worte gehört hast mein Sohn, geh und tue alles, was du tun sollst."

Diego versprach alles zu tun, verbeugte sich und machte sich auf nach Mexiko.

Nach mehreren Versuchen, den Bischof vom Bau der Kirche zu überzeugen, erschien schließlich, als Zeichen und als Beweis, die Morenita auf der Tilma, dem mantelartigen Umhang des Indianers, dem die Maria erschienen war. Das alte Bild wird seit Jahrhunderten in Mexiko verehrt. Der Umhang besteht aus grobem Leinen, einem Gewebe aus Magueyfasern, die leuchtenden Farben sind bis heute erhalten. Eigentlich hätte das billige Gewebe längst zerfallen sein müssen, aber es ist immer noch im Zustand von 1531, wofür es keine wissenschaftliche Erklärung gibt. Gegenstände, Dinge, Kunstwerke, die ganz vom göttlichen Geist erfüllt sind, sind nicht mehr dem Verfallsprozess unterworfen. Sie bewahren gewissermaßen die Wahrheit. Sie spiegeln auf materieller Ebene das Göttliche wider. Jeder materialistische Zugriff und Erklärungsversuch wird scheitern, ob chemische Untersuchungen oder Infrarotstrahlungsfotografie oder was auch immer, und die einzig richtige Konsequenz ist die Bereitschaft, sich dem Glauben zu öffnen. Die Bereitschaft zu entwickeln, göttliche Botschaften zu empfangen. Und nicht nur das, sondern diese endlich zu akzeptieren, was man sicher nur kann, wenn das Weltbild eine materielle und eine spirituelle Dimension hat.

Sie war dem Indianer Juan Diego auf einem Hügel erschienen. Vielleicht fand sich deshalb ihr Bild hier in Maria im Weingarten, denn diese Wallfahrtskirche stand auch auf einem Hügel einer sonnendurchfluteten Landschaft.

„Dass Sie die Maria von Guadalupe hier anbieten...", sprach Franz die Frau im Laden an.

„Es ist ein ganz besonderes Bild, das Papst Johannes Paul II sehr geschätzt hat. Er hatte es auf seinem Schreibtisch stehen. Kennen Sie die merkwürdige Geschichte des Bildes?"

„Ja, ich habe das Buch von Paul Badde gelesen", sagte Franz.

„Ein großartiges Buch, nicht wahr. Es vermittelt einem wirklich das Gefühl und die Überzeugung, dass es eine höhere Dimension gibt, nicht nur als Phantasie oder gar als Wunschdenken, sondern ganz real. Wer vorher voller Zweifel war, der wird nach der Lektüre anders denken – und sein Herz öffnen."

„Genau, ganz richtig, wie Sie sagen: er wird sein Herz öffnen. Sein Herz wird weit und weise."

„Das haben Sie schön gesagt."

Franz kaufte ein paar Postkarten, darunter die Maria von Guadalupe.

Als er wieder draußen war, umwandelte er nochmals die Kirche, spürte den heiligen Ort, die Pflanzen, die Bäume, schaute von der Mauer ein weiteres Mal über das leuchtende Land der Weinberge. Sieht man das Land als heilig an, dachte er, so wird alles geheiligt, die Erde, das Leben, das Sein, einfach alles. Das entspricht dem Kern des indianischen Denkens. Sacred Earth. Die Heilige Mutter Erde.

Die Materialisten, die Wissenschaftler und Atheisten müssen endlich lernen, den tiefen Respekt vor Mutter Erde zu leben. Die Pop-Konzerte von LIVE EARTH und andere weltumspannende Shows sind gut gemeint, doch nur wenn sich eine tiefe, liebende Ehrfurcht entwickelt, wird es mehr als Showbusiness.

Dem Indianer ist die Erde mit allen Pflanzen und Tieren, Bergen und Flüssen, Steinen und Meeren heilig. Sein tiefer Respekt, seine tiefe Liebe, die er der Morenita, der Maria von Guadalupe entgegen bringt, gilt dem ganzen Leben, der ganzen Erde, dem ganzen Dasein.

5. Die Heilung des Traumas - Wargolshausen

Immer wieder litt Franz daran, dass die Leute seine Sicht der Dinge nicht verstanden. Er erkannte Verbindungen zwischen dem östlichen und dem westlichen Denken, die andere nicht sahen oder nicht sehen wollten. Er entdeckte Verbindungen zwischen der christlichen Religion und den alten Naturreligionen, die andere auf keinen Fall wahr haben wollten, denn sie wollten den Unterschied, sie wollten die Abgrenzung.

Die anderen Menschen hatten oft ihre klaren, logischen Systeme. Bei Franz war alles fließend, verbunden, vernetzt. Er war ein Vertreter des wilden Denkens, ein Freund des analogen Denkens. Er verstand die Logiker, die aristotelischen Systematiker sehr wohl, aber er teilte nicht ihre strikten Abgrenzungen, denn als Mystiker suchte er das Verbindende und Gemeinsame in der universellen Ganzheit und Tiefe.

Maria ist keine Göttin, sondern nur die mütterliche Seite Gottes. Maria zeigt uns den Weg zu Christus. Göttin, Gott, Gottheit – für Franz waren die Begriffe nicht so wichtig. Und er wollte keine Hierarchie, keine Werteskala, kein spirituelles „Ranking". Er wollte und suchte Verbindung, Erfahrung, spirituelles Leben und Erleben auf einer höheren Ebene, wo es keine Grenzen mehr gab.

Weil Franz sich von vielen nicht verstanden fühlte, litt er, fühlte sich abgelehnt und ausgegrenzt. Hinter den Worten „keine" oder „nur" spürte er die Ablehnung bestimmter Sichtweisen, Gefühle und Erfahrungen. Er spürte Zurechtweisung, Belehrung und Beurteilung. Dies ist die richtige Sicht, das aber ist die falsche Sicht. Dies ist christlich, das andere aber ist heidnisch. Das ist doch Pantheismus! Wir sind doch keine Katholiken. Wir sind evangelisch. Oder umgekehrt. Wir sind doch katholisch, und nicht evangelisch. Wir sind Christen, und keine Buddhisten, die immer nur meditieren. Wir sind Buddhisten, und keine Christen, die nur reden und keine Praxis haben. Was soll denn das bitte mit Schamanismus zu tun haben? Jesus ist doch kein schamanischer Heiler, er ist Gottes Sohn.

Seit Jahrtausenden wird so argumentiert. Immer gab und gibt es „falsche" Sichtweisen, die früher als „ketzerisch" galten und von der Inquisition, der Gedankenpolizei der Kirche, verfolgt wurden, um sie zu vernichten, auszurotten. Heute ist man insgesamt toleranter, aber immer noch werden andere Sichtweisen bekämpft, zumindest wollen sich viele strikt abgrenzen von anderen Religionen und Sichtweisen. Hinter all den ablehnenden Urteilen steckten die Väter, die Lehrer, die Priester, die dafür zu sorgen hatten, dass man in ihrem Sinne dachte und handelte. Eigenes Denken war verboten. Damals. Und leider oft noch heute.

Die kleine, neue Kapelle befand sich außerhalb von Wargolshausen. Erst war Franz zu weit gefahren, weil er kein Schild gesehen hatte. So musste er nach ein paar Kilometern wieder zurückfahren. Schließlich entdeckte er doch ein kleines Schild, auf dem stand: „Grillplatz", und darunter Kapelle. Na ja, dachte er, auch eine seltsame Kombination. Er fuhr den Weg einfach hinunter, am Grillplatz vorbei, sah aber keine Kapelle. So fuhr er weiter, kam an einem Feld vorbei, auf dem zwei Leute arbeiteten. Er grüßte sie mit erhobener Hand, sie grüßten zurück. Dann schließlich entdeckte er die Kapelle am Waldrand, wo er seinen Wagen parkte.

Die Kapelle war erst vor einigen Jahren erbaut worden. Es handelte sich um eine kleine, offene Halle, eine Tür gab es nicht. Franz schaute sich um und war ganz überrascht von der Schönheit der Madonna, die Lothar Bühner aus Bad Neustadt geschaffen hatte. Die Fotos, die er zuvor gesehen hatte, hatten ihm weniger gut gefallen. Eine schöne, starke Madonna aus Holz, ohne Bemalung. Sie hängt unter den Stützbalken des mit Holzschindeln bedeckten Daches der Kapelle. Mit beiden Händen hält sie ihr Kind hoch, hält es vor ihrem Herzen, zeigt es dem Besucher der Kapelle. Der weite Mantel wirkt noch wie ein Teil des Baumes, aus oder in dem Maria gewachsen ist, aus der wiederum das Christuskind hervorgewachsen ist. So wirkt alles eng miteinander verbunden und bildet eine vollkommene Einheit von Natur, Mensch und Christus.

In einem Buch steht, dass diese Kapelle im Goldbachtal von einem Hermann Dennemann im Jahre 1979 gestiftet worden sei, als Dank dafür, dass er heil aus dem Zweiten Weltkrieg nach Hause gekommen sei.

Franz schaute sich die Danktäfelchen an: Maria hat geholfen. Er konnte bisher keine Tafel anbringen, er konnte nur bescheiden Gebetsfäden um eine kleine Figur legen mit der Bitte, Maria möge auch ihm in seinem Leid helfen, möge ihn befreien von seinen Kopfschmerzen und seinen seelischen Wunden.

Maria ist keine Göttin, hatte ihm jemand gesagt. Den Satz hatte er behalten. Es war wieder eines dieser Urteile: Das ist eine falsche Sicht. Seine Sicht war falsch, er dachte falsch. So sollte er nicht denken. Was denkst du dir eigentlich? All die vielen Verurteilungen seiner Sicht und damit seiner Person gingen ihm durch den Kopf, von der Kindheit bis heute. Immer ging es dabei um das Verurteilen von Gefühlen, von Empfindungen, Erlebnissen, Erfahrungen. Bestimmte Sichtweisen sollten nicht sein. Bestimmte Erfahrungen sollten nicht sein. Maria war für manche nur eine mütterliche Seite Gottes. Gott war wichtig, Maria auch, aber nicht so wichtig. Der Vater war wichtig, aber die Mutter weniger. Vater unser, aber nicht Vater-Mutter. Maria in den Bäumen sehen, oder in den Wolken, für ihn war das wichtig.

In der heutigen Zeit war man allgemein toleranter, aber man schob es auch schnell in die subjektive Ecke. Na ja, jeder hat so seinen Empfindungen. Jeder hat so seine Träume oder Visionen. Man regt sich nicht mehr so auf, man ruft nicht „Ketzer" wie vor Jahrhunderten, man zündet keine Scheiterhaufen mehr an. Dennoch hatte Franz selten Respekt und Würdigung seiner „subjektiven" Sichtweisen und Erlebnisse erfahren.

Die Morenita als indianische Hüterin des Lebens zu sehen. Türkis – vielleicht die Farbe, die am meisten für die Indianer steht und ihre Welt repräsentiert. Die Mutter der Natur, die das heilige Leben in sich bewahrt, die es für die sie anbetenden Menschen bewahrt und behütet. Die Urquelle des Lebens.

Das ist aber nicht mehr katholisch, mag ein Dogmatiker sagen.

Die **keltische Mutter des Lebens**, aus dem Baumstamm gemeißelt (S.195). Archaisch und elementar, rein wie die unverdorbene Natur, rein wie die Urkraft des Lebens, verbunden mit Erde und Himmel. Hier hängt sie, in der Kapelle am Waldrand, vereinigt in sich die Weisheit des Waldes, der Bäume und des Lebens zum Licht. Keltisches und Christliches, Naturverbundenheit und Himmelsverbundenheit.

Das ist aber nicht mehr katholisch, mag ein Dogmatiker auch in diesem Fall sagen.

Ach, die Logiker, die Systematiker, die Dogmatiker – Franz konnte mit ihnen nicht viel anfangen, und er litt eher, wenn sie seine Welt beurteilten, was meistens auf eine Abwertung hinauslief. Sie wollten immer alles klar und eindeutig haben, wobei sie das ausgrenzen wollten, was ihnen nicht gefiel: Das Wilde, das Chaotische, das Ambivalente, das Komplexe, die Sexualität, die Naturnähe und die Naturverehrung.

Oh Heilige Mutter, nimm mir das Leiden an diesen Urteilen. Das Leiden an den ewigen Abgrenzungen und Ausgrenzungen. Das Leiden an den geistigen Grenzen, diesen scharfen Schneisen durch den Urwald des Lebens. Das Leiden an den tödlichen Urteilen.

Franz versuchte still zu werden, und einfach nur zu sitzen, aus der Kapelle hinaus ins Tal zu schauen, auf den Wald und die Felder. Es war ruhig hier, es war niemand da, es kam niemand. Die zwei Leute arbeiteten noch auf dem Feld.

Hier ist es wie in einer anderen Zeit, dachte Franz, wie in einem anderen, stillen Jahrhundert. Heilung geschieht in der Ruhe, dachte er, im stillen Gebet oder im stillen Dasein.

Die **keltische Madonna als Mutter eines natürlichen Lebens**, eines einfachen Lebens in einem stillen Tal. Ob der Künstler das zum Ausdruck bringen wollte? Franz wusste es nicht, und es war ihm eigentlich auch egal, denn Kunstwerke waren immer vielschichtig, konnten dem Betrachter unterschiedliche Botschaften vermitteln. Das machte die besondere Qualität von Kunstwerken aus. Sie waren keine eindeutige Theorie. Aber selbst theoretische Texte wie die der europäischen Philosophen konnten unterschiedlich gedeutet werden. Eindeutig waren wohl nur technische Instruktionen und Gesetzestexte.

Die Botschaft der Bäume ist die völlige Verbundenheit mit der Erde. Mit dem Himmel und der Erde, mit oben und unten.

Mit dem stillen Wachstum verbunden zu sein, Geduld zu haben, warten zu können, viele Jahre geduldig warten zu können. Langsames, ganz langsames Wachstum.

Die Botschaft der Bäume ist das Verbundensein mit den Rhythmen der Natur, den Jahreszeiten, dem Wetter.

„Ja", sagte Franz, „Du hast recht." Billig und stereotyp mag es sich anhören: Einklang mit der Natur, aber genau das fehlt uns Menschen. Es ist kein Einklang mehr, und deshalb ist es so disharmonisch geworden. Die Disharmonie des Klimas ist unsere eigene. Wir sind die Verursacher. Wir sind die Schuldigen. Wir haben das Chaos geschaffen, weil wir in uns keine Ordnung haben, sondern Panik, Sucht und Gier.

Wir müssen den Einklang neu entwickeln und fördern. Ein neuer, bewusster Einklang mit allen Kräften der Natur. Ein Programm für Jahrhunderte. Wir müssen Frieden und Harmonie mit der ganzen Natur schaffen. Im eigenen Garten, in den Wäldern, in den Parks, im Urwald, in der Arktis, in der Wüste, auf und in den Meeren, überall auf der Erde. Und von den Bäumen lernen: Das Verwurzeltsein, die Stille, die ruhige Weisheit vieler Jahre, die Langsamkeit, die Geduld, die Demut. Viel gibt es zu lernen von den Bäumen.

Oft finden sich besondere Bäume in der Nähe der Wallfahrtsorte. So die Eiche bei Marienborn, links neben der Kapelle, aber auch andere große Bäume wie die Eschen. Oder die großen Linden bei Schönenberg, Hüter der Schönheit der Natur, so wie die Kirche das Kunstschöne repräsentiert. Wenn man ein bisschen herumschaute, fand man meistens einen besonderen Baum, oder eine markante Baumgruppe, also einen Ort der Naturgeister, die, wie Maria, Schönheit und Harmonie, Stille und Liebe bewahrten. Allerdings waren für die meisten Besucher und Pilger die Bäume wohl nicht so wichtig, sie waren zwar da, bildeten die Atmosphäre, nur die Verbindung zwischen Maria und den Bäumen: Wer zog sie?

Da Maria für Franz auch eine Hüterin der Natur war, verknüpfte er die Bäume mit ihr. Nur wer die großen Bäume liebte und bewahrte, liebte auch wirklich die Natur, denn ohne die Bäume gibt es keine Biosphäre, gibt es kein Leben. Das nur sachlich festzustellen, war Franz immer zu wenig gewesen. Er respektiere nicht nur die großen, alten Bäume, er verehrte sie.

Maria und die Bäume – das ist sicherlich eine neue Idee, ein neuer Impuls für die Zukunft der Erde, dachte Franz. Aber vielleicht auch nicht. Vielleicht ist es im Grunde eine ganz alte Idee, die schon lange in Europa verwurzelt ist.

Maria und der Lindenbaum. Lindenbäume finden sich schon an vielen Kirchen und Kapellen. Die Linde ist ein „linder" Baum, ein lieblicher, sanfter Baum. Ein Baum der Liebe, der mütterlichen Liebe.

Maria und die Bäume, ich werde das weiter verfolgen, dachte Franz.

6. Eine Kultur der Integration – Maria im Steinthal

Die Wallfahrtskirche Maria im Steinthal erreichte Franz über einen Weg, der ihn durch ein kleines Tal zum Ziel hinaufführte. Links und rechts stieg das Gelände an. Nach ungefähr dreihundert Metern erreichte er die kleine, gelb gestrichene Kirche. Den Vorraum konnte er betreten, das Innere der Wallfahrtskirche war jedoch verschlossen, nur durch ein Gitter konnte er ins Innere blicken. Vor die Madonna im Vorraum legte er seine Wollfäden, zu einem Kreis gebunden.

Draußen, auf der linken, südlichen Seite standen einige große Linden. Weiter links, wo das Gelände steil anstieg, befand sich ein Außenaltar mit einem Kreuz. Hinter der Kirche entdeckte er eine kleine, aber recht schön gestaltete Lourdesgrotte. Auch dort hinterließ er einen Wollfaden, einen dritten hängte er in eine der großen Linden, und einen vierten legte er auf den Steinaltar beim Kreuz. Vor der Lourdesgrotte blieb er etwas länger stehen, schaute zum ansteigenden Berg hinauf, und zur goldenen Turmspitze der Kirche.

Die Kirche stand mitten im Tal mit dem Lindenplatz auf der südlichen Seite. Der Weg durchs Tal stieg von Osten nach Westen an. Sie stand geschützt und verborgen, durch dieses kleine Tal kamen nur Radfahrer und Fußgänger.

In einem kleinen Informations-Heftchen über die Wallfahrtskirche fand Franz die folgenden, mittleren Liedstrophen (3-5) des Liedes „Königin vom Steinthal":

Vögel in den Zweigen,
Blumen in der Au,

44

preist mit uns Maria,
unsere Liebe Frau !
Gottes gute Schöpfung,
aller Blüten Pracht,
schmückt die Magd des Herren,
die Er groß gemacht.

Unsere Rebenhügel,
Wiesen, Wälder grün,
Gärten, Saaten, Felder
und der Menschen Mühn –
alles soll gedeihen
unter deiner Hut.
Wenn wir uns dir weihen,
dann wird alles gut.

Unsere Gemeinden
schütze allezeit.
Unsere Familien
seien dir geweiht.
Segne unsere Heimat,
schütz das ganze Land,
halte über alle,
Mutter, deine Hand.

Die Menschen in der Steinzeit mögen ein ähnliches Lied gesungen haben, dachte Franz. Sie mögen auch mit einem Lied das positive Wirken der Mutter des Lebens besungen haben. In ähnlichen Liedern mögen sie die Große Ur-Mutter besungen haben, sie mögen auch Namen wie „Königin vom Steinthal" gehabt haben.

Gott war für sie wie für die Indianer der Große Universelle Geist, der sich in allem und jedem, in jedem Lebewesen, in den Vögeln und in den Gräsern, in den Bergen und in den Flüssen, in den Steinen und in den Bäumen zeigte, der alles durchdrang mit seiner Kraft, mit seinem „Odem", wie es heißt, seinem geistigen Atem.

Oh Great Spirit

Birds and sky and sea,
You´re inside
and all around me.

Die Große Mutter war das Leben schlechthin, die Fruchtbarkeit, die Vielfalt der Natur, das sich wandelnde Leben in allen Formen. Schutz und Segen – man brauchte es damals, man brauchte es heute, denn immer war das Leben unbeständig, immer konnte ein Unwetter kommen, eine Krankheit oder ein Krieg.

So konnte man das Lied als archaischen Gesang der Naturverbundenheit sehen. Als Ausdruck der Liebe zur Natur, als Bitte um eine gute Entwicklung der Natur und der arbeitenden Menschen, als Bitte um starken Schutz für die Familien und das Land.

Ob die christlichen Figuren nun mehr ein hierarchisches Modell, bei dem Gott ganz oben und Maria ganz unten stand, oder mehr ein Kreismodell darstellten, bei dem alle gleichermaßen wichtig waren und sich wechselseitig ergänzten, darüber mochten Theologen streiten. Für Franz war beides vorhanden, aber mehr noch sah und betonte er den Kreis, denn alles gehörte zum Kreis.

Fröhlich mit uns singe
alle Kreatur,
Licht und bunte Farben
hier in der Natur!

Der Kreis der Freude. Der Kreis des gemeinschaftlichen Erlebens und Teilens. Dadurch werden die Menschen zu Menschen des offenen Herzens, zu wahren Menschen, indem die Christuskraft in ihnen zur Entfaltung kommt. So erst schaffen sie eine menschliche Kultur jenseits von Krieg, Kampf und endlosem Wettbewerb, so schaffen sie eine humanistische Kultur, eine Kultur der Harmonie von Mensch zu Mensch, und von Mensch zur ganzen Natur. Der Platz mit den großen Lindenbäumen war dafür wie geschaffen, dachte Franz. Aber auch die kleine Lourdesgrotte hinter der Kirche, neben dem Weg vermittelte ihm diesen Geist. Die harmonische Integration in den Kreislauf der Natur. Die kleine Steingrotte spiegelte die ganze Erde wider – und die „weiße Dame" gewissermaßen den integrierten Menschen.

Kein altes, überholtes Programm, dachte Franz, sondern im Angesicht der Klimakatastrophe ein Zukunftsprogramm. Ein Lern– und Entwicklungsprogramm für kommende Zeiten. Eine menschliche Religion, die eine Harmonie der Menschen und der Natur schafft, ist die einzig gute für die Zukunft der Menschheit. Alle Einseitigkeiten, Ismen, Fanatismen, Fixierungen – all das sind nur kranke Formen. Nicht mehr christlich oder buddhistisch sollte das Adjektiv sein, sondern menschlich, integrativ, ökumenisch, also „die ganze Erde betreffend", universell humanistisch, also global in einem sehr positiven Sinn. Jesus nannte sich „Menschensohn", er vertrat das Prinzip der Integration aller. Und nicht die Abgrenzung, das Sektierertum, die Ablehnung der Anderen, das Spezialistentum und schon gar nicht das Besitzdenken und den Wettbewerb.

Thich Nhat Hanh ist ein moderner Buddhist, der ebenfalls das integrative Prinzip vertritt. So heben sich bei ihm Begriffe und Kategorien auf. Er ist ein großer Meister. Jesus ist ein großer Meister. Yogananda. Die Botschaft einer friedlichen Menschheit ist immer die gleiche. Ob Martin Luther King oder Ghandi, ob Hindu oder Christ.

Wir sollten versuchen, eine neue Kultur hervorzubringen, in deren Zentrum das Sein steht. Das ist eine große Herausforderung, denn wir haben die Tendenz in Begriffen des Tuns zu denken und nicht in Begriffen des Seins. Wir glauben, wenn wir nichts tun, dann vergeuden wir unsere Zeit. Das ist nicht wahr. Unsere Zeit ist zunächst für uns da, damit wir sein können. Was heißt das? Lebendig zu sein? Frieden zu sein, Freude zu sein, Liebe zu sein. Das ist, was die Welt am dringendsten braucht. Wir üben uns darin zu sein. Und wenn wir die Kunst beherrschen, friedlich zu sein, stabil zu sein, dann haben wir die Grundlage für jedes Handeln geschaffen, denn Grundlage jeden Tuns ist zu sein. Und die Qualität des Seins bestimmt die Qualität des Tuns. Das Tun muss auf dem Nichtstun basieren.

Wir sagen oft: „Sitz nicht so herum, tu was", aber wir sollten es umgekehrt sehen: "Tu nicht einfach was, setz dich hin, sei da." Dann können wir eine neue Dimension, eine neue Kultur des Seins hervorbringen. Können so sein, dass Frieden, Brüderlichkeit, Verstehen und Mitgefühl möglich werden. (Buddhismus aktuell 2/2007, S.20)

All die Worte von Thich Nath Hanh hätte auch Jesus sagen können, heute. Für Franz gab es keine Differenzen bei der Botschaft einer friedlichen Kultur. Das Herz der Religionen ist eines, wie der Dalai Lama sagt. Es kann auch nur eines sein, denn es gibt nur eine Erde und eine Menschheit. Es gibt nur eine menschliche Kultur. Nur ein Prinzip universeller Menschlichkeit.

Über das Gnadenbild von „Maria im Steinthal" las Franz Folgendes. *„Das Gnadenbild von Maria Steinthal strahlt eine große Ruhe und Gelassenheit aus. ... Einladend hält das Kind seine Arme offen, als wolle es den Besucher willkommen heißen. Der recht Fuß zeigt bereits in die Marschrichtung der Wallfahrer, als wolle es mit dem Pilger den Weg fortsetzen. Sein Gesichtsausdruck ist weich, freundlich und gütig, die ganze Haltung eine einladende Geste, als spräche es zu dem Wanderer die Worte des Evangelisten Matthäus. „Kommt alle zu mir, die ihr euch plagt und schwere Lasten zu tragen habt. Ich werde euch Ruhe verschaffen."* "

Ja, dachte Franz. Es ist der offene Geist, der Geist der meditativen Stille, der alles zu integrieren bereit ist. Keine Rechthaberei und keine Abgrenzung. Offen und herzlich wie ein Kind, nicht wie ein Erwachsener, der genau irgendwelche Grenzen kennt und unbedingt beachten will oder muss. Nein, es geht um eine ganz elementare Offenheit des Herzens. Ein universelles Prinzip der Menschheit.

Für alle meine Verwandten, sagen die Indianer, und sie meinen damit alle, auch die Tiere, die Vögel. Sie fühlen sich verbunden mit den Bäumen, der Erde, dem Himmel, dem ganzen Sein. Sie sehen die tiefe Verbundenheit mit den anderen Menschen, mit allen anderen Lebewesen und der ganze Erde, denn sie ist die Grundlage des Lebens.

Brüderlichkeit – brothers and sisters, wie Martin Luther King sagt. Alle Menschen müssten es *sein und leben.* Wer im anderen den Bruder oder die Schwester sieht, der beutet nicht mehr aus, der unterdrückt nicht mehr, der führt keine Kriege mehr, der hasst nicht mehr – oder er ist, wie es in der Bergpredigt heißt, ein Heuchler. Ob wir Jesus oder den Dalai Lama, Yogananda oder Thich Nath Hanh als Repräsentanten des Prinzips der mitfühlenden Menschlichkeit, der universellen Liebe nehmen, das sollte langsam egal sein. Wer seinen Meister für den einzig wahren hält, gerät leicht in die Position, dass er die anderen zu sehr ablehnt und zu wenig respektiert.

Ach, dachte Franz, ich denke wieder zu viel. Ich sollte hier nur sein, still sein unter der Linde. Er setzte sich auf einen der Steine, die neben dem Weg lagen, schaute sich um, betrachtete still die Linden auf der rechten Seite des Tales, die Wallfahrtskirche auf der linken, die kleine Lourdesgrotte. Es war nur stilles Sein in diesem Tal. Frieden.

Zwei Mountainbikefahrer kamen den Weg herauf, quälten sich, schwitzten, denn es war ein heißer Tag. Mit der Frau wechselte Franz ein paar Worte, denn der Mann war natürlich schon voraus. Die Frau erzählte von ihrer nicht so guten Kondition, aber sie wolle doch die Strecke schaffen.

48

Franz wollte wissen, ob sie denn auch genug Wasser zum Trinken dabei habe. Ja, eine Flasche habe sie schon. Er wünschte ihr gute Fahrt. Weitere Menschen kamen nicht.

Die Bäume brauchen keine Worte und Theorien, sie sind einfach verwurzelt in der Erde und wachsen hinauf zum Licht. Sie müssen nichts beweisen, sie sind nicht unterwegs, um irgendetwas zu erreichen. Sie sind ganz und vollkommen, natürliches Dasein. Ihr Verwurzelt-Sein ist ihre Form der Vollkommenheit, und ihre entfalteten Äste und Blätter ihr kreatives Sein. Schönes, stilles und starkes Leben. Meistens viel älter als wir Menschen.

Sie schenken uns die Luft zum Atmen.

So simpel diese Tatsache ist, so müssen wir doch erst richtig lernen sie zu würdigen, und den Bäumen dankbar sein für die Luft. Als Kinder des wilden Feuers haben wir das vergessen.

Franz schickte eine SMS an Waltraud in München, um ihr von den Bäumen zu berichten, denn da sie eine große Verehrerin der Bäume war, würde sie sich darüber sehr freuen.

Die Bäume verbinden Himmel und Erde. In ihnen fließt das Chi, der heilige Geist der Natur. Ihre grüne Lebenskraft.

7. Das Maß der Welt – Maria im Grünen Tal

Franz hatte keinen systematischen Plan. So war seine Pilgerfahrt kein gerader Weg. Er strebte kein Ziel an wie Santiago oder Rom. Für ihn gab es kein Ziel, das einen Namen hatte. Er suchte nach Heilung, er suchte nach Inspirationen, nach neuen spirituellen Wegen und Verbindungen. Wer sich in einem unbekannten Land bewegt, der muss sich orientieren, der muss schauen, welchen Weg er überhaupt verfolgen kann. Für ihn war es eine terra incognita. Eine Art unbekanntes spirituelles Land mitten in Deutschland. Mitten im Herzen von Europa. Es war vielleicht das verborgene Herz im Frankenland.

Klare, vorgegebene Wege, das war nicht seine Sache. Die gerade Linie zwischen zwei Punkten. Für viele das Modell, aber nicht für Franz. Sein Weg war der des Labyrinths, oder der Weg der Flüsse, die hin und her fließen, mal nach Süden, mal nach Norden. Wie eine große Regenbogenschlange winden sie sich durchs Land. Man schaue sich den Verlauf des Mains an, den Verlauf der fränkischen Saale. Einige der von ihm besuchten Stätten befinden sich am Main oder an der Saale. Die Flüsse fließen im Zick-Zack durchs Land, was besonders gut am Verlauf des Mains zu sehen ist, der zwar durch viele Staustufen von den Menschen gebändigt worden ist, aber seine Zick-Zack-Linie wird für alle Zeit so bleiben.

Die Flüsse sind keine Kanäle, sie sind Schlangen, die aus den Bergen kommen und sich langsam zum Meer, zum Ozean schlängeln. Sein Weg war eine Art spiritueller Fluss, der sich selbst seinen Weg suchte. So fühlte sich auch Franz, er schlängelte sich zum Meer der Großen Mutter. Vielleicht würde dort der Endpunkt seines Schlangenweges sein, am Meer. Oder oben in den Bergen, an der Quelle. Aber oben war unten, unten war oben. Der Kreis war schon immer geschlossen.

Die Eroberer und Expansionisten haben klare Ziele. Sie streben vorwärts, aufwärts. Sie wissen genau, wohin die Reise geht. Sie wollen an die Spitze. Vielleicht an die Weltspitze. Sie wollen einen Gipfel erreichen. Sie wollen als Helden auf einem Everest stehen. Sie wollen im Fernsehen als Helden und Eroberer präsentiert werden.

Franz war kein Held, er bestieg keinen Everest. Auch keinen spirituellen, geistigen „Everest", dessen Besteigung er als „Heldentat" feiern konnte. Franz wusste nicht so genau, was er wollte, aber das war keine Schwäche, kein Unvermögen, sondern es lag in der Sache selbst. Er hatte einen Ruf verspürt, den Ruf von Maria, aber wohin rief sie ihn, die Große Mutter? Er musste ihm folgen, das war alles.

Das Mandala der Buddhisten oder das Medizinrad der Indianer ist ein klar strukturiertes Modell des Daseins, des Lebens. Auf Grund von vielen Erfahrungen wurde es entwickelt, so dass es schließlich ein Modell der unterschiedlichen Kräfte des Geistes und des Lebens geworden ist. Alle Elemente und Prinzipien des Lebens hatten einen Platz in der klaren, übersichtlichen Ordnung des Rades.

Die Elemente des Christentums könnte man auch in einem systematischen Kreismodell darstellen: Gott, Jesus, Maria, Maria-Magdalena, der Heilige Geist, die Heiligen, die Engel etc. Aber Franz hatte das nicht im Kopf, und er studierte nicht erst das eine, dann das nächste. Sein Weg war und blieb ein Labyrinth. Den Systematikern mag das zu wenig sein, oder es mag sie stören. Nur, ist das Leben eine systematische Angelegenheit, bei der es am Ende ein Abschlusszeugnis gibt? Ist das Leben wie eine Autobahn von Berlin nach München? Oder wie ein Flug nach New York? Ist das Leben nicht immer irgendwie ein Labyrinth, bei dem man der Weisheit mal näher kommt, sich mal mehr von ihr entfernt, um sich ihr wieder zu nähern, dann vielleicht von einer anderen Seite?

Das Labyrinth mag chaotisch erscheinen, und es hat sicher ein chaotisches Element, wie die ganze Natur ein chaotisches Element hat, aber es ist gleichzeitig systematisch aufgebaut. Das Labyrinth ist ein lebendes System. Es ist sinnvoll und paradox zur gleichen Zeit, was für einen Logiker nur widersinnig sein mag. Eine festgelegte Kreisstruktur bleibt dagegen starr, tot, ist nur Resultat von gelebtem Dasein, Resultat von Erlebnissen und Erfahrungen. Am Ende eines Weges kann man ein System aufbauen, Bilanz ziehen, sofern man es denn will. Das Leben ist die erfahrene Bewegung durch einen Zeitraum. Der Pilgerweg ist da nicht anders.

In einem Labyrinth kann man auch mehrmals den gleichen Ort besuchen, wobei man mal von Norden, mal von Süden kommen mag. So besuchte Franz einmal Maria im Steinthal von Osten kommend, ein anderes Mal kam er aus dem Norden. Einmal besuchte er „Maria im Sand" in Dettelbach und kam aus dem Süden, ein anderes Mal kam er aus dem Westen.

Manchmal hatte er das Gefühl, sich in einem Kreis zu drehen, aber es war kein sinnloses Hamsterrad, keine sinnlose Alltagsroutine, die ihn nur erschöpfte und sonst nichts. Es war eher ein Umkreisen, um in eine neue, ungeahnte Tiefe zu gelangen. Es war ein Vertiefungsprozess, oder ein Annäherungsprozess an das Geheimnis der Großen Mutter des Lebens.

Ein Mystiker muss seinen Weg gehen, wie vielfältig und paradox dieser auch immer sein mag. Letztendlich wird er ihn „nach Hause" führen, wie Novalis sagt, und das ist immer nur Gott. Ein Mystiker sucht immer das tiefe Einheitserlebnis. Klare Unterscheidungen von Mutter und Gott, oder Jesus und Buddha interessieren ihn nicht. Geist oder Natur – ihm ist das alles eins. Er sucht die tiefe Verbindung mit der alles durchdringenden Kraft des Lebens und Sterbens, mit dem alles durchdringenden Klang des Alls, des Universums. Nada Brahma – alles ist Klang, die ganze Welt, das ganze Universum singt das Lied Gottes. Wer das nur „christlich" versteht, hat leider nichts verstanden.

Auf einem Parkplatz in Hammelburg machte er eine längere Pause. Es regnete in Strömen, bei Maria im Steinthal war es noch trocken gewesen, aber jetzt goss es. Der Regen peitschte über seine Windschutzscheibe. Er konnte nur aus seinem Wagen hinausschauen, und sich seine Gedanken machen, über seinen Weg, über sein Leben. Wohin denn nur ich – fiel ihm ein, dieser Satz von Hölderlin. Wohin denn nur ich? Ja, viele hatten ihre klaren Antworten. Alle die mehr oder weniger normal lebenden Menschen hatten ihre klaren Antworten. Franz hatte sie nicht.

Wie sollte es in einer multikulturellen Welt klare Antworten geben? In einer Welt der globalen Interaktion? In einem Zeitalter des kulturellen Austauschs? In einem Zeitalter, in dem man über unendlich viele Wege und Möglichkeiten informiert wurde?

Das globale Zeitalter scheint bei vielen spirituell interessierten Menschen noch nicht angebrochen. Viele scheinen noch zu fixiert auf ihre alten Wege zu sein, und wenn sie einen neuen Weg gefunden haben, im Buddhismus oder im Schamanismus, bei den Sufis oder bei einer neuen Freikirche, dann sind sie schnell wieder im gleichen Fahrwasser, sind wieder fixiert oder sogar fanatisch.

Als der Regen etwas nachgelassen hatte, stieg er aus, ging in die Innenstadt und besuchte dort zunächst die Kirche, die Johannes dem Täufer geweiht worden war. In der Mitte des Altars gab es die entsprechende Szene. Das zentrale Motiv der Taufe, der Inspiration durch den göttlichen Geist. Ohne Inspiration kein spiritueller Weg, dachte Franz.

Nicht um bloßes Mitmachen kann es gehen, nicht um stumpfes Auswendiglernen von Regeln und Geboten, nein, nicht nur das Einhalten von festgelegten Gesetzen und Gelübden, es muss eine starke Inspiration vorhanden sein. Deshalb haben sicher viele Menschen kein Interesse an der Religion im Allgemeinen und an Kirchen und Organisationen im Besonderen.

Inspiration. Plötzlich von einem neuen Geist erfüllt werden. Begeistert sein. Aus der Höhe des Himmels kommt ein neuer, frischer, kraftvoller Geist in die eigene Seele. Es wird einem eine neue Dimension eröffnet. Es wird ein neuer Kontakt geknüpft. Neues Licht. Eine neue Sonne.

Traditionelle Religionen scheinen zu sehr auf ihre alten Dinge fixiert zu sein, die alten Erklärungen, die alten Dogmen, die alten Strukturen. Alles ist schon lange festgelegt. Änderungen unerwünscht.

Dabei gab es zu allen Zeiten immer wieder neue Inspirationen und Wege, die oft erst abgelehnt, belächelt, verfolgt, bekämpft, diffamiert, ausgegrenzt wurden, die Möglichkeiten sind da unendlich. Später wurde es dann anerkannt, um im Laufe der Zeit zu einem Dogma zu werden. Die Geschichte von Jesus zeigt das als Modell schon auf, und wurde später oft wiederholt, bis in unsere Zeit hinein.

Man nehme die Geschichte der Bernadette aus Lourdes, die Franz Werfel sehr ausführlich in seinem Roman „Das Lied von Bernadette" beschrieben hat. Von den ersten Visionen bis hin zur endgültigen Anerkennung und Würdigung durch die Kirche: Ein Weg voller Hindernisse, lauter Ablehnungsformen, zynische Skepsis, mildes Belächeln, rabiate Behinderungen durch die Staatsmacht, die miese Tour der Psychiatrie, die ganze Palette eben, alle Register wurden gezogen. Heute ist das Geschichte. Heute ist Lourdes ein anerkannter Wallfahrtsort. Spirituell höchst bedeutsam, aber sicher auch ein großes Geschäft mit Millionen von Pilgern.

Das Neue von ungewöhnlichen Individuen irritiert, stört das Normale, stört den Alltag der Durchschnittsbürger. Dann kommen die vielen Formen der Ablehnung und der Gegensatz der Befürworter und der Gegner des Neuen. Setzt sich eine Seite schließlich durch, dann kommt es im positiven Fall zur Anerkennung und Würdigung. Am Ende steht die Integration, das Neue verfestigt sich mehr und mehr. Schlussendlich entsteht dann wieder ein neues „Dogma".

Franz dachte über dieses Modell des Umgangs mit außergewöhnlichen Individuen nach, die eine besondere Vision hatten. Manche blieben für immer ausgegrenzt, blieben für immer „Ketzer". Sie wurden nie integriert, aus welchem Grund auch immer. Vielleicht wurden sie nie richtig verstanden. Oder sie waren nicht „gut" genug, waren nur merkwürdig, abartig, eigenartig, eigenbrödlerisch. Man hat sie vergessen, sie sind im Strom der Geschichte verschwunden. Untergegangen. Keiner redet mehr von ihnen.

Bewundert wurden und werden die Guten, die schließlich anerkannt, von der Kirche selig oder heilig gesprochen wurden. Die arme Bernadette, was musste sie alles ertragen, noch am Ende ihres Lebens im Kloster. Selbst dort erlebte sie noch Ablehnung. Allzumenschlich – was einen, warum auch immer, irritiert, das lehnt man ab, das macht man runter, das soll nicht sein. Aber die andere Seite ist ebenfalls nur allzumenschlich: Das grenzenlose Bewundern und Anhimmeln, das Schwärmen und all die heftigen emotionalen Reaktionen. Die Ablehnung weckten in Franz den Rebell, den Empörer – die zu emotionalen Reaktionen fand er peinlich, waren ihm manchmal sogar unangenehm.

Nachdem er die Johannes-Kirche besucht und sich seine Gedanken über die Inspiration gemacht hatte, ging er zum Marktplatz von Hammelburg, um sich in ein Cafe zu setzen. Dort wollte er erst einmal seine leiblichen Bedürfnisse befriedigen, sich einen schönen Salat bestellen.

Er fand ein hübsches Cafe, es schien beliebt zu sein, denn es war nur noch ein kleiner Tisch frei für ihn. Das Essen, der Kuchen, alles sah einladend aus. Die Inspiration auf materieller Ebene, dachte Franz. Er konnte das Essen und Trinken durchaus genießen.

Während er wartete, schickte er eine SMS nach München an Waltraud, um ihr kurz von seinen Entdeckungen zu berichten. Er nutzte während seines „Pilgerns" dieses moderne Kommunikationsmittel, und schickte ihr immer eine SMS, wenn er einen wichtigen Platz, einen schönen Wallfahrtsort entdeckt hatte. Sie konnte ihn nicht begleiten, weil sie arbeiten musste.

Als er wieder im Auto saß, schaute er sich die Karte an. Er wollte weiter das Saaletal hinunterfahren. Zwischendurch hielt er dann in einem kleinen Ort an. Es war kein besonderer Wallfahrtsort, dennoch hatte er das Gefühl, er müsste sich die Kirche anschauen. Er staunte, wie schön und kostbar sie ausgestattet war. Phantastisch, dachte er, nur ein kleiner Ort mitten in der fränkischen Landschaft, aber eine edle Kirche. In vielen kleinen Orten entdeckte er kostbar ausgestattete Kirchen. Lauter edle Tempel, wenn man so will. Franz erfreute sich an den schönen Statuen. Sie sprachen seinen Sinn für Kunst und Spiritualität gleichermaßen an.

Überall lässt sich Wunderbares entdecken, dachte Franz. Selbst in kleinen unscheinbaren Orten, die nicht als besondere Wallfahrtsorte gelten. Obereschenbach – wer kennt schon diesen Ort, wer hält dort schon an, wenn er nicht gerade dort wohnt oder jemanden besuchen will? Ein kleiner Ort nach der Natur benannt. Überall gibt es Eschen, gibt es Bäche, überall gibt es ein oben und ein unten, das ist nichts Besonderes. Und doch gibt es Kostbares. Es muss nicht die Frauenkirche in Dresden sein, über die man wegen ihrer Größe und Schönheit Filme drehen kann und gedreht hat. Sicher, sie ist ein großartiges Juwel und es ist einfach phantastisch, dass viele Menschen dazu beigetragen haben, sie wieder aufzubauen. Dennoch ist es einseitig, das Besondere nur im ganz Großen zu sehen. Es findet sich überall, in kleinen Orten, in den kleinen Dingen wie in einer Muschel oder einem Kieselstein.

Franz fuhr weiter, kam wieder durch abgelegene Täler. Besuchte das Kloster Schönau, wo er eine Maria entdeckte, die er als die Immaculata der Romantiker empfand, als Maria der Blauen Blume. Eine kleine Kostbarkeit im Saaletal. Wie wertvoll oder nicht das Bild von Georg Sebastian Urlaub (1706) nun tatsächlich war oder nicht, das war ihm egal, denn ihm ging es um seine mystischen Empfindungen, nicht um kunsthistorische Beweise und Belege. Ihm ging es um schöne, tiefe Inspirationen auf seinem mystischen Weg ins Herz der Mutter.

Im Hochaltar befand sich das Bild der absolut Reinen Maria, dem Ideal des absolut Edlen, das keine dunklen, keine bösen und sündigen Seiten hatte. Immer ging die „romantische" Sehnsucht der Menschen in diese Richtung, weil jeder wusste und es jeden Tag selbst erfahren konnte, dass im Leben immer der Schatten war, immer das Böse und Gemeine, das Aggressive und Destruktive. Immer war es da – und so sehnte man sich nach einem ganz anderen Dasein. Hinten links befand sich der Wallfahrtsaltar mit einer Figur der Pieta, die eine starke Ausstrahlung hatte. Hier fand jedes Leid Verständnis und Mitgefühl, tiefes, wahres Mitgefühl.

Im Schwert sah Franz sein eigenes Leid widergespiegelt, seinen eigenen Schmerz im Herzen. Darüber, dass die Welt so zerrissen war, so materialistisch, und darüber, dass der Mensch so brutal und in vielfältiger Weise die Natur zerstörte, und jetzt allmählich dabei war, die ganze Erde zu zerstören. Viele wollten das nicht hören. Sie wollten lieber schöne, positive Dinge erleben. Das Leben genießen. Das Schwert des Schmerzes war nicht ihre Metapher. Eher der Cocktail oder der große Eisbecher mit Schokolade. Die Pieta war unmodern, passte überhaupt nicht in die Zeit. Verstehen konnten es eher Menschen, die ausgegrenzt waren, weil sie nicht mehr arbeiten konnten, das Leben nicht mehr meisterten oder weil sie todkrank waren. Wer den Tod sieht, der versteht die Pieta.

Auf der Rückseite eines kleinen Bildes der Pieta las Franz die folgenden Zeilen:

Schmerzhafte Mutter Gottes, bitte für uns!
Jungfrau, Mutter Gottes mein,
lass mich ganz dein eigen sein.
Dein im Leben und im Tod,
Dein in Unglück, Angst und Not.
Dein in Kreuz und bitt'rem Leid,
Dein für Zeit und Ewigkeit.

Und am Ende des Gebetes:
Maria hilf mir in den Himmel hinauf!

Sein Weg führte ihn durch dieses Tal, es hätte auch ein anderes sein können. Sein Weg führte ihn zu diesem Ort, und es hätte auch ein anderer sein können. Inspirationen gibt es überall, denn Weisheit findet sich überall, denn Gott ist überall. Dieses abseitig gelegene Kloster Schönau, auf der schönen Au, im schönen Saaletal, war wie einer von vielen Zugangsorten zur Mutter – so wie all die anderen, die er bisher besucht hatte.

Sein Weg führte ihn dann nach Gemünden, weiter das Maintal hinunter nach Lohr und von dort zum Wallfahrtsort Maria Buchen, der mitten im Wald lag. Anschließend fuhr er weiter bis zu Maria im Grünen Tal. Er fuhr bis zur Wallfahrtskirche, war aber so müde, dass er sich entschied, erst einmal ein Quartier zu suchen. Im Hotel „Vogelsang" fand er ein Zimmer. Auch eine Reihe von Radfahrern, die durchs Maintal fuhren, wollten hier Station machen.

Nachdem er sich etwas erfrischt und erholt hatte, fragte er an der Rezeption nach dem Weg zur Wallfahrtskirche. Man konnte einfach durchs Tal gehen. Es war nicht sehr weit. Somit machte er sich gleich auf den Weg durchs grüne Tal, das zwar insgesamt noch recht grün war, aber eben auch sehr mit Häusern bebaut.

Eigentlich gibt es überall viel zu viele Häuser, dachte Franz. Im Laufe der Jahrhunderte und vor allem in den letzten Jahrzehnten sind es mehr und mehr geworden. Die meisten schienen sich nicht daran zu stören. Franz empfand es als maßlos, unökologisch. Diesen Aspekt der Ökologie schienen viele nicht sehen zu wollen, denn dann müssten sie endlich der Tatsache ins Auge schauen, dass es zu viele Menschen gab, und das wollten sie nicht – bedeutete es doch, dass sie selbst ebenfalls „zu viel" waren. Was ist das richtige Maß an Menschen auf der Erde? Wie viele Menschen kann eine Erde, d.h. diese eine Erde, auf der wir leben, wie viele kann sie auf Dauer ertragen?

Wir Menschen wollen alles für uns, dachte Franz. Alles muss so gestaltet, umgestaltet, beherrscht und ausgenutzt werden, dass es hauptsächlich uns dient. Naturschutz, gut und schön, aber den großen Betrieb darf er nicht stören oder behindern. Gottes Schöpfung – auch gut, aber wichtiger ist der wirtschaftliche Erfolg, zum Beispiel im Bereich der Biotechnologie. Für den Techniker ist alles veränderbar und machbar. Selbst das Erbgut will er verändern – und tut es längst. Gottes Heilige Schöpfung – für wen ist das wirklich der Maßstab? Für den Techniker wohl kaum, denn er berauscht sich an seinen eigenen Möglichkeiten. Er will und muss die Welt gestalten. Große Staudämme, große Brücken, Eisenbahntrassen durchs Land für neue Schnellzüge schneiden, noch mehr Autobahnen, noch mehr Industrieparks und vieles mehr.

Franz hatte den Friedhof und die Wallfahrtskirche erreicht. Heute bin ich erst ein wenig nach Norden gefahren, dann nach Westen, später nach Süden, dann nach Osten und wieder nach Süden. Jetzt bin ich durch dieses Tal nach Osten gegangen – der aufgehenden Sonne entgegen. Das Hin und Her sind die grünen Wege der Natur. Das Labyrinth der Natur. Das Netz der grünen Wege der Erde.

Eigentlich gibt es kein Labyrinth, denn alles ist miteinander vernetzt. Sehen wir einen klaren Weg, dann denken wir, dass es klar und eindeutig sei, sehen wir ihn nicht, dann kommen wir zu dem Schluss, alles sei nur Chaos oder eben ein Labyrinth. Wir können das vielfältige Netz der Natur unterschiedlich empfinden und erfahren, und es positiv oder negativ deuten.

Auf kleinen Faltblättchen und einem grünen Wallfahrtsbüchlein las Franz: „Gebetsort um die Einheit der Christen".

„Wie finden Sie das", fragte er einen Mann mit besonderer Fotoausrüstung, der neben ihm stand und sich auch die Karten, Kerzen und Hefte in der Auslage ansah.

„Sehr gut", meinte er. „Aber das reicht noch lange nicht aus."

„Warum nicht?," wollte Franz wissen.

„Na ja, es ist schon schlimm, dass sich die Christen so aufgespalten haben, dass sie teilweise gar nichts voneinander wissen oder sich gegenseitig ablehnen. Was wissen die meisten schon von der Ostkirche? Kennen Sie die Ostkirche?"

„Nein," sagte Franz. „Davon kenne ich leider gar nichts."

„Sehen Sie. Lesen Sie mal was darüber, z.B. die Aufrichtigen Erzählungen eines russischen Pilgers, ein wunderschönes, sehr mystisches Buch. Aber zurück zu der Spaltung. Der Riss, der durch Europa geht. Die Spaltung zwischen dem evangelischen Norden und dem katholischen Süden müsste überwunden werden. Eigentlich ist das schon lange überfällig, finde ich."

„Jeder braucht halt seine eigene Kirche," meinte Franz.

„Genau, das ist der Punkt. Jeder will seinen eigenen Club, seinen eigenen Verein, will somit keine Einheit," betonte der Mann.

„Aber Sie meinten vorhin, es würde nicht ausreichen?", wollte Franz wissen.

„Die Christen reden immer gern von „christlich" – und damit grenzen sie die anderen Weltreligionen aus. Die Einheit der Menschheit ist ein weitergehendes Ziel, das meinte ich. Dieses kann man jedoch nicht mit dem Begriff „christlich" ansteuern. Da der Begriff eigentlich: menschlich, gemeinschaftlich, humanistisch meint, sollte man eher solch einen Begriff wählen, z.B. humanistisch, dann fühlen sich alle Menschen angesprochen. Menschlichkeit ist kein exklusives Spezialthema der Christen. Alle ehrlich spirituellen Menschen wollen menschlich sein, den anderen würdigen, achten, respektieren."

„Sind Sie Lehrer?", wollte Franz wissen.

„Man merkt es, nicht wahr?" Der Mann lachte. „Berufskrankheit. Überall Belehrungen geben."

„Das ist schon in Ordnung," meinte Franz. „Ich bin auf der Suche nach der tiefen Bedeutung der Maria und besuche deshalb verschiedene Wallfahrtsstätten."

„Sehr schön, da finden Sie in Franken ja genug. Alles Gute für Sie und Ihren Weg!"

„Danke, für Sie auch."

Der Mann hatte das Geld für ein paar Karten in eine Büchse geworfen und verabschiedete sich. Franz blieb noch in der Kirche, in der er jetzt allein war. Auf einer der Karten war die Wallfahrtskirche abgebildet, rundherum umgeben von Bäumen. Rechts ein großer Baum, wohl eine Kastanie, links hinten ein Regenbogen, den man oft mit der christlichen Religion verbindet. Dabei ist es ein elementares Phänomen und Symbol, wird von vielen verwendet. Von der Regenbogenschlange der Aborigines bis hin zu den indianischen Rainbow Warriors, die sich für eine Kultur des Respektes der Natur einsetzen. Maria im Grünen Tal müsste vom Namen her einen Bezug zum Indianischen haben. Franz fand in der Kirche aber keinerlei Anzeichen dafür.

Es gibt ja durchaus indianische Schamanen, die einen Bezug zum Christentum hatten. Black Elk, Fools Crow und Bear Heart, dessen Buch „Der Wind ist meine Mutter" die Verbindung der beiden Wege ganz schön aufzeigt. Es hängt vom guten Willen ab. Im Prinzip gibt es keinen unüberwindbaren Gegensatz zwischen dem Schamanischen und dem Christlichen. Schließlich sind die Heilungsmethoden von Jesus im Grunde schamanische, wie z.B. das Austreiben von bösen Geistern und das Aktivieren der Seelenkräfte.

Will man die Einheit der Menschen oder nicht, das ist die Frage, dachte Franz. Wenn die Christen wirklich die Einheit wollen, dann sollen sie diese doch endlich herstellen. Was hindert sie? Warum ist es so schwer?

Wenn sie es natürlich im Herzen nicht wollen und lieber bei ihrer dogmatischen Rechthaberei bleiben, dann wird es nie geschehen. Dann bleibt es so, dass die Evangelischen Maria nur als leibliche Mutter von Jesus sehen, wenig oder keine Kenntnis über ihr Wesen und ihre tiefere Bedeutung haben, während die Katholiken sie in vielfältiger Form verehren und anbeten. Dann bleibt Europa zerrissen.

In dem kleinen Faltblatt las Franz die einfachen romantischen Verse:

Wo murmelnd zieht ein Bächlein

durchs Tal sein silbern Band,
da liegt eine alte Kirche
am grünen Wegesrand.
Andächt'ge Beter wallen
schon lange zu ihr hin.
Sie singen und flehen und bitten
die Himmelskönigin.

Maria du im grünen Tal!
O Du Maria, hilf!

Wohl nichts für Realisten, dachte Franz. Nichts für nüchterne Menschen, nichts für die zynischen Skeptiker. Schlimm ist es vor allem, dass sie die Gesinnung, die sich in den Versen ausdrückte, nicht würdigen, sondern sich eben mehr durch ihre oft abwertenden Urteile abgrenzen. Er kannte die Zyniker zur Genüge. Sie suchten geradezu nach einem Grund, sich lustig zu machen über das, was sie „Frömmelei" oder „Sentimentalität" nannten. Sie wollten lachen – und gerne auch laut verlachen.

Vielleicht bleibt es eben eine zerrissene Menschheit. Vielleicht lässt es sich nicht „heilen". Was dem einen heilig ist, ist für den anderen nur lächerlich. Ob es sich dabei nun um Maria, die Tara, die alte Göttin Europas, einen heiligen Baum oder Felsen oder was auch immer handeln mag. Oft gibt es einfach zu wenig Respekt und Würdigung, zu wenig offenes Interesse und die Bereitschaft Neues kennenzulernen. Man bleibt lieber bei seiner Position. Man hat seine Meinung, und damit Schluss.

„Himmelskönigin" – eigentlich ein schöner Name, so wie „Stern des Meeres". Es gibt schöne, poetische Namen für Maria. Die poetischen Namen könnten für eine andere, neue Einstellung zu Maria stehen, für eine naturverbundene Spiritualität.

Die Schönheit, die Poesie, die Musik, die Natur – eigentlich lieben sie alle Menschen, so wie alle Menschen gutes Essen lieben, eine schöne Umwelt, ein ästhetisches Ambiente. Vielleicht sollten sie das eher als verbindendes Element nehmen. Spricht man von Maria und Mutter Erde – dann melden sich gleich Abwehrmechanismen, weil man indoktriniert worden ist, weil man zu sehr festgelegte Meinungen eingetrichtert bekommen hat. Mutter Gottes, Mutter der Kirche, Mutter Erde, Mutter des Lebens, Mutter der Weisheit, Mutter der Buddhas – gibt es wirklich einen Unterschied? Ist es nicht überall das gleiche mütterliche Prinzip der schützenden, nährenden, reinen Natur?

Franz war sich sicher, auch wenn er wusste, dass viele Menschen seine Gedanken nicht teilten. Er verfolgte seinen Traum von der großen Synthese aller religiösen Systeme.

In Werfels Roman fand er folgenden Satz, den er als Bestätigung seiner Sicht sah: „Ob Apoll oder Christus, ob Diana oder Maria, es sind wechselnde Namen und Vorstellungsinhalte für ein und dieselbe vom Menschen ewig gefühlte Vorhandenheit." (S.515)

Es wäre auch ein historischer Bruch, wenn die alte Göttin Europas und Maria zwei völlig verschiedene Prinzipien und Figuren wären. Das ist gar nicht denkbar, weil die Welt ein Ganzes bildet. Es ist eine Illusion des Menschen, wenn er meint, seine Sicht, sein Weg, sein Ich sei etwas völlig anderes, noch niemals dagewesenes, und es ist sein Bedürfnis, sich abzugrenzen. Sein Ego will anders sein. Auf kollektiver Ebene dann ebenso: Wir sind ganz anders, besser oder die einzig wahren Menschen. Eine kollektive Neurose.

Die reine und schöne Natur, die komplexe Vielfalt, die viele Wege zulässt, die Balance und Ausgewogenheit der ursprünglichen Natur konnte als neuer Maßstab genommen werden. Gerade jetzt und heute, im einundzwanzigsten Jahrhundert, in dem es ja gilt die gestörte Balance wieder zu finden.

Eine menschliche und ökologische Spiritualität wird sich an der Natur orientieren müssen. Woran sollte sie sich auch sonst orientieren?

8. Der große Gegensatz: Münsterschwarzach – Maria Hilf

Als Franz das erste Mal die Abteikirche von Münsterschwarzach besuchte, war er erschrocken und fühlte sich abgestoßen. Die ganze Architektur erschien ihm lebensfern, lebensfeindlich geradezu. Das fing für ihn schon bei den übergroßen, schweren Eingangstüren an, und setzte sich dann im Inneren der Kirche fort.

Tote, erstarrte Architektur. Architektur für einen starren Kult. Irgendwie bombastisch, dachte er. Als er nach seinen ersten heftigen, spontanen Eindrücken las, in welcher Zeit die Abtei erbaut worden war, war es ihm klar. Die Erbauer hatten sicher nicht die Absicht gehabt, den Geist gigantischer

Bauten auszudrücken, aber leider waren sie untergründig doch vom damaligen Zeitgeist beeinflusst worden. In der Broschüre wurde es heute „monumental" genannt.

Sein erster Besuch dauerte nicht lange, er konnte es in der Kirche nicht aushalten. Sie war ihm zu kalt, zu tot, zu unmenschlich groß. Das Monumentale war ihm zuwider.

Bei den folgenden Besuchen verringerte sich seine Abwehr-Reaktion, aber als warm und lebendig empfand er die Kirche nicht. Der Christus wirkte für ihn wie ein Christus für Krieger. Es blieb für ihn eine Art Kampfkirche. Kampf gegen die Ungläubigen, die vielleicht gar nicht „ungläubig" waren, sondern nur nicht den christlichen Weg verfolgten. Vielleicht hatten sich die Gestalter der Kirche unbewusst doch zu sehr von dem ideologischen Gerede in den 30iger Jahren beeinflussen lassen. Kampf der Deutschen damals – und Kampf der Christen dagegen, so bleibt alles Kampf, dachte Franz, aber es wird daraus keine echte Liebe, keine Versöhnung.

Die fehlenden Farbe störte ihn, trotz des dunkelbraunen Holzes. Das Weißgrau der Wände war für ihn das Grau von Asche und Tod. Wie können es die Benediktiner hier aushalten, fragte er sich? Sehen und spüren sie es nicht, oder fühlen sie sich doch als eine Art „Krieger" des Herrn?

Das Aschegrau der Wände – es war blutleer. Ohne Leben. Das Leben war entwichen, oder vertrieben. Es ging vielleicht nur um Macht und Stärke, um Dogma und totale Stabilität, um Monumentalität. Nichts für sensible Menschen. Nichts für emotionale Menschen. Vielleicht sollte hier kein Raum sein für Sensibilität, für Feinfühligkeit, für zarte Gefühle.

Das Missionieren war Franz immer suspekt. Dahinter steckte nicht nur eine Überzeugung, sondern eher eine Arroganz, nämlich die Arroganz, man selbst wisse den richtigen und wahren Weg und alle anderen den falschen. Diese Arroganz hat viel Leid verursacht. Wer die Menschen liebt, sollte sie erst einmal so lassen, wie sie sind, sie achten und würdigen, ihren spezifischen Weg des Lebens. Die Indianer missionieren, ohne ihre Religion zu kennen, zu verstehen und zu achten, Franz konnte das nicht gutheißen. Als wenn die Naturvölker keine Religion gehabt hätten.. Als wenn sie nur Dummköpfe gewesen wären. Und warum sollten sie unbedingt die christliche Religion übernehmen? Sie hatten auch ihre Liebe, auch ihr Herz – und vielleicht sogar ein offeneres, ehrlicheres als viele Weiße, denen es nur um Geld und Macht geht. In der Abteikirche von Münsterschwarzach wurden ihm wieder die Aspekte bewusst, die ihn an der Christlichen Kirche störten.

61

Es waren die negative Seiten der Institution, der Organisation.

Die Liebe – das konnten die anderen Völker und besonders die Naturvölker ohne Probleme übernehmen, denn sie hatten diese im Grunde längst, aber die arrogante Macht, die ihre heiligen Rituale nur verachtete und unterdrückte, das konnten sie nicht hinnehmen. Zwar sind die Kirchen im Laufe der Zeit toleranter geworden, aber viele haben immer noch einen ziemlich rigiden Absolutheitsanspruch und halten sich für die einzigen und wahren Retter der Welt. Das war es wohl, was Franz in dieser Kirche so abstieß: Der rigide Absolutheitsanspruch, der sich in der gesamten Architektur ausdrückte. Wir sind die wahren Retter der Welt, die wahren Krieger des Herrn. Architektur kann fürchterlich sein, dachte er. Sie kann auf subtile Weise die Menschen beeinflussen, vielleicht ohne dass sie es selbst merken oder wahrhaben wollen. Hoffentlich sind es nicht nur meine Empfindungen, sagte Franz zu sich selbst.

Die goldgelbe Muttergottes (S.194) hatte etwas **Germanisches**, Deutsches, Franz empfand sie als kraftvoll-mütterlich. Er sah in ihr eine Art nordischer **Sonnenkönigin**. In diesem Fall störte ihn das Germanische und Nordische nicht, es wirkte positiv auf ihn. Aber auch in dieser Kirche war die Mutter Gottes nicht so wichtig. Sie war zwar da, aber eben nur unten rechts – und hinten links die Pieta in einem kleinen Nebenraum. Im Zentrum stand die Mutter hier nicht. Sie war nur eine kleine Königin. Der Herr war oben. Die Macht war oben. In dieser monumentalen Kirche gab es eine klare Hierarchie, die Architektur drückte das überdeutlich aus.

Liebe und Macht – zwei unterschiedliche Prinzipien und Interessen, die die christliche Kirche für Franz nie deutlich genug unterschieden hat. Der allmächtige Gott – der liebende Gott. Münsterschwarzach war für ihn eine Kirche der Macht, der Allmächtigkeit. Das Verhältnis der christlichen Kirche zur Macht hatte ihn zeitweise so abgestoßen, dass er mit dem ganzen Christentum nichts zu tun haben wollte. Warum haben die Christen sich nie deutlich und für alle Zeit gegen die Gewalt, gegen die Mächtigen ausgesprochen? Für ihn war das nur ein halbes Bekenntnis zu einer friedlichen Kultur der Menschheit.

Die Macht ist ein starker Dämon. Viele sind von ihr besessen. Sie mögen von Liebe und Versöhnung reden, aber sind sie wirklich dafür, oder geht es doch nur um ihre Macht? Die Macht des Militärs ist wohl die schlimmste Form der Gewalt, aber es gibt die Gewalt auch in anderen Formen, in Form von sozialen Strukturen, in Form von Personen und Ämtern, in Form von

Geld und Profit, in Form von Dogmen, von starren Lehrmeinungen, die nichts anderes neben sich dulden, die nur ablehnen, was vielleicht „esoterisch" ist, oder „heidnisch" oder was auch immer. Seine Denkweise und seine Wege wurden oft abgelehnt, er kannte das, er hatte es oft erlebt.

Die wahre Mutter steht nicht auf Seiten der Macht, sondern auf der Seite der gewährenden Liebe, der Barmherzigkeit, die Franz in Münsterschwarzach nicht spürte. So verließ er diesen Ort, diese Burg der Religion, diesen Großbetrieb der Spiritualität, der ihm vorkam wie eine Art Fabrik. Für ihn war das nichts. Hier gehörte er nicht hin. Ihn zog es zu den kleinen Orten, zu den bescheidenen Kapellen auf dem Land, in denen sich Zartheit und Feinfühligkeit ausdrückten.

„Starke Kirche", meinte jemand draußen auf dem Vorplatz zu ihm.

„In der Tat, zu stark für mich."

„Gefällt Sie Ihnen nicht", wollte der Herr wissen.

„Nein, sie gefällt mir nicht. Sie ist mir zu starr, zu groß, zu kalt. Eine Kirche der Macht und der Mächtigen."

„Aber der Mächtigen im Geiste", korrigierte ihn der Mann. „Es ist die Kraft und Macht des Geistes. Die Kraft und Stärke des Glaubens, die sich in den Steinen, in dem ganzen Bauwerk ausdrückt. Vielleicht glauben Sie nicht genug, und fühlen das irgendwie."

„Mag sein, dass ich nicht genug glaube oder dass mein Glaube nicht so felsenfest ist", meinte Franz.

„Der Glaube muss stark sein", belehrte ihn der Mann. „Stark und fest wie ein Felsen. Ich finde, diese Kirche stellt das sehr gut dar. Ein starker Zufluchtsort in einer Zeit, in der die Menschen mehr ihre sinnlichen Genüsse im Kopf und im Herzen haben, und nicht Gott. Eine feste Burg des Herrn."

„Genau, das ist es, was mir nicht gefällt. Die feste Burg ist wie eine militärische Anlage und den Herrn mag ich nicht, er ist mir zu mächtig."

„Dann sind Sie wohl kein Christ, wenn Sie Gott, den Herrn nicht mögen."

„Da haben Sie vielleicht recht", sagte Franz. „Das Patriarchalische gefällt mir nicht. Ich bin mehr auf Seiten der Mutter Maria, auf der mütterlichen Seite."

„Aber der Höchste bleibt doch Gott, oder? Das Höchste bleibt der Geist Gottes. Gott ist auch mütterlich, durchaus, aber vor allem der gute Hirte, der gute Vater. Und gut heißt auch gütig."

„Ja, sicher. Das haben Sie schon recht. Alles Gute für Sie."

„Danke. Für Sie auch. Mögen Sie zu Gott finden."

Franz wollte das Gespräch lieber abbrechen, denn er spürte, dass hier die zwei unterschiedlichen Meinungen aufeinander trafen, wie er es bereits kannte. Gegen den mächtigen, über-mächtigen, all-mächtigen Vater-Gott hatte er immer rebelliert. Die alte, starre Macht der Gesetze und Gebote, darunter hatte er immer nur gelitten. Das patriarchalische System und die einseitige Verherrlichung des Geistes, auch das hatte ihm nie gefallen. An diesem Tag sah er keine Versöhnung des Gegensatzes, sondern nur den krassen Antagonismus. Entweder – oder. Heute gab es für ihn keinen mittleren Pfad.

Er verließ Münsterschwarzach und fuhr weiter durchs fränkische Land des Lichtes. So kam er zu der Kapelle Maria Hilf bei Bischwind. Die Namen sind manchmal schon symbolisch genug, dachte Franz. Von Münsterschwarzach nach Maria Hilf bei Bischwind – das steht schon für sich selbst.

Von außen gefiel ihm die Kapelle nicht sonderlich, dafür von innen um so mehr. Der farbige neugotische Stil mit den vielen Figuren, das fand er sehr schön und ansprechend. Farben und zahlreiche Figuren, das kannte er vom tibetischen Buddhismus und von den Indianern. Es sprach seinen Sinn für Ästhetik und Spiritualität an. Er liebte das Farbige, das Vielfältige, das Bunte und auch das Verspielte.

Die Maria im weißen Gewand, dem türkisfarbenen Umhang, wie die Morenita, die segnenden Hände, die nach unten zeigten. Eine ganz andere Maria als die nordische Sonnenkönigin, dachte Franz. Wie unterschiedlich die Figuren doch sein können. Wie vielfältig.

Diese liebliche, Gnade und Gunst gewährende Maria gefiel ihm besser. Er suchte nicht Stärke und Macht, sondern die helfende Liebe. Er suchte den Segen der heilenden, heiligen Mutter. Den Segen, der seine Seele heilte, von den Wunden der Missachtung seiner eigenen spirituellen Wege, die keinen Platz hatten in rigiden, festgelegten patriarchalischen Systemen. Immer war etwas falsch, oder nicht richtig, oder nicht logisch, oder passte nicht zum System. Immer wieder hatte er es erlebt, dass seine Gedanken und seine Gefühle keinen Stellenwert hatten. Hinter allem steckte letztendlich immer die zurechtweisende, strafende Vaterfigur: was denkst du dir überhaupt? In der lieblichen Maria hingegen sah er das positive, ihn und seine Welt segnende Bild. Sie war innerlich ganz verbunden mit dem göttlichen Geist. Ihre nach unten geöffneten Handflächen schickten heilende

Energie zu dem betenden Pilger.

Sie war die MUTTER, die ihm ihre Gunst und Gnade schenkte.

Sie war die MUTTER, die alle Wege des Leben gewähren ließ.

Sie war die MUTTER, die seine seelischen Wunden heilte.

Die Religionen spiegeln immer auch unsere Familienverhältnisse wider, dachte Franz. Die strafenden Väter seiner Jugend, all die Lehrer und anderen harten Männer, die vor dem Krieg erzogen worden waren und die Zeit ihrer Jugend in Russland oder in Frankreich als Soldaten verbracht hatten. Feste Ordnung, das war und blieb für sie ihr ganzes Leben lang wichtig. Und für die meisten Mütter nicht minder. Auch sie wollten ihren Kindern klare Regeln beibringen, vor allem ihren Söhnen. „Nun musst du aber auch mal gehorchen!" Ja, gehorchen, das war wichtig. Immer war das Gehorchen wichtig. In allen Systemen. Es hatte Franz in der Jugend bereits gestört, auch später ging es immer darum zu gehorchen. Ob christliche, buddhistische oder andere Organisationen, immer geht es ums Gehorchen, Unterordnen, Anpassen. Franz war vielleicht immer noch der trotzige Junge, der Rebell, der nicht wollte, der nicht mitmachen wollte, der seinen eigenen Willen hatte. Dein Wille geschehe, das konnte er nicht sagen, weil die menschlichen Autoritäten, die für ihn oft falsche, rigide Autoritäten waren, ihm den Weg zu dieser Haltung versperrten.
Oh Maria, hilf meiner Seele!
Von der MUTTER MARIA erhoffte er sich liebevolle Hilfe und Zuwendung. Spirituelle Stärkung von oben, aus der Dimension des klaren, reinen Geistes. Aus dem Reich Gottes, der Dimension des Dharmakaya, dem Reich der Geister. Ein Geschenk von oben, ohne dass er sich bemühen, sich anstrengen, etwas leisten und beweisen musste, wie sonst überall. Maria hilf mir, schenke mir Kraft und Inspiration, schenke mir Heilung und Harmonie.
Oh Maria, hilf meiner Seele!
Die Psychologen, die Schamanen, die Buddhisten – sie sprachen immer von den eigenen Anstrengungen, von dem, was man alles tun musste. Auch wieder dieser Zwang: DU MUSST. Du musst an dir arbeiten, du musst dich bemühen, du musst ein Ritual machen, du musst regelmäßig und lange meditieren, du musst gemäß deiner Gelübde handeln, du musst. Und wenn das

65

alles nichts hilft, dann kommen sie doch wieder mit den alten Aufgaben, die an die Hausaufgaben in der Schule erinnerten. „Du musst regelmäßig deine Vokabeln lernen." Das Leben als endlose Schule, ohne Abgangszeugnis, ohne Entlassung. Die Erleuchtung als weit entferntes magisches Ziel, das keiner erreichte. Wer war, wer ist erleuchtet? Der Dalai Lama? Papst Benedikt XVI? Osho? Yogananda? Albert Schweitzer? Und wenn die nicht, wer ist es dann? Nur Buddha oder Jesus? Keiner aus heutiger Zeit? Das wäre ein bisschen wenig, sehr wenig sogar.

Oh Maria, hilf meiner Seele!

Einerseits war Franz unterwegs auf Wallfahrt, zu Stätten der Maria, andererseits erwartete er einen Strom des Lichtes von oben. Einerseits war er aktiv auf der Suche nach Inspiration und Heilung, andererseits war er passiv. Warum, so fragte sich Franz oft, warum ist Gott nicht viel aktiver, warum lässt er so viel Leid zu, so viel Elend auf der Erde, so viel Zerstörung, so viel Krieg und Katastrophen, warum? Schon als Kind war ihm dieser Gegensatz aufgefallen, dass Gott einerseits allmächtig sei soll – aber es andererseits so viel Leid und immer wieder Kriege gab. Die Erklärungen der Theologen fand er alle unbefriedigend. Die Erklärungen der Philosophen fand er ebenso unbefriedigend. Für sensible Menschen wie Franz war und blieb das ein nicht aufzulösender Widerspruch, und somit stellte er letztendlich immer die Weltordnung in Frage.

Oh Maria, hilf meiner Seele!

9. Die neue Vision – Maria vom Sieg

Franz fuhr weiter durch Franken, durchs lichte Marienland. Besonders an sonnigen Tagen empfand er es sehr stark als ein Land des Lichtes. Überall in den Dörfern und in kleinen Städten entdeckte er Marienfiguren. Kleine an den Häusern, oder eine größere auf einer Säule stehend.

Maria vom Sieg, die Kirche mit dem eigenartigen Namen, befand sich in dem kleinen Ort Greßhausen, den er über eine kleine, schmale Straße erreichte. Es war wieder eine von seinen Fahrten ans Ende der Welt. Greßhausen – ein kleiner Ort, abseits der Städte, abseits der großen Straßen. Am Ende der Straße standen zwei große Kastanien, er wendete und fuhr die Straße wieder ein Stück zurück. Die Kirche, die von außen nicht sehr viel her machte, war verschlossen, aber ein Schild informierte, wo man einen Schlüssel bekommen konnte.

Als Franz die Kirche betrat, war er völlig überrascht von der Intensität der Farben, von den Gemälden und den Altären. Eine überaus farbige Vielfalt. Viel Gold, aber auch viele andere intensive Farben, nicht nur eine Kombination von Gold und Weiß zum Beispiel. Hier schien man Farben und die Gestaltung mit Ornamenten zu schätzen. Franz fühlte sich vom Inneren der Kirche angesprochen, von dem schönen „Tempel" des Geistes. Im Zentrum befand sich der Altar mit der Herz-Jesus Figur. Auf der linken Seite stand der Heilige Jacobus mit seinem Wanderstab, auf der rechten Seite der Evangelist Johannes mit Buch und Adler.

Auf der linken Seite befand sich ein Seitenaltar, der Heilige Joseph mit Kind. Er hatte ebenfalls zwei Figuren zu seiner Seite, den Hl. Wendelinus auf der linken und die Hl. Barbara auf der rechten Seite. Auf dem rechten Seitenaltar, welcher der Mutter Gottes geweiht war, stand das Gnadenbild, eine schöne, edle Madonna mit einer Krone. Die Eltern Marias standen zu ihren Seiten, Joachim und Anna.

So gab es insgesamt neun Figuren auf den beiden Altären. Lauter schöne, edle Figuren, mit intensiver Bemalung. Vor dem Gnadenbild, vor der himmlischen Königsmadonna, konnten Kerzen angezündet werden. Auf dem Altartuch war eine goldene Bitte zu lesen: Mutter, Maria vom Sieg, rette uns!

Maria vom Sieg. Einst hieß die Kirche anders, wie in der Broschüre zu lesen, Beata Maria Virgo, jetzt Maria Victoria. Am Anfang des Weges mag die Reinheit stehen, die Unschuld, die Ursprünglichkeit, am Ende der Sieg, der Sieg über alle bösen Verführungen, über alle falschen Wege, über alle Dummheiten und Irrtümer im Leben.

Maria, Mutter Gottes, schenke mir den Sieg.

Der Sieg ist nicht nur die Vision, die Inspiration, der neue Weg, sondern die Umsetzung, die Verwirklichung im Leben. Das mag ein langer Weg sein, mühsam, sich durch die Jahrhunderte hinziehen.

Vor langer, langer Zeit, stand eine große, starke Linde hier. Ein uralter Baum, ein heiliger Baum von Mutter Erde. Unter ihm versammelten sich die Menschen zum Ritual, zum Beten und Singen, sie taten es schon lange. Es war ein Zentrum ihres Lebens. Die Linde war der Mittelpunkt ihres spirituellen Lebens.

Eines Tages vernahmen die Menschen in der Linde einen seltsamen, überirdisch klingenden Gesang und sie wussten nicht, woher er kam, ob es nur ein Traum war oder nicht. Sie vernahmen den Gesang häufiger, konnten aber keine Ursache entdecken. Schließlich fanden sie ein Bild der Mutter Gottes. Keiner wusste, woher es gekommen war, aber sie beschlossen eine Kirche zu bauen, um für das Bild ein würdiges Gebäude zu errichten.

Vielleicht, so dachte Franz, zeigt die Legende den Übergang von der Naturreligion zur christlichen Religion, die sich vom sogenannten „Heidnischen" abgrenzen wollte. Damals, vor vielen Jahrhunderten, war das vielleicht wichtig für die Menschen, oder die Mächtigen wollten es so. Heute geht es dagegen um eine Rückbesinnung, um eine Wiederversöhnung des Natürlichen und des Spirituellen. Der Baum des Lebens und die Mutter des Lebens. Damals wollten oder mussten sich die Menschen von der übermächtigen, oft gewalttätigen Natur befreien, diese transzendieren, hinter sich lassen, in eine höhere Dimension vorstoßen. Heute geht es nicht um eine Rückkehr zum Alten, wie mancher vielleicht befürchten mag, sondern um eine neue Ganzheitlichkeit. Die vielen Figuren und Gemälde der Kirche von Greßhausen drücken eigentlich bereits diese Vielfalt aus.

Die neue Vision ist die Mutter des Lebens.

Das ist keine neue Macht über das Leben durch eine neue Technologie, das wäre im Gegenteil der alte Geist, sondern es ist eine neue Form der Verehrung und der Wertschätzung. Spätestens, wenn ein Fluss vergiftet oder ein Wald abgebrannt ist, weiß man, wie wichtig das Zerstörte gewesen ist.

Gnadenbild, Gnade – für viele moderne Menschen ein altmodischer Begriff. Überholt, unzeitgemäß. In der modernen, globalisierten Welt geht es um Effizienz, um Kompetenzen, es geht um das eigene Können, um die eigene Leistung, um die eigene menschliche Macht.

Einfach nur die Schönheit betrachten. Einfach nur die Schönheit des Lebens und der Natur sein lassen, in Ruhe lassen. Nichts tun, nichts wollen, nichts erreichen wollen, nichts ändern wollen.

Ach, dachte Franz, wir sind alle irgendwie Besessene, die unbedingt dies oder unbedingt das erreichen wollen.

Die neue Vision ist das Lassen.

Nichts tun. Einfach hier sitzen. Die Schönheit betrachten – und wirken lassen. Die Stille und Ruhe und schöne Magie des Kirchenraumes wirken lassen. Nichts weiter, nur das. Und draußen den Baum lassen. Die Berge. Die Landschaft. Alles. Kein Aktionismus mehr. Keine permanente action. Gerade der amerikanische Begriff action drückt den Wahnsinn sehr gut aus: überall muss dauernd action sein. Nein, ich will das alles nicht mehr, dachte

68

Franz.

Für Franz war die Figur der Maria nicht so sehr die Botschafterin der Gnade, wie für die Autoren des Kirchenführers, sondern mehr die Botschafterin des königlichen Lebens. Offen zu sein für die Impulse und Inspirationen aus der göttlichen Dimension, das war für ihn keine Frage. Für die Zukunft schien ihm die neue Orientierung an Maria als der Leitfigur des erfüllten, spirituellen Lebens bedeutsam.

So deutete er auch das Deckengemälde: Anbetung der himmlischen Frau durch verschiedene spirituelle Menschen. Sie war die Weiße Göttin des Himmels, deren Kopf von einer goldenen Aureole und zwölf Sternen umgeben war, außerdem von neun Engelsköpfen. Sie stand auf einer blauen Kugel, auf dem blauen Planeten, hatte die giftig grüne Schlange der Gier und Sucht gebändigt, war Leitbild des Friedens und der Harmonie. Sie war die gestaltgewordene Vision einer reinen, einer besseren Welt jenseits von Gewalt und Zerstörung. Sie war Traum, anzustrebendes Ziel, Arbeitsprogramm, innere Gewissheit und Objekt der Hingabe.

In der Broschüre wurden der Hl. Augustinus, der Hl. Franziskus, der Hl. Benedikt und die Hl. Klara erwähnt, die fünfte grüne Figur (der Künstler und seine Vision, oder ein Krieger des Geistes?) und das Kind aber nicht. Wie auch immer, dachte Franz, es werden verschiedene Haltungen und Wege zur Mutter sein. Ein Augustinus wird nachdenken und Texte schreiben, ein Franziskus helfend tätig sein. Die Vision der Weißen Maria bleibt ihr gemeinsamer spiritueller Kern. Ihr gemeinsames Leitbild, dem sie theoretisch, pragmatisch oder kontemplativ folgen.

Das Bild verherrlicht eigentlich die Vision der Weißen Göttin. Während die königliche Figur der Maria eher das schöne, irdische Leben darstellen mag, scheint es im Gemälde mehr um eine transzendente Wahrheit und Weisheit zu gehen.

Franz brachte den Schlüssel zurück und bedankte sich, dass er die Kirche sehen durfte.

„Eine wunderschöne Kirche. Ahnt man gar nicht, wenn man sie nur von außen sieht."

„Ja, da sind wir auch sehr stolz drauf."

„Was bedeutet eigentlich der Name der Kirche? Maria und Sieg, eine ungewöhnliche Kombination."

„Sicher", meinte der Kirchenvorsteher. „Der Titel geht auf den Sieg der spanisch-venezianisch-päpstlichen Flotte unter Juan de Austria bei Lepanto

69

im Jahre 1571 zurück. Der Sieg soll durch Fürsprache und Beistand der Gottesmutter zustande gekommen sein. Na ja."

„Sie scheinen es nicht zu glauben", wollte Franz wissen.

„Nun ja. Das mag sein, oder auch nicht. Für uns heute hat das keine Bedeutung mehr. Das ist alte Geschichte, längst vergangen. Unwichtig."

„Denke ich auch. Und heute, was ist da wichtig?"

„Ganz klar, der Sieg über das Böse. Die Welt ist doch voll davon. Denken Sie an die Terroristen. Denken Sie an die Korruption. An die Manipulation. Das Böse steckt überall. Maria ist das Reine und Edle, nur durch ihr Licht können wir die Finsternis überwinden."

„So ist es", stimmte Franz ihm zu. „Und eine schöne Kirche feiert das Licht."

„Genau."

Franz verabschiedete sich, ging an den Rand des Dorfes, um sich unter einen Baum zu setzen. Er wollte einfach nur in den hellen Himmel schauen. Das Licht auf sich wirken lassen. Da es sehr heiß war, musste er erst einmal Wasser trinken. Er lehnte sich mit dem Rücken an den Stamm des Baumes.

Ich bin sie die Göttin des Lichtes der Reinheit der Leerheit der Weisheit es gibt keine Grenzen es gibt keine Wörter es gibt keine Bilder keine festen die bleiben für immer denn alles ist Wandel ist Wechsel ist Leerheit und Weite unendliche Weite und Offenheit denn ich bin nur aus Licht ich bin nur aus Luft und doch bin ich da und in allem und überall und meine Namen sind viele und ich erscheine mal so und mal anders mal hier und wieder neu an anderen Orten und zu anderen Zeiten aber immer ist meine Erscheinung voller Licht denn ich bin nur eines das goldene Licht der Liebe der weiten der schönen der leichten ich bin das helle Leuchten des Himmels das Leuchten der Sonne und auch des Mondes du kannst mich sehen oder spüren am Tag und in der Nacht du kannst mich sehen im Himmel in den Wolken in den Blumen im Gesicht deiner Seelenfreundin im Gesicht deiner Mutter im Gesicht deiner gestorbenen Tochter im Licht eines Sternes es gibt keine Grenzen für mich für mein Wesen mein Wirken mein unendliches Sein.

Ja, dachte Franz. Ein Bild ist nur ein Bild, ein Name ist nur ein Name, ein Begriff ist nur ein Begriff. Die Welt des Geistes ist viel weiter und größer und grenzenloser, als wir uns das mit unserem kleinen Verstand immer vorstellen. Wir meinen immer Gott oder Maria oder Jesus mit unseren kleinen Wörtern, unseren kleinen Erklärungen erfassen zu können und vergessen dabei manchmal völlig, dass es alles nur Annäherungen sind. Wir mei-

70

nen noch immer, Gott sei europäisch oder christlich, dabei ist er mit Sicherheit viel mehr als das, nämlich kosmisch, universell, jenseits aller kulturbedingten Begriffe, egal ob sie aus Europa oder aus Asien stammen. Das alte Stammesdenken muss ganz verschwinden, muss sich auflösen im weiten Licht des Kosmos. Gott ist auch Buddha, ist auch der Große Geist, ist auch Tara und Allah und die Mutter des Meeres. Es gibt keine Grenzen für den universellen Geist. Keine kulturellen, keine begrifflichen, keine geographischen, überhaupt keine. Einerseits reden sie vom Geist, der höher ist als jede menschliche Vernunft, andererseits hüten sie geradezu eifersüchtig ihre Deutung, ihr Verständnis, ihren Namen. Die Auflösung und Transzendierung aller Begriffe und Systeme macht ihnen noch Angst, verunsichert sie, aber im Reich des Lichtes gibt es keine Begriffe mehr, keine Systeme, keine Dogmen, keine Regeln und Gesetze. Die Göttin ist Gott. Nur die Menschen brauchen ihre Abgrenzungen und Unterscheidungen zur Orientierung. Bei der Göttin des Lichtes ist alles im leuchtenden Sein. Sie ist eine andere Dimension, der wir uns von verschiedenen Seiten, auf verschiedenen Wegen annähern. In Europa ist es Maria. In Tibet ist es Tara. In China ist es Kuan Yin. Es gibt nur eine Erde. Es gibt nur einen Himmel. Es gibt nur einen Kosmos. Hinter der Vielfalt, den entfalteten Möglichkeiten des Daseins, gibt es nur das eine spirituelle Sein. Sophia hat tausend Gesichter, aber nur ein einziges Sein.

Ich sehe dich in tausend Bildern
Maria lieblich ausgedrückt.
Doch keins von allen kann dich schildern,
wie meine Seele dich erblickt.

Franz erinnerte sich wieder an diese Zeilen von Novalis. Die Seele knüpft eine Verbindung, hat im Grunde seit jeher eine Verbindung, ob bewusst erkannt oder nicht, aber sie kann es kaum oder gar nicht zum Ausdruck bringen. Vielleicht noch am ehesten in Form von Poesie, wie der Dichter Rainer Maria Rilke oder in einem Bild, wie der spanische Maler Murillo in seinen Marienbildern, aber letztendlich bleibt immer ein Unterschied zwischen der tiefen seelischen Verbindung in einem Gefühl oder einer Vision – und dem kreativen Produkt, das aber weit polyvalenter ist als jede Theorie und jedes System. Damit kann mit der Kunst immer mehr ausgedrückt werden als mit den abstrakten Erklärungen der Philosophen und Theologen.

Mit dem Verstand lässt sich Maria nicht erfassen. Nur mit der Kraft des Herzens. Jede Statue eines Bildhauers, jedes Bild eines Malers zeigt es uns. Das Deckengemälde in „Maria vom Sieg" zeigt den Unterschied der Dimensionen. Die betenden und verehrenden Menschen im Vordergrund sind in einer Dimension des Übergangs auf ihrem spirituellen Weg, der unten auf dem Bild als Stufenweg zu sehen ist, aber Maria, die Weiße Maria des Lichtes ist in einem transzendenten Bereich, jenseits des Verstandes, jenseits der Alltäglichkeit, jenseits aller menschlichen Erklärungen und Deutungen.

Franz war sich wieder ganz sicher, auf dem richtigen Weg zu sein. Er schaute in den Himmel, er schaute übers Land und ins Blätterdach der Kastanie. Sein Weg war immer der Weg der großen Vision. Nein, sagte er zu sich, all dies kleingeistige Gerede und Differenzieren der Menschen: Maria ist keine Göttin, sie ist der mütterliche Gott, nein, das war nicht sein Weg. Das mochten all die Theologen tun. Das war ihr Verstandesgeschäft: Unterschiede machen, Schubladen herstellen, Etiketten kleben. Nein, sagte Franz zum Baum und zum Himmel. Zur Sonne und zum fliegenden Falken.

Er suchte die Mutter, er suchte das höhere Sein des Lichtes, er wollte den Weg ins andere Sein gehen. Er wollte im anderen Sein verschwinden wie in der endlosen Wüste oder in den ewigen Wäldern.

Er musste weiter seinem Traum folgen.

II. Das Herz der Mutter - München

10. Das Zentrum der Mutter: Marienplatz, Frauendom

Schon oft war Franz durch München gekommen oder an München vorbei gefahren, wenn er in die Alpen wollte. Aus der Ferne hatte er den Frauendom gesehen, aber eben nur aus der Ferne. Er kannte natürlich, wie jeder, die markanten Türme aus dem Fernsehen, aber was sagt das schon. Ein Bild, nichts weiter. Das Innere kannte er nicht. Das Zentrum von München kannte er nicht. Es ist wie mit vielen Dingen im Leben, man kennt die äußere Fassade, hat ein bisschen Wissen, aber keinen Einblick, man ist nicht vorgedrungen ins Innere, in die Tiefe, ins Heiligtum, dabei geht es bei der Reise des Lebens vielleicht vor allem darum, ins innere Zentrum zu gelangen, in die eigentliche Tiefe des Verständnisses und des Wissens.

Seit er Waltraud kannte, hatte München eine andere Bedeutung bekommen. Sie wohnte in München, arbeitete in einem großen Museum, einem gigantischen Bauwerk mitten in der Isar, mitten im Fluss von München. Ein Museum, eine Art Potala des Wissens mit tausend Zimmern. Entstanden war das Bauwerk in einer Zeit, als man große, starke Bauwerke brauchte und wollte, als man die Kraft des Adlers neu entdecken wollte, die eines mächtigen Adlers. Also stellte man auch steinerne Adlerfiguren auf, und andere Steinfiguren der Kraft und Macht.

Mit der fließenden Mutter des Lebens, dem Wasser, hatte das wenig zu tun. Mitten auf der Isarinsel hatte man das Gebäude errichtet, mitten im Fluss, als wenn man etwas aufhalten wollte, und man wollte ja etwas aufhalten, das Vergehen, die Vergänglichkeit, das Verschwinden der Errungenschaften des Menschen. Man wollte festhalten und bewahren, die Techniken des Menschen, seine Größe und Genialität.

Waltraud hatte im Museum ein eigenes Büro, in dem sie auch lauter Dinge gesammelt hatte. So war ihr Zimmer ebenfalls eine Art Archiv, wenn auch ein anderes, ein mehr spirituelles, esoterisches. Auf den Tischen und Schränken lagen eine Unmenge von Steinen, Kristallen, Hölzern, Federn. Beim ersten Blick registrierte Franz nur das. Vor den hohen Fenstern standen große Pflanzen. An den Wänden hingen viele Bilder. Somit war ihr Arbeitsraum alles andere als leer, er war vielmehr sehr voll, übervoll, als wollte sie sich in der Unmenge vor ihrem Computer, ihrem modernen Arbeitsgerät, verstecken.

73

„Dass Du ein eigenes Arbeitszimmer hast", betonte Franz.

„Da bin ich sehr froh drüber. Ich könnte nicht in einem Großraumbüro arbeiten. Dauernd die anderen Leute. Dauernd die Aufsicht. Fürchterlich."

„Kann ich gut verstehen."

„Hier kann ich mich zurückziehen und in Ruhe arbeiten."

„Ja. Irgendwie verrückt. So ein riesiges Museum und Du sitzt hier in Deinem eigenen Arbeitszimmer mit den vielen Kristallen. Die verborgene Kristallmeisterin im Technikmuseum. Das Gegenteil zu allen Beamten, die nur die Vorschriften erfüllen."

„Na ja, das mach ich schon auch, sonst könnte ich hier nicht überleben", meinte Waltraud. „Aber mein Menschenbild ist das nicht. Der Beamte, der nur Vorschriften erfüllt, der selbst nichts ist, der selbst nichts denkt".

„Der Vollstrecker. Vollzugsbeamte", ergänzte Franz zynisch lachend.

„Viele Menschenbilder sind so einseitig. Die modernen Krieger der Wirtschaft. Sie fighten und fighten für die große Expansion und für die Gewinne. So entsteht nie Stille, nie Ruhe, nie ein in sich ruhendes Sein."

„Ja genau. Und der Techniker, dem die ganze Welt nur ein technisches Problem ist, der immer nur verändern will, neue Produkte, neue Projekte. Ob riesige Flugzeuge oder riesige Brücken, egal was, immer ist es der kleine Mensch mit seinem Denkapparat, der etwas ganz Großes schaffen willen. Wir bauen den größten Turm der Welt. Ich baue die größte Eisenbahn."

„Typisch männliches Verstandesdenken ist das", sagte Waltraud.

„Die Mutter ist anders. Sie lässt es zu, sie lässt die Natur gewähren und sich entwickeln."

„Weil sie weiß, dass der Fluss der Vergänglichkeit und die große mütterliche Dunkelheit des Seins ohnehin alles wieder aufnehmen wird. Es wird wieder verschwinden, es wird sich wieder auflösen", betonte Waltraud, „und übrig bleibt Wüstensand. Denke an einige große Städte der Geschichte. Was ist von ihnen geblieben?"

„Ein Name, ein paar Scherben und eine Menge Wüstensand", sagte Franz.

„Der Wind der Zeit zerweht alles, denn alles ist leer. Kalachakra. Kali, die Mutter, die alles wieder zurückholt."

„Viele Europäer mögen das nicht. Erschrecken davor. Sie wollen etwas Stabiles, Ewiges."

„Sicher, Franz. Und so werden sie das Leben nie verstehen. Letztendlich werden sie die Mutter nie verstehen, wenn sie sich nicht dem Wandel und der Dunkelheit stellen. Sie haben Angst. Angst vor der Auflösung, vor der

Vergänglichkeit, vor dem Tod. Sie wüten voller Aktivität gegen den Tod, ohne wirklich zu verstehen, dass es völlig absurd ist."

„So wie sie durchs Leben hetzen und jagen müssen, mit Hochgeschwindigkeit, mit high speed, um am Ende festzustellen, dass sie sich nur im Kreis bewegt haben."

Es war ein sehr heißer Tag in München. Franz war erschöpft von der Reise und wollte sich deshalb erst einmal ausruhen in einem zentral gelegenen Appartement , das Waltraud für ihn besorgt hatte.

Als Franz allein war, schaute er aus den Fenstern zur rechten und zur linken Seite. Auf der rechten Seite waren Weiden und der Isarkanal zu sehen, und das Rauschen des Großstadtverkehrs zu hören. Auf der anderen Seite war ein Innenhof mit einem Brunnen und drei großen Pappeln. Oben auf dem Dach saß der Steinadler, der aus Stein gemeißelte Adler.

Franz legte sich hin, wollte nur schlafen. Träumen. In die schlafende Traumzeit verschwinden. Draußen konnte die normale Realität der Großstadt weiter vorbeirauschen. Das rauschende Kalachakra, das rauschende Rad der Zeit. Er hatte seine goldene Tarafigur, die er immer auf seinen Reisen mitschleppte, sie wog 1,7 Kilogramm, auf das Tischchen neben dem Bett, auf eine hellblaue Serviette gestellt. Langsam kam er zur Ruhe, langsam verschwanden die Gedanken, die Eindrücke und Bilder. Langsam wurde alles leer in ihm. Om Tare Tuttare Ture Soha. Er sprach das heilige Mantra der Tara. Die Tara begleitete seinen Weg seit vielen Jahren. Seit Jahrzehnten. Maria, die Seele Europas, hatte er erst in den letzten Monaten begonnen zu erforschen und zu suchen. Ihre Gestalten, ihre vielen Formen und ihr spirituelles, goldenes Sein. Sein Weg war eine Art Forschungsreise ins innere Herz der Mutter. Einen Moment musste er wieder an seine in Berlin verstorbene Mutter denken, die Willa Anna hieß. Om Tare Tuttare Ture Soha. Langsam verschwand er in der Leere der Traumzeit.

Als er wieder wach war, besuchte ihn Waltraud und sie tranken zusammen einen Kaffee. „Wir könnten einen Spaziergang zur Isar machen und ich zeige Dir ein bisschen die Gegend", schlug sie vor.

Waltraud und Franz gingen in nördliche Richtung zu einer Springbrunnenanlage, die dem Vater Rhein gewidmet war. Eine große, starke männliche Figur stand im Zentrum. Ein mythologischer Kraftmann. Ein Germane, wenn man so will. Von oben floss Wasser in ein langes Becken. Die ganze Anlage war umrahmt von großen Kastanien.

„Ist schon eigenartig", meinte Waltraud, „einerseits sind viele spirituelle Systeme ausgesprochen patriarchalisch, andererseits gibt es keine echten,

75

starken Männer. Egal ob du die spirituellen Gründer nimmst oder die späteren Vertreter."

„Vielleicht sind sie deshalb so patriarchalisch, weil die Männer etwas haben wollen, was sie eigentlich nicht besitzen: nämlich innere Kraft und Stärke."

„Sie ruhen oft nicht in sich", ergänzte Waltraud. „Sie können es vielleicht nicht wie eine Mutter, die immer weiß, worin ihre tiefe Bedeutung im Leben besteht. Männer stehen unter einer Art Leistungsdruck, Beweiszwang. Dabei machen sie alle verrückt, die ganze Welt und sich selbst am meisten."

„Ich finde es oft völlig absurd, wenn ich im Fernsehen sehe, wie Hirsche oder Moschusochsen sich um Weibchen streiten. Was will die Natur damit erreichen, ich meine nicht *survival of the fittest* und solche Erklärungen, nein, ich frage mich, was will sie eigentlich?"

„Ich weiß es nicht, bin kein Mann."

„Ich auch nicht", meinte Franz.

„Ach Unsinn, Du bist ein voller Mann, weil Du auch Deine weibliche Seite entwickelt hast."

„Ja für Dich. Aber im Grunde bin ich es nicht, wenn ich mich mit üblichen Männern vergleiche. Ich gehöre nicht zu denen, habe mich bei denen immer fremd gefühlt. Dampfende Hirsche. Testosteronmaschinen."

Waltraud lachte. „Hast Du kein Testosteron?"

„Doch, denke schon. Aber schau dir diesen Vater Rhein an, diesen germanischen Kraftprotz mit Stab. Das bin ich doch nun wirklich nicht."

„Nein, Gott sei Dank!"

„Es scheint mir ein grundsätzliches Problem zu sein, Männlichkeit und Spiritualität. Die Frauen, die den weiblich spirituellen Weg gehen, betonen ja sehr stark das Weibliche. Ich halte das oftmals für viel zu extrem und ebenso einseitig wie den patriarchalischen Weg."

„Ich auch."

„Sie grenzen geradezu das Männliche aus, oder verdammen es sogar. Es scheint mir aber überall irgendwie das Problem zu sein, das Männliche und das Weibliche als gleichwertig zu sehen, das Spiel der Sexualität und die spirituelle Dimension miteinander zu versöhnen. Meistens soll beides eher strikt getrennt werden."

„Weil sie es als gegensätzlich empfunden haben", meinte Waltraud. „Das Sexuelle zog sie in die Tiefe, zog sie nach unten, sie wollten aber in die Höhe, wollten sich befreien von der Leidenschaft."

„Und haben sie es erreicht?"

„Oft leider nicht", betonte Waltraud. „Das wünschte ich mir, Alltagsleben und Spiritualität in Harmonie, Versöhnung von Geist und Materie, von Ost und West."

„Nur eine universelle Form der Liebe wird das schaffen, keine reine Theorie und verordnen kann man es schon gar nicht. Lass uns weitergehen."

Waltraud und Franz gingen weiter in Richtung Alpenmuseum. Auf der Brücke blieben sie einige Zeit stehen, lauschten dem rauschenden, donnernden Isarwasser. Mitten in München schauten sie auf das wilde Wasser der Alpen, das die Isar hierher gebracht hatte. Beim Alpenmuseum betrachteten sie einige Gebirgssteine, die man dort aufgestellt hatte. Von dort gingen sie hinunter zu der Isarinsel und suchten sich einen Platz, wo sie sich hinsetzen konnten. Sie fanden ein blankgewaschenes Holzbrett zum sitzen. Nachdem sie eine ganze Zeit auf das fließende, strömende Isarwasser geschaut hatten, packte Waltraud ihre Trommel aus und begann langsam zu trommeln. Dazu sang sie ein spontan in ihrem Herzen erfühltes Lied. Ihr Gesang klang wie aus fernen Welten, aus anderen Zeiten. Ein richtiger Traumzeit-Gesang.

„Und Du studierst also die Maria", fragte sie Franz, „nachdem sie eine ganze Zeit getrommelt und gesungen hatte. Was hat Dich plötzlich dazu bewogen?

„Ich habe schon oft gedacht, wir müssten in Europa und speziell in Deutschland endlich unsere eigenen Wurzeln mehr entdecken und würdigen. Die tibetische Tara, die Mutter der Buddhas, wie es heißt, ist mir sehr vertraut, seit Jahrzehnten – ach, seit Urzeiten, aber ich finde in letzter Zeit wieder mehr, dass unsere eigenen Wurzeln sehr wichtig sind."

„Ja, das denke ich auch. Für mich ist es die Göttin. Die Weiße, die Rote und die Schwarze. Die drei Aspekte der europäischen Urgöttin. Die Ganzheit, die Vielfalt des Lebens und der Wandel."

„Ich kenne sie. Für manche ist sie leider nur etwas zu einseitig, der weiblich spirituelle Weg."

„Ja, leider", bedauerte es auch Waltraud. „Die Natur ist aber das große Ganze, jenseits von geschlechtlichen Rollen und Deutungen. Die Natur ist immer alles, ist Mann und Frau, Himmel und Erde, Feuer und Wasser. Mutter Erde ist ursprünglich, rein, unverdorben – und sie ist die Vielfalt und Komplexität des Lebens. Die vielen Formen der Tiere, der Pflanzen, selbst die vielen Dinge, die der Mensch geschaffen hat, sind letztendlich Produkte der Erde, denn sie entstehen ja nicht aus dem Nichts – und der letzte Aspekt ist ihre permanente Wandlung, ihre ewige Bewegung, ihr Sterben, ihre Zerstörung und ihr Neubeginn."

„Wenn man es so sieht, dann ist es ganz neutral. Eine objektive Beschreibung der Fakten. Das Sosein des Lebens. So ist es. Der Himmel und die Erde sind da, der Fluss hier ist da. Die Sonne ist da, der Mond ist da. Alles entsteht irgendwann, entfaltet sich und es vergeht wieder. Das kosmische Spiel."

„Das sind einfach Grundkonstanten des Lebens. Sie sind so, sie bleiben so", betonte Waltraud. „Sie werden sich nie ändern, weil das Grundsystem des Lebens sich nie ändern wird."

„Sehr richtig. Das ist die Illusion mancher Leute, die meinen, sie könnten etwas an den Grundkonstanten ändern. Ein Leben, bei dem es nur Erfolge und ewigen Sonnenschein gibt."

„Ja, Illusion", bekräftigte noch einmal Waltraud. „Es gibt natürlich Träume, die sich realisieren lassen, die uns im Leben eine Perspektive geben."

„Mein Traum von Maria", sagte Franz.

„Was bedeutet er Dir?"

„Heilung, Sinn, Bedeutung, Versöhnung, Synthese der Religionen, Schönheit, Vielfalt, Kunst – eine ganze Menge. Vielleicht will oder muss ich auch etwas schaffen, ein Bild, eine Kapelle, ich weiß es noch nicht. Ich folge einem Ruf, aber heute weiß ich noch nicht, wohin mich dieser Ruf letztendlich führen wird."

„Das klingt geheimnisvoll", meinte Waltraud. „Spannend."

„Leider bin ich oft auch skeptisch und mutlos."

„Warum", wollte Waltraud wissen.

„Weil ich Angst davor habe zu scheitern. Es ist vieles in meinem Leben gescheitert. Viele Träume können sich eben als Illusion erweisen. Oder als unrealistisch, oder man scheitert an den Bedingungen, an den anderen, an ihrer Ablehnung. Es gibt vieles, was scheitert. Die Gesellschaft feiert die großen Erfolge. Das wollen die Leute sehen. Die andere Seite wird verdrängt, dennoch ist sie vorhanden."

„Sicher. Lass Deine Ängste. Du solltest ganz der Mutter vertrauen, sie wird dich schon richtig führen. Sie hat ihren Plan mit dir, so wie Gott seinen Plan mit dir hat. Es gibt da keinen Unterschied. Den gibt es nur für die Menschen, die nicht in der anderen Dimension leben und sind, sondern in der Dimension der Polaritäten, und deshalb immer wieder Angst haben, und lauter Zweifel und Bedenken. Es ist ohnehin nicht dein egoistischer Wille, es ist nicht deine Macht, deine Entscheidung. Du folgst dem Ruf deiner

Seele und kannst auch gar nicht anders, als ihm zu folgen. Nimm mal diesen schwarzen Stein hier, schick deine dunklen Gedanken hinein, frage aber vorher den Stein und bitte ihn, sie aufzunehmen – und dann wirf ihn in die Isar, deren reinigende, lösende, transformierende Kraft alles umwandeln wird, da es dein Wunsch und deine Bitte ist. Vergiss aber nicht zu danken!"

Franz konzentrierte seinen Geist auf alle seine Ängste, seine Bedenken, seine Zweifel, seinen Zorn auf andere, auf alles Negative, das ihm in Kopf und Seele herumspukte, auf das, was er nicht wirklich als das Eigentliche seiner Person empfand und was auch nicht das Eigentliche seines Wesens war, und versuchte all dies auf den kleinen schwarzen Stein in seiner Hand zu übertragen, den er vorher um Erlaubnis gebeten hatte.

Nachdem Franz den Stein in den Fluss geworfen hatte, verließen sie beide die Insel, um ins Zentrum der Stadt, zum Marienplatz und zum Frauendom zu gehen.

Auf dem Marienplatz herrschte buntes Treiben. Viele Menschen unterschiedlicher Nationen. Viele eher kleine Menschen mit asiatischen Gesichtern, Chinesen, Japaner, Koreaner. Sie liefen hin und her, manche standen und schauten, oder sie fotografierten. Einige Indios spielten mit ihren Flöten und einer archaisch klingenden Trommel ihre Inkamusik aus den Anden. Peru. Bolivien. Ein einzelner, einsamer Geiger spielte an einer anderen Stelle klassische Musik. Er schien aus Russland zu kommen. Auf dem Boden sein Hut für die Geldspenden. Am U-Bahnschacht saß auf einer Decke ein völlig heruntergekommener Obdachloser mit seinen Plastiktüten und einem Hund, seinem treuen Begleiter. Auf den Gehweg hatte er ein Schild gelegt, auf dem er um Futter für diesen bat. Eine Gruppe Tierschützer hatte einen Stand aufgebaut und warb um Unterstützung, um neue Mitglieder mit Petitionen gegen das Abschlachten von Delphinen und Walen. Ein Peruaner, der einen Hut mit vielen Federn trug, und vielleicht ein Curandero war, spielte auf einer Flöte seine Kondorweisen. Am Rande des Platzes saßen die Menschen in den Straßencafes, tranken Cappucino oder Latte Macciato, aßen ein Stück Kuchen, sprachen über tausend Fragen des Lebens und schauten sich das vielfältige Treiben der Menschen an.

Auf dem Platz gab es einen kleinen, abgesperrten inneren Raum, in dessen Mitte sich eine Säule erhob. Oben auf der Säule stand die Maria, die goldene Patrona Bavariae.

Das Zentrum wird auf vier Seiten von gegen das Böse kämpfenden Figuren geschützt. An den Ecken der Balustrade kämpfen vier kriegerische Engel mit Helm und Lanze gegen mythologische Tiere: gegen einen Drachen,

79

der für den Hunger steht, den unstillbaren, also der Gier, der Sucht, gegen einen Löwen, der den Kampf repräsentiert, den ewigen Wettbewerb, das ewige Gerangel unter den Menschen, einen Basilisk, der die Pest und alle schlimmen, wütenden Krankheiten symbolisiert und eine Schlange, die falsche Gedanken und „Ketzerei" darstellen soll, vielleicht den Skeptizismus und Relativismus der heutigen Zeit, alles und jedes dauernd infrage zu stellen, nichts Heiliges mehr gelten zu lassen.

Die Dimension der Engelsfiguren ist die des Kampfes, der Abwehr, der Gegenwehr oder eines kriegerischen Ausgleichs, Energie gegen Energie, um sie aufzuheben, aber sie schützen nicht das Eigene, sondern das Heilige, das Höhere, das hoch über ihnen thront. So sind sie im Grunde nicht Mitspieler im System der Polaritäten, sondern vollziehen den Kampf für das Gute und Edle. Ein Unterschied, der bedeutend ist und beachtet werden muss. Der menschliche Kampf ist ein Ego-Kampf, der Kampf der höheren Wesen eine Art der Regulation und Reinigung.

Die goldene Patrona Bavariae steht hoch oben über dem Marienplatz. Sie schaut aus einer anderen Dimension auf die Menschen herab. Sie hütet und bewahrt das Leben. Sie ist das Licht. Sie ist eine Sonne. Sie ist die Quelle der Kraft und der Liebe. Sie blickt auf das Leben der Menschen, lässt es sein, wie es will und schickt ihre universelle Herzensenergie in alle Richtungen. Wer sie empfangen kann und will, der kann sie spüren und fühlen.

Wer zu ihr hinaufschaut, stellt eine Verbindung her, oder ist zumindest bereit dafür. Wer nicht zu ihr hinaufschaut, spürt sie nur unbewusst. Irgendetwas in seinem Inneren mag fühlen, dass es sie gibt, oben auf der Säule, sein Bewusstsein ist jedoch fokussiert auf ein alltägliches Ziel, er muss zur Arbeit, will etwas Bestimmtes einkaufen oder ist auf dem Weg zu einem Arzt, einem Rechtsanwalt, einem Treffen mit einem Bekannten oder einer Freundin.

Steht man auf dem Marienplatz mit Blick zum Rathaus nach Norden, dann befindet sich rechts von der Mariensäule in Richtung Nordosten der Fischbrunnen, ein achteckiger Brunnen mit einem dicken Kugelfisch in der Mitte und vier männlichen Figuren mit Fischen in den Händen.

Auf der linken Seite, mit Blick in Richtung Nordwesten, befindet sich ein großer, grüner geflügelter Drache an der Eckwand des Rathauses, Wurmeck genannt. Der Drache ringelt sich mehrere Meter hoch und hat eine Flügelspannweite von zwei Metern. Über ihm thront der Heilige Georg mit der Lanze, der die aufsteigende elementare Kraft der Erde, die Urkraft bezwingen will.

„Es stellt sich eben die Frage", meinte Franz, „wie gehen wir mit den elementaren Urkräften der Natur um."

„Heute, im Zeitalter der totalen Entfesselung aller Kräfte, ist das eine ganz wichtige Frage", belehrte ihn Waltraud. „Unterdrückung, Beherrschung – das war kein Weg, war oft daneben gegangen. Die heutige Entfesselung, die ach so „freie" Entfaltung erweist sich mehr und mehr als noch schlimmer. Die Klimakatastrophe spricht eine deutliche Sprache. Sie gibt uns harte Warnungen. Megastädte mit endlosen Autoschlangen sind keine menschliche Kultur, sie sind ein Werk des „Teufels", also ein Werk von Gier und Sucht."

In der Frauenkirche zeigte Waltraud Franz den sogenannten Teufelsabtritt. Dort sollte er seine negativen Energien ablassen, nach unten hinausfließen lassen, um dann frei und gereinigt in den großen Innenraum der Kirche zu gehen. Eigentlich eine ganz wichtige Frage: Wo bleibt die negative Energie der vielen Menschen, die in diese Kirche kommen? All die Sorgen und Ängste? All das Leid der Beziehungen, am Arbeitsplatz, die Sorgen wegen der Gesundheit oder die Angst vor einer schlimmen Operation? Löst sich die negative Energie einfach auf, verschwindet sie irgendwohin, aber wohin, oder wird sie gewandelt durch die Atmosphäre, durch Gebete, Wünsche und positive Gedanken? Oder verschwindet sie einfach durch die Anwesenheit im Raum der Kirche, so wie Finsternis verschwindet, wenn Licht angemacht wird?

Franz stellte sich auf den Abtritt, versuchte sich nicht zu sehr von den herumlaufenden Menschen zu beeinflussen, versuchte die negativen Energien zu bündeln und nach unten zu schicken. Möge die Erde sie aufnehmen. Mögen sie im weiten Untergrund, in der Tiefe verschwinden.

Auf der nördlichen Seite des Langhauses befanden sich lauter kleine Kapellen, so auch die Sieben Schmerzenkapelle, die geöffnet war und in der Kerzen brannten. Vor der Mutter Gottes mit dem Schwert konnte jeder seine Schmerzen ausdrücken, mit der Bitte, von diesen befreit zu werden.

Marias sieben Schmerzen waren : die Weissagung Simeons, die Flucht nach Ägypten, die Entfremdung von ihrem Sohn, das Leiden Jesu, sein Tod, die Abnahme vom Kreuz und die Grablegung.

Wer krank ist, körperlich oder seelisch, hat oft gleich mehrere Probleme, die sich gegenseitig bedingen oder fördern. Ein seelisches Leid führt zu einem körperlichen, das führt zum Leid im Beruf, bei der Arbeit, das wieder zu einem sozialen Problem. Bei vielen Menschen ist es ein komplexes Gebilde. Bei Maria können die Menschen sitzen oder knien, ihr das ganze

Leid mitteilen, sie um Befreiung und Heilung bitten.

Menschen, die großes Leid ertragen müssen, eine tödliche Krankheit wie Krebs oder die einen lieben Menschen durch einen Unfall verloren haben, können es sofort verstehen. Menschen der Spaßgesellschaft wohl weniger. Menschen, die sich einbilden, alles stünde in ihrer Macht und könnte durch ihre psychologischen Fähigkeiten oder ihre spirituellen Kompetenzen gemeistert werden, wohl auch nicht sonderlich. Auch so eine Hybris, dachte Franz, sich einzubilden, man könne jede Krankheit heilen, jedes Leid selbst besiegen, durch eigene Leistungen, durch eigenes Bemühen.

Im Hintergrund hing das dunkle Bild von Anton van Dyck, Christus am Kreuz, hängend im Leiden, ganz und gar Leiden, ganz und gar in der Finsternis des Leidens, in der dunklen, schweren Zeit vor der Erlösung, in der diese noch nicht sichtbar ist, weil alles nur Leid ist. Davor stand die farbige Figur der Maria, die Mater Dolorosa, mit dem Schwert in ihrer Brust.

Mir steckt ein Schwert im Herzen. Mir steckt ein Schwert im Kopf. Es steckt fest und schmerzt und schmerzt, dachte Franz. Eine drastische Metapher, weil das Leid nun einmal drastisch ist. Oh Mater Dolorosa, befreie mich von meinen Schmerzen im Kopf. Zieh mir das Schwert heraus.

Franz musste wieder an seine verstorbene Mutter denken. An ihre Schmerzen. An ihr Weinen, als sie verwirrt war und keiner sie verstand und keiner sie verstehen wollte. Als sie verzweifelt war und nicht wusste, was die Zukunft bringen würde und als sie keine Zuversicht mehr hatte. Als sie vor Schmerzen schrie und jammerte. Sie war keine gläubige Person gewesen, und so hatte sie nicht die Hoffnung auf eine Erlösung im Himmel. Somit war ihr Sterbeprozess ein Leiden und Klagen, bis sie vor Erschöpfung stiller und stiller wurde und sich in ihr Schicksal ergab.

Franz dachte an seinen eigenen Schmerz, der darin bestand, dass er seiner Mutter nicht wirklich helfen konnte. Einen spirituellen Weg und Trost konnte er ihr nicht vermitteln, oder nicht genug. Die anderen waren ebenso hilflos, die Ärzte, das Pflegepersonal, die Seelsorgerin. Er saß oft stundenlang bei ihr, hielt ihre Hand, streichelte ihren Kopf, sang ein wenig und betete zu Maria, sie möge seiner Mutter den Weg ins Licht zeigen. Das Schwert seiner Gedanken und Erinnerungen. Das Schwert seiner Hilflosigkeit. Oh Mater Dolorosa, befreie mich von meinen Schmerzen im Kopf. Zieh mir das Schwert heraus. Mit diesen Worten zündete er eine Kerze an.

„Hast Du für deine Mutter gebetet", wollte Waltraut wissen, die vor der Kapelle gewartet hatte.

„Ja."

„Das ist schön. Ich muss auch immer wieder an meine Mutter denken. Das ist ganz natürlich."

Sie setzten ihren Rundgang durch die Frauenkirche fort. Vor dem Chor gab es auf der linken Seite die Figur eines leidenden Jesus, eine weiße Figur mit vielen Blutstropfen, auf der rechten Seite eine Mutter Gottes. Die goldene Immaculata am Ende, oberhalb des Chores fiel Franz auf. Am Anfang des Chores hing oben ein sehr großes, geradezu überdimensionales dunkles Kreuz, am Ende als Gegenstück die goldene Immaculata. Sie war das Licht. Sie war die Sonne, jenseits des Leidens.

„Schade, dass die meisten Seitenkapellen geschlossen sind. Außerdem hängen die Bilder oft so hoch, so dass man sie gar nicht richtig ansehen kann," meinte Franz.

„Ja. Vielleicht liegt es daran, dass sie letztendlich zum Ruhme Gottes gemalt worden sind und nicht für den ästhetischen Genuss der Besucher."

„Da hast du sicher recht."

„Hier im Kirchenführer findest Du ein ganz gutes Bild des Hochaltargemäldes „Mariä Himmelfahrt" von Peter Candid aus dem Jahr 1620." Waltraud zeigte ihm das Foto.

Franz fielen wieder die unterschiedlichen Dimensionen auf. Das Reich der Erde und das Reich des Himmels. Maria erhielt eine Krone. Und ganz oben schwebte die Taube des Heiligen Geistes.

„Ganz gut," meinte er. „Im Verhältnis zum Original natürlich viel zu klein. So eine kleine Abbildung kann nur einen allgemeinen Eindruck vermitteln. Die Details gehen unter. Wie gut es gemalt ist, kann man nicht sagen. Irgendwie kann man in einer großen Kirche gar nicht alles erfassen. Der hohe Raum, die Figuren, die Bilder. Ein vielschichtiges System von Elementen. Einzelnes fällt einem besonders auf, wie die Immaculata, dafür sieht man vieles andere überhaupt nicht."

„Wie in der Natur," ergänzte Waltraud. „Dort gibt es ebenfalls eine Unmenge an Dingen, Lebewesen, Formen und Farben. Man sieht, was man sehen will. Man sieht, was man vielleicht sucht. Man geht mit dem einen oder anderen Objekt in Resonanz, weil man sich innerlich angesprochen fühlt. Man spürt eine Botschaft und erkennt sie als solche. Der große Rest bleibt außerhalb des Blickfeldes."

„Eines reicht ja. Die Mater Dolorosa reicht für einen Besuch – oder die Immaculata. Den Geist auf eines fokussieren. Sonst bleibt alles diffus und wirkt nicht. Wenig ist mehr."

„Genau," bestätigte Waltraud. „Wenig ist mehr. So schön die Vielfalt sein mag, für unser Bewusstsein ist sie schnell zu viel. Und für unser Herz erst recht. Unser Herz, unsere Liebe verkraften keine Unmenge."

„So ist es."

„Liebe ist eine intensive Beziehung," erklärte Waltraud weiter. „Zu tausend Menschen, Orten und Objekten können wir keine intensive Beziehung haben. Und Tiefe ist schon gar nicht möglich. Eine Kirche wie die Frauenkirche müsste man immer wieder besuchen, über Jahre schrittweise alles erfassen, zu erfassen versuchen, dann entwickelt sich langsam eine tiefe Beziehung."

„Immer wieder denselben Ort besuchen, das ist für viele langweilig," sagte Franz.

„Weil sie nur kurzzeitig Unterhaltung suchen. Kurze Impulse, aber keine lange und intensive Beschäftigung. Keine Vertiefung. Vielleicht hast Du in Franken schon zu viele Orte besucht. Vielleicht solltest Du schauen, welchen Ort Du öfters aufsuchen könntest."

„Das ist eine gute Idee. Da mir das Werdenfelser Land am Herzen liegt und ich dort ja schon oft war, werde ich die Orte dort nehmen. Es ergibt sich einfach. Bestimmte Orte, Gegenden ziehen uns immer wieder an. Andere dagegen besuchen wir einmal, und dann nie wieder."

„So vielfältig wie die Vielfalt erscheint," meinte Waltraud, „ist sie auch wieder nicht. Du hast ja überall eine Immaculata oder eine Pieta gefunden. So findest Du nicht unbedingt etwas völlig Neues. Es sind Variationen. Möglichkeiten der Gestaltung. Die Idee, das spirituelle Prinzip ist dasselbe."

„Und somit ist alles miteinander verbunden," bekräftigte Franz.

„Das ist sie, die Weisheit der Mutter."

11. Die Weiße Königin: Bürgersaalkirche

„Nach dem Frauendom und unserem Gespräch könnten wir jetzt die Bürgersaalkirche besuchen," meinte Waltraud. „Dort steht eine besondere Maria."

Sie gingen zurück zur Hauptgeschäftstraße, um diese dann in Richtung Westen, in Richtung der untergehenden Sonne zu gehen. Teilweise mochte es Überlegungen gegeben haben, die Kirchen an diesen oder jenen Ort zu stellen, völlig bewusst zu errichten, aber so ganz systematisch schien das Franz nicht zu sein, oder er erkannte das geheime System nicht, noch nicht. Der Platz um die Frauenkirche war ihm zu eng. Es fehlte Raum. Raum für Entfaltung. Die Geschäftswelt war wieder die normale Welt und Wirklichkeit. Kaufen, kaufen, Kaufen.

„Es ist schon eigenartig," meinte Franz, dass immer noch so viele Menschen von der Konsumwelt angezogen sind."

„Das ist etwas, was sie sehen und anfassen können. Sie können es kaufen und besitzen, und sie können immer wieder etwas Neues kaufen und besitzen. Das ist es, was sie brauchen, was sie wollen," sagte Waltraud.

„Sicher. Es wundert mich nur, denn im Grunde sind es immer wieder die gleichen Sachen. Sie könnten es sich auch sparen."

„Lass sie einfach. Es ist ein Spiel. Mal ein roter Pulli, mal ein grüner, dann wieder ein schwarzer. Ein Spiel mit Formen und mit Farben. Es hat keine tiefe Bedeutung, die du immer suchst, die du immer erwartest. Es ist nur ein Lebensspiel. Sie laufen durch die Einkaufsstraßen, kaufen sich irgendwas, setzen sich irgendwohin, trinken einen Kaffee, reden ein wenig, telefonieren."

„Genau, immer das gleiche Spiel," meinte Franz.

„Ja, immer das gleiche Spiel. Das Leben spielt immer das gleiche Spiel, mit endlosen Variationen, die für dich, lieber Franz, keine sind, aber für die meisten Menschen ist es wichtig, ob man in diesem Sommer grün trägt oder nicht. Wenn grün angesagt ist, dann will man auch etwas Grünes haben. Objektiv gesehen ist die Farbe völlig egal. Man möchte etwas Neues, etwas, das einem die Illusion gibt, es sei neu, und man möchte dazugehören."

„Du hast recht," Waltraud. „Du besuchst doch Stätten der Maria. Es gibt eine Reihe von Unterschieden, unterschiedliche Figuren, Immaculata, Pieta, Regina caeli etc. Aber im Grunde ist es immer Maria. Im Grunde ist es immer das gleiche Prinzip der mütterlichen Liebe, ob nun in Franken oder hier in München. Es ist auch eine Sache der Betonung. Du kannst das Gemeinsame betonen, oder die Unterschiede. Du kannst das gemeinsame Prinzip sehen, oder die unterschiedlichen Aspekte. Du kannst sagen, das ist wieder eine Mater Dolorosa, oder du kannst den genauen Unterschied zu anderen Figuren in anderen Kirchen betonen."

„Das stimmt," gab Franz zu. „Ich schaue mir die Vielfalt an, die feinen Unterschiede der einzelnen Figuren und freue mich dran."

„Siehst Du. Und so freuen sich die Konsummenschen über die feinen

Unterschiede, was ihre Klamotten betrifft. Kleine, feine Farbunterschiede zum Beispiel."

Da sie die Bürgersaalkirche erreicht hatten, beendeten sie ihr Gespräch, betraten die Stille und Ruhe der Unterkirche. Die Wirkung des Raumes stand in einem starken Gegensatz zum Treiben oben auf der Geschäftsstraße. Hier war Stille. Hier war Beten und Besinnung. Es war eine kraftvolle, erfüllte Stille.

In der Mitte war die Grabstätte des Pater Rupert Mayer, bedeckt von einer Rotmarmorplatte. Am Ende der mittleren Achse stand die Figur der thronenden Mutter Gottes von Franz Drexler aus dem Jahre 1925. Sie war mit Zepter und Krone als Himmelskönigin dargestellt. Ein Sternenkranz umstrahlte ihr Haupt.

Franz hatte die Figur noch nie gesehen, aber dennoch das intensive Gefühl, als wenn er sie schon vor langer Zeit gesehen hätte. Das war sie, die Weiße Königin, die Weiße Göttin, die Weiße Sophia, mitten im Zentrum von München. Die Himmelskönigin in einem eher unterirdischen Raum. Einer heiligen Katakombe. Der warme Urgrund des Lebens, weiß wie die Milch. Weiß und Gold – die Farbkombination war hier sehr intensiv verwendet worden. Weiß und Gold war die Mutter, aber welcher Verstand konnte die tiefe Bedeutung der beiden Farben ermessen und erklären? Milch und Honig, das sollte wieder neu entdeckt werden, neu gewürdigt werden, Milch und Honig. Vielleicht ging es um geistige Nahrung, oder um heilende Nahrung für Körper, Geist und Seele.

Das war sie, die Mutter seiner Seele. Das war die Mutter seiner Sehnsucht. Er war an seinem Ziel angekommen, hier an diesem stillen, geradezu intimen Ort der Unterkirche, die eine warme Höhle der Weisheit und des Wissens war.

Sie war die große Synthese aller Mütter. Christlich oder römisch oder keltisch oder germanisch oder was auch immer. Darüber konnte diese Weiße Mutter nur milde lächeln. Hört auf zu streiten! Hört auf zu denken und nach Wörtern zu suchen! Es gibt nur eine Liebe, es gibt nur eine Mutter!

An den Wänden der Unterkirche waren plastische Gruppen aus Lindenholz zu sehen, jeweils aus vier Figuren bestehend. Sie zeigen die vierzehn Stationen des Passionsweges, des Leidensweges von Jesus, von der Verurteilung zum Tod bis zu seiner Grablegung. Sein Leidensweg spiegelt den Leidensweg der Menschen, des Menschen, jedes Menschen. Der Leidensweg ist immer auch ein Wandlungsweg, ein Transformationsweg.

86

Waltraud und Franz gingen um das Zentrum der Unterkirche herum und betrachteten die Plastiken der einzelnen Stationen des Leidensweges. Das ungerechte Urteil, der Fluch der Belastung, der Zusammenbruch, das Ausgeliefertsein, die Demütigung, die Verunstaltung, die Ohnmacht, die Mahnung zur Umkehr, der totale Fall, der Verlust des Menschlichen, die Kreuzigung, der Tod, das Mitleiden und die Ferne von Gott. Ein Weg des Leidens, Opfer von Machtmissbrauch und Brutalität. Damals, heute, immer wieder, bis die Menschheit erlöst ist.

Rupert Mayer, der sich gegen die Nationalsozialisten stellte, der sich nicht an das Redeverbot hielt und ins Konzentrationslager Oranienburg geschickt und dann im Kloster Ettal interniert wurde.

„Im Mai 1945 in Freiheit nach München zurückgekehrt, erlitt er am Allerheiligentag jenes Jahres während der Predigt in der Kreuzkapelle an St. Michael einen Schlaganfall und starb noch am gleichen Tag."

Was für ein Satz, dachte Franz. Was für ein Schicksal! Er wies Waltraud auf den Satz hin. Sie nickte nur stumm.

Der Weg des Leidens. Jesus. Rupert Mayer. Aber auch viele andere Menschen, denen Namen wir nicht kennen, deren Schicksal wir nicht kennen. Endlos wiederholt es sich. Endlose Variationen von Passionswegen. Und immer weil die Teufel, die bösen Geister, die Dämonen die Menschen beherrschen, oder sie sich beherrschen lassen, zu allen Zeiten, auch heute, gerade heute.

„Wie gut, dass es immer mutige Menschen gibt, aufrechte Menschen, die in der Nachfolge ihr Kreuz auf sich genommen haben," meinte Franz.

„Das finde ich auch," stimmte ihm Waltraud zu.

„Ich vermisse sie in der heutigen Zeit. Wenn die Brutalität offenkundig ist, dann scheint es eher Menschen zu geben, die ihre Stimme erheben. Wenn sich ein System den Anschein gibt, es wäre menschlich und freiheitlich, dann scheint es eher so zu sein, dass sich doch zu viele von der netten Form der Propaganda einlullen lassen und nicht merken oder nicht wahr haben wollen, was gespielt wird."

„Stimmt schon, aber lass uns hier nicht wieder darüber reden," kritisierte ihn Waltraud. Konzentriere Dich jetzt auf den positiven Aspekt des Ortes. Schalte deine Klage wegen des Mitläufertums in heutiger Zeit aus. Hier geht es um Heilung. Schalte das Licht an. Die Erlösung und die Heilung ist, wie in dieser Kirche, in der Mitte zu finden, bei der Mutter, bei der Weißen Göttin des Himmels."

Franz wusste, dass es keinen Sinn machte, an diesem Ort wieder in die endlose Spirale seiner Klage wegen der Dummheiten seiner Zeit zu gehen, sondern sich ganz auf die positiven Impulse, die von der Himmelskönigin ausgingen, zu konzentrieren. Waltraud kniete sich auf die Seitenbank vor der Umzäunung des heiligen Altarraumes. Mit einer Handbewegung forderte sie Franz auf, es ebenfalls zu tun. So knieten sie beide vor der Weißen Maria, im stillen Gebet.

In stiller Meditation knieten sie vor der Himmelskönigin.

Sie gaben sich beide ganz der Stille hin.

Sie spürten die strahlende Kraft der Weißen Maria.

Sie fühlten ihr heiliges Sein.

Mein Sein ist alt uralt ist älter als alles ist weiser als alles kommt aus Zeiten uralten kommt aus der Tiefe der Erde aus der Tiefe des Alls Milch und Honig weiße Nahrung weißes Licht goldenes Licht ich schenke dir Nahrung der Seele ich verschenke sie wie die Sonne das Licht wie das All die Urkraft an alle Wesen an alle Pflanzen alle Tiere ich bin größer und weiter als alle schönen Sätze der Menschen als alle Begriffe die du verwendest ich bin immer weiter und immer mehr denn ich bin wie der Ozean wie das rauschende Meer wie das klingende schwingende All wie die ruhende Erde unendlich größer als ein einzelner Mensch unendlich weiter und wissender denn alles Wissen kenne ich seit uralten Zeiten alles Wissen ist meines alle Weisheiten der Welt der vielen Zeiten der unterschiedlichen Kulturen denn ich sitze hier seit Jahrtausenden sichtbar oder nicht gerufen oder auch nicht ich war schon immer da und werde immer da sein denn ich bin das große Dasein ich bin die Liebe die Kraft der Verbindung die heilende Schwingung die alles verbindet die alles verknüpft das Gewebe des Lebens ich bin die Weite die Offenheit des Herzens der Himmel der Seele der Himmel in allem der Himmel des Seins.

Nach einiger Zeit standen Waltraud und Franz wieder auf, begaben sich schweigend zum Ausgang und standen wieder auf der Geschäftsstraße, um sich ein Cafe zu suchen.

„Du solltest noch mehr versuchen," meinte Waltraut, „Deinen Zorn zu überwinden. Wenn Du Lebensgeschichten wie die von Rupert Mayer studierst, dann meldet sich immer Dein Zorn."

„Das ist leider richtig. Meine Wut auf alle Faschisten zu allen Zeiten. Aber es ist nicht nur eine emotionale, heftige Reaktion, die viele spirituelle Menschen, viele Esoteriker nicht mögen, geradezu tabuisieren, sondern hinter meiner negativen Emotion steckt eine tiefe Liebe. Im Buddhismus nennt man es Vajrazorn, also heiligen Zorn, Zorn mit einer heiligen Motivation."

„Das ist schon wahr, dennoch, löse die negative Reaktion möglichst schnell im Licht auf," riet ihm Waltraud. „Transformiere sie, nimm die starke Energie und verwandle sie in gute Liebesenergie."

„Das klingt gut und sinnvoll, nur gelingt es mir nicht immer. Wenn ich mit dem Bösen konfrontiert bin, kann ich leicht wieder in diese Spirale geraten."

„Und das ist nicht gut. Lass die Mutter in Dir wirken, ihre Ruhe, ihre Stabilität, ihr tiefes Vertrauen, ihre Hingabe, ihre Verbindung mit dem Heiligen.

„Ich bin," meinte Franz, „eben auch so eine Art Michael oder Georg, der gegen einen Drachen kämpft, gegen den modernen Drachen der Falschheiten, der Süchte, der Unterdrückung, der Ausbeutung, der Geschäftemacherei, der Korruption, der Umweltzerstörung, gegen den modernen Drachen mit den tausend Gesichtern, die ständig mutieren, damit man das Böse hinter der Fassade nicht so schnell oder möglichst gar nicht erkennt."

„Ja, ich weiß, das bist Du auch," gab Waltraud zu.

„Das besondere Merkmal der christlichen Religionsgeschichte ist ja, dass es nicht nur das Sanfte, Liebliche, Süße, nur Positive gab und gibt, sondern eben auch eine andere Seite. Jesus hat z.B. die Geldwechsel aus dem Tempel geschmissen, also nicht höflich gebeten! Oder er hat die Heuchler scharf kritisiert, also nicht nur sanft auf ein Fehlverhalten hingewiesen! Schlussendlich ist er den Weg des Märtyrers gegangen, also hat sich nicht ins Retreat, sagen wir in die Wüste, zurückgezogen, um dort still und verborgen Spiritualität zu praktizieren."

„Ja ja," lachte Waltraud. „Du stehst in einer alten Traditionslinie. Nicht schlecht. Trotzdem lege ich Dir ans Herz, die negativen Energien, wenn Du sie spürst, gleich zu transformieren."

„Genau. Jetzt trinken wir erst einmal unseren Kaffee und betrachten die Leute."

„In Ordnung."

„Die Kraft und Ausstrahlung der Weißen Maria finde ich sehr beeindruckend," begann Franz nach einigem Schweigen und längerem Betrachten der hin und her laufenden Menschen erneut das Gespräch.

89

„Sie ist eine starke, in sich ruhende Mutter."

„Ein ruhendes Kraftzentrum mitten in München."

„So ist es," bestätigte Waltraud. „Sie strahlt seelische Kraft und Gelassenheit aus."

„Die Menschen, die diese Kirche mal eben kurz besuchen, tanken gewissermaßen seelische Energie."

„Genau. Im geschäftigen, stressigen Alltag gehen sie in diese Kirche, wo es gratis ein wenig Seelenstabilität gibt. Die Weiße Maria verbindet sie mit der Kraftquelle des Lebens, mit der eigenen, ruhenden Mitte. Der ganze Raum und die Figur bringen das zum Ausdruck."

„Vielleicht ist Altötting das starke Wandlungszentrum," meinte Franz. „Und diese Weiße Maria die starke Kraftquelle schlechthin."

„Morgen können wir mal an die Isar schauen und uns dort mit der Kraft des Flusses verbinden."

12. Die Kraft der Weisheiten und der Begeisterung. St.Michael, Heilig Geist Kirche und Friedensengel

Waltraud und Franz standen vor der Fassade der Kirche St. Michael und betrachteten diese. Waltraud wies Franz auf die Figur des Michael hin, auf den Drachen, auf die nach unten zeigende Speerspitze und forderte ihn auf, sich an den Punkt zu stellen, auf den die Spitze zeigte. Franz spürte eine aus der Erde aufsteigende Kraft, die durch seinen Körper hindurchfloss, aus seinem Schädeldach austrat um sich weiter hinaufzustreben, himmelwärts. Er spürte sich als Kanal, durch den ein Energiestrom floss.

„Spürst Du die Energie der Erde, die Kraft der Drachenlinie?", wollte Waltraud wissen. Franz nickte. Sie wird von der Lanze nach oben gelenkt. Die Urkraft der Drachenlinie soll zu geistiger Energie transformiert werden. Sie soll sozusagen veredelt werden.

„Für manche sieht das aber eher nach Beherrschung und nach einem Sieg über das Elementare, Böse, vermutlich das Weibliche, aus," meinte Franz.

„Aber nur auf den ersten Blick. Eigentlich geht es um eine positive Nutzung und Weiterleitung der Energie für die Entwicklung des Geistes. Der

Erzengel Michael zeigt uns die sinnvolle Nutzung der elementaren Urstromenergie der Erde."

Sie betraten den großen Innenraum der Kirche. Franz war beeindruckt von der Kraft und Stärke, die das Innere ausstrahlte. Er spürte, wie sich die Kraft des Raumes auf seine Seele übertrug. Auf der rechten Seite war eine eindrucksvolle Figur der Mater Dolorosa zu sehen. In einem rotgoldenen Kleid. Darüber ein goldener Mantel, der blaugold gefüttert war. Alles an ihr leuchtete und der Schein der vielen flackernden Opferlichter zauberte eine eindrucksvolle Atmosphäre voller Kraft, duldender Kraft. Auf der linken Seite befand sich eine Erinnerungs-Kapelle für die heilige Ursula, gedacht als Ort der Erinnerung für geliebte Menschen, die gestorben waren. Dort lag ein Buch aus, in das man seine Schmerzen, sein Leiden, seinen Verlust ausdrücken und mitteilen konnte, damit es von der Kraft der Mutter und von der betenden Gemeinde, wie es hieß, transformiert werden konnte. Das Buch mit den Namen der Toten soll für das Buch des Lebens stehen.

Franz schrieb einige Zeilen über seine verstorbene Mutter ins Buch. Waltraud tat es ebenso, denn auch sie hatte vor sechzehn Monaten ebenfalls ihre Mutter verloren. Ihre leibliche Mutter hatten sie verloren. Die spirituelle Mutter blieb ihnen, entfaltete erst richtig ihr Wirken in ihrer Seele.

„Schau Dir das Altargemälde an. Es greift das Motiv der Skulptur, die unten an der Außenfassade steht, auf. Der Erzengel im Kampf gegen das Satanische. Man kann es als Kampf gegen etwas deuten, aber meiner Meinung nach ist das zu oberflächlich. Sicher haben sich die Jesuiten als geistige Krieger gegen die anderen begriffen. Als Krieger gegen die Reformation, die, wie man heute sagen könnte, zwar eine geistige Emanzipation bewirkt hat, aber auch eine Säkularisation, eine Entzauberung der Welt, eine spirituelle Verarmung, wie man deutlich sieht, wenn man sich allein evangelische Kirchen anschaut. Mir scheint es aber sinnvoller, es so zu sehen, dass die Jesuiten die elementaren Kräfte für ihre Sache nutzen wollten."

„Vielleicht liegt es alles nicht so weit voneinander entfernt, wie man denken könnte," ergänzte Franz. „Der Kampf gegen die anderen, die Nutzung, die Verwendung, die Um- oder Weiterleitung von Kräften etc. Was will man eigentlich – vielleicht ist das die Frage? Will man etwas unterdrücken – oder will man eine geistige Transformation von Energien? Die Deutung des Altarbildes fällt dann entsprechend aus."

„Werden die elementaren Energien nicht für höhere Ziele genutzt, sondern nur entfesselt, dann haben wir das, was wir heute jeden Tag in der Welt sehen können."

91

„Hemmungslosigkeit, Gottlosigkeit, Gottferne, Exzesse in allen Formen und Variationen," meinte Franz.

„So ist es. Manche nennen das satanisch."

„Die Buddhisten sprechen von Geistesgiften. Das klingt vielleicht neutraler, nicht so verdammend. Fakt ist auf jeden Fall, dass die Kräfte der Natur in der heutigen Zeit zu sehr ausgebeutet und damit missbraucht werden."

„Genau," sagte Waltraud.

„Umweltzerstörung, zerstörte Sozialsysteme, mangelnde Solidarität, Ausbeutung von Menschen und der Natur, und so weiter und so weiter."

„Jetzt fixiere Dich aber nicht wieder auf das Negative," ermahnte ihn Waltraud. Drehe sie um, die Energie. Lenke sie zum Geist. Such den Erlöser, Christus Salvator, der auch über dieser Kirche thront, draußen und drinnen."

„Ich habe übrigens auch einen Jesuiten in meiner Familie. Da fällt mir ein, neulich, als ich in Heidelberg bei einer Freundin war, habe ich dort eine Jesuitenkirche besucht. Dort thront ebenfalls ein Christus Salvator."

„Wenn man so will, ist es die transformierte Drachenenergie," meinte Waltraud. „Die Erlösung kommt durch sinnvolle Gestaltung und Verwendung. Unterdrücken ist primitiv – hemmungslos entfesseln ist auch primitiv. Sinnvoll gestalten, und das heißt immer für das Reich Gottes, für gute, heilige Zwecke, zum höchsten Wohl aller Lebewesen, aller Schöpfung."

„Bis die Menschheit das ganz verstanden hat, wird wohl noch Zeit vergehen."

„Aber es drängt, weil jetzt die Klimakatastrophe alles beschleunigt. Jetzt muss mal richtig gelernt werden," betonte Waltraud. „Den Erzengel Michael richtig verstehen. Ein Engel für Mutter Erde. Für!"

„Für die Heilung der Erde."

*

Die nächste Kirche, die Waltraud und Franz besuchten, war die Heilig Geist Kirche. Diese lag auf ihrem Weg in Richtung Museum.

Nachdem die beiden schweigend die Straße hinuntergegangen waren, begann Franz ein Gespräch: „Beim heiligen Geist frage ich mich immer, ob die Christen ihn überhaupt verstehen, wo sie doch immer gegen diejenigen sind, die an „Geister glauben". Das passt für mich nicht zusammen."

„Für mich auch nicht. Jesus als Menschensohn, das kann man sich gut vorstellen. Jesus, der Geschichten erzählt hat und der durchs Land gezogen ist mit seinen Anhängern. Gott als Vater, das verstehen die meisten auch, besonders in einer patriarchalischen Gesellschaft, der Vater, der Herr, der Allmächtige. Klar, dass der heilige Geist eine etwas eigenartige Rolle in der Trinität spielt."

„Schauen wir uns die Bilder des heiligen Geistes an," schlug Waltraud vor.

In der Kirche gab es sieben Bilder, welche die Gaben des Heiligen Geistes vermitteln sollten. Folglich gab es sieben verschiedene Geister! Rat, Verstand, Weisheit, Gottesfurcht, Frömmigkeit, Wissenschaft und Stärke. Abstrakte Qualitäten, durch symbolische Bilder vermittelt.

„Die Gaben des Heiligen Geistes könnte man sicher weiter differenzieren," meinte Franz. „Raniero Cantalamessa hat ein ganzes, dickes Buch darüber geschrieben."

„Das ist das Spiel des Verstandes," erklärte Waltraud. Er will differenzieren. Weisheit allein genügt ihm nicht. Liebe reicht nicht. Es müssen viele unterschiedliche Begriffe sein, die man dann genau erklären kann. So entstehen theologische Systeme. Im Westen wie im Osten.

„Die Weisheit, die Sophia, gilt ja in der europäischen Kultur als weibliche Figur."

„Das ist richtig. Allerdings haben die Männer dann ihre komplizierten Begriffssysteme entwickelt, damit es ein normaler Mensch ohne Studium nicht mehr versteht. Die logische Folge sind dann Hierarchien."

Waltraud und Franz standen unterhalb einer Figurengruppe Sie stellte die Krönung Mariens dar. Unten eine betende, meditierende Maria, links oberhalb von ihr eine Christusfigur, rechts oberhalb eine Gottvaterfigur, die beide eine Krone über den Kopf von Maria hielten. Weiter oben, auf der zentralen Achse war der Heilige Geist in Form einer Taube dargestellt, umgeben von goldenen Strahlen. Die zentrale Mittelachse verband somit von oben nach unten: die Taube, die Krone, Marias Schädeldach und ihre betenden Hände vor dem Herzen.

„Die Figurengruppe zeigt, wie der Heilige Geist wirkt," sagte Franz. „Maria ist versunken ins Gebet. Sie ist in einem meditativen Zustand, den ihr Gesicht und ihre Hände ausdrücken. So können die guten Geisteskräfte aus der göttlichen Dimension wirksam werden."

„Sie ist verbunden und angeschlossen," ergänzte Waltraud. „Sie ist ganz empfangender Kanal."

„Voller Hingabe und Offenheit des Herzens."

93

„Im Grunde ist das schon der heilige Geist," meinte Waltraud. „Ihr Bewusstsein steigt zu einer höheren Ebene auf, symbolisiert durch die Krone. Auf der körperlichen Ebene ist sie stille, betende Hingabe. Im Bereich des Geistes ist sie höher hinaufgestiegen."

„Hingabe, Liebe und Vergeistigung gehören zusammen."

„Die Figurengruppe zeigt mir wieder einmal, dass es nicht so sehr auf die Religion ankommt, ob es beispielsweise Christentum oder Buddhismus heißt, sondern auf die spirituelle Praxis," sagte Franz. „Will man erleuchtet werden, kommt es auf die praktizierte Hingabe an. Das ist das Entscheidende. Das ist das universelle Prinzip."

Oben vor dem Hauptaltar befand sich ein Deckenfresko. 'Die Ausgießung des Heiligen Geistes'. In der Mitte ein weiß-gelbes Energiezentrum. Ein Energiewirbel, der Kraft und Stärke seines Geistes den Engels-Figuren überträgt. Ein Feuerzentrum, ein brennender Kern, eine Sonne der Inspiration. Alles scheint in Bewegung, in Entwicklung und Entfaltung zu sein. Erleuchtung nicht als statischer Zustand, sondern als vibrierender Prozess. Be-geisterung ist nicht statisch, sie ist ein inneres Brennen.

Bei dem Deckenfresko waren die einzelnen Figuren und ihr Bezug zum Heiligen Geist vielleicht weniger wichtig, zumal man sie von unten nicht so gut erkennen konnte. Wichtiger waren die Farben. Es war für Franz eine Art dynamisches Farbmandala. Sich vom Zentrum, von der Mitte ausbreitende Farben. Ein Geist, der sich aus seinem glühenden Kern heraus entfaltet. Das glühende Zentrum war das Gegenstück zu einer inneren Leere, zu einem inneren starren, toten Raum, den Franz manchmal in sich fühlte. Da war dann eigentlich nichts mehr. Ein ausgebranntes Feuer.

„Im Zentrum steht das Feuer," sagte Franz. „Im Zentrum brennt und glüht ein Feuer."

„Richtig schamanisch," meinte Waltraud. „Wir können morgen ein kleines Feuer an der Isar machen. Ein kleines Ritualfeuer."

„Gute Idee."

„Die Begriffe Verstand und Wissenschaft," kritisierte Franz, „sind wieder eine typisch rationale Erklärung des Heiligen Geistes. Das versteht der Verstand."

„Jeder hat seinen höchsten geistigen Punkt. Für den einen ist das eben seine Logik, sein Aristoteles. Für andere ist das die Mystik oder die Trance."

„Das Transpersonale ist vielen nicht geheuer," betonte Franz. „Wenn Künstler es darstellen, gut, es fällt oft gar nicht so auf, vor allem, wenn sie dabei mit Figuren arbeiten, dann kann man es auch einfach und normal deuten. Vertritt man es dagegen offen und eindeutig, dann wird es problematisch. Welchen Stellenwert hat die Ekstase in der Kirche, welchen hat die Trance?"

„Meistens keinen. Man bleibt lieber bei dem Vernünftigen, auch wenn man weiß und es sogar sagt, dass das Göttliche jenseits der menschlichen Vernunft lebt, jenseits des rechnenden, menschlichen Verstandes."

„Sie möchten," sagte Franz, „eben lieber ein klares System. Beherrschbar, kontrollierbar, nachvollziehbar, objektiv, geordnet und so weiter. Zwischen den Religionsstiftern und den Nachfolgern gibt es immer diesen Unterschied. Die Gründer hatten eine Vision und eine Erleuchtung – die nachfolgenden Verwalter ihr System und ihre Ordnung."

„Und du, lieber Franz, suchst das Feuer."

„Genau. Vor allem auch deshalb, weil ich mich im Inneren öfters so ausgebrannt fühlte, so als wäre da überhaupt nichts mehr."

„Das ist ja schlimm."

„Ist es auch."

„Dann lass uns das mit dem Feuer morgen unbedingt machen. Wir könnten nachher noch mit dem Rad zum Friedensengel fahren."

*

Der goldene Friedensengel, die Friedensgöttin Nike steht oben auf einer 23 Meter hohen Säule. Sie krönt eine ganze Anlage von Treppen, Brunnen, Springbrunnen und einer Art Tempel mit antik nachempfundenen Gold-Mosaiken. Die Anlage stand auf einer ost-westlich verlaufenden Kraftlinie. Die Mosaike drücken die Themen Krieg und Frieden, Sieg und Segen aus.

„Man kann solche Anlagen ganz unterschiedlich sehen und deuten," meinte Waltraud. „Einmal historisch, in dem Sinne, dass eine Friedenszeit, nämlich die nach 1871, gefeiert werden soll. Zu anderen ist das Ganze eine ästhetisch gestaltete Anlage. Es wird antiker Geist sichtbar gemacht. Antiker Humanismus, wenn man so will. Weiterhin ist es eine systematische Gestaltung eines Kraftplatzes, bzw. die Gestaltung schafft diesen.

„Ja. Nur was hat das jetzt mit Maria zu tun, wollte Franz wissen. Warum hast Du mich hierher geführt?"

„Ich wollte Dir die schöne Anlage zeigen."

„Ja, ich stimme Dir zu. Sie ist schön. Eine gelungene Komposition."

„Und dann, fuhr Waltraud fort, „meine ich, dass es mit dem Thema Begeisterung zu tun hat, über das wir unter dem Deckenfresko in der Heilig Geist Kirche gesprochen haben. Menschen begeistern sich für Schönes, für Großartiges, für Edles."

„Und für Heldenhaftes."

„Das auch, Franz. Sicher ist die Nike keine Maria, das ist schon klar. Dennoch scheint mir der goldene Engel zu dem Thema Krönung und Enthusiasmus zu passen. Es geht immer darum, eine höhere Ebene des Bewusstseins zu erlangen. Über dem Alltag und seinen Problemen zu stehen."

„Du meinst, danach sehnen sich alle Menschen, ob nun Maria oder Nike, oder welche Göttin auch immer."

„Genau. Das ist der Punkt. Es geht um das Edle, Gute und Wahre. Die Schönheit und die Wahrheit," betonte Waltraud. „Es geht nicht um kleingeistiges Abgrenzen oder das kleinkarierte Definieren von Begriffen, sondern um das Erfülltsein von einer großen Idee."

„Es geht also um das innere Feuer."

„Richtig. Kraftvoll und stark, erhaben und edel muss es sein. Deshalb wurde eine Anlage wie diese geschaffen. Der reine Verstand allein soll hier nicht angesprochen werden, sondern der ganze Mensch soll sich edel fühlen. Sich innerlich mit dem goldenen Engel verbinden, sich ans Höhere anschließen – oder den Kanal der Kraftübertragung öffnen."

„Und dann glitzert der Springbrunnen in der Sonne," kombinierte Franz.

„So ist es."

Waltrauds Augen leuchteten. Sie war ganz erfüllt von ihren Gedanken und Franz küsste sie sanft auf die Stirn.

13. Die Stadt und die Isar

Die Stadt und die Isar – sie gehören eng zusammen, sie bilden eine Einheit. München liegt nicht zufällig an einem Fluss, zufällig an der Isar. Bei anderen Städten mag es nicht so wichtig sein, dass sie an einem Fluss liegen, nicht so eine tiefe Bedeutung haben. Bei München und der Isar gibt es eine tiefe, seelische Verbundenheit.

Waltraud wollte Franz diese Verbundenheit zeigen. So fuhren sie beide mit dem Fahrrad an der Isar entlang Richtung Süden. Dabei wies sie ihn auf die Renaturierungsmaßnahmen hin. Nach vielen Jahren des Kampfes gegen die Natur und ihre Unberechenbarkeit, hatte man sogar bei den Behörden

den Sinn und die Schönheit eines natürlichen Flusslaufes begriffen.

Schon verrückt, dachte Franz, dass die Menschen erst mit großem Aufwand das Wilde zähmen wollen, um dann viele Jahre später festzustellen, dass es ein falsches Verhalten war, denn die Natur, die Pflanzen, die Tiere und letztendlich auch die Menschen brauchen einen natürlichen Fluss, keinen Kanal, einen Fluss, der sich seinen eigenen Weg suchen kann.

Das Wasser will sich seinen eigenen Weg suchen.

Die Natur, Mutter Erde ist die große Gestalterin der Erde und des Lebens. Sie ist die große kreative Kraft, die Schöpferin von allem. Ihre Flüsse sind ihre Adern. Sie dürfen nicht verstopft werden, es dürfen keine Kanäle werden, sonst stirbt das Leben.

Waltraud war begeistert von den Renaturierungen und vermittelte Franz ihre Freude. Klar, die großen Maschinen, die Bagger und Laster – das war schon verrückt, irgendwie, aber es war nur ein Übergang. Die Geister der wilden Natur lenkten alles. Sie benutzen jetzt eben Baggerfahrer und starke Jungs für ihren geheimen Master-Plan. Das Ende der Künstlichkeit, die Rückkehr zur schönen Wildnis.

Das Wasser sucht sich seinen eigenen Weg.

Das Wasser ist weise und wissend, denn es kennt die Jahrmillionen. Was wissen wir schon? Was haben wir schon erlebt? Ein paar Jahre. Oberflächlich gesehen, schauen wir aber in die Tiefe unserer Seelen, dann sieht es anders aus, ganz anders.

Waltraud hielt neben dem Fluss, denn sie wollte Franz einen ihrer Bäume zeigen. Sie fühlte sich mit einigen der Bäume an der Isar sehr verbunden, hatte eine tiefe und enge Beziehung zu ihnen. Manchmal waren die Stadtgärtner so brutal und sägten einige von „ihren" Bäumen einfach ab. Dann war sie todtraurig, erschüttert und konnte nichts mehr sagen, nur schreien oder weinen, oder sich wie ein verwundetes Tier unter einem Busch verkriechen und Mutter Erde ihr Leid klagen. Sie verstand die Leute nicht. Sie verstand sie einfach nicht. Sie sah keinen Sinn, sondern nur sinnlose Gewalt.

Sie zeigte ihm „ihre" Weide, begrüßte den Baum wie einen alten Freud, berührte ihn, mit den Händen, mit der Stirn. Für Waltraud war der Baum ein Mensch, den sie umarmen konnte. Ein fühlendes Wesen – das klingt irgendwie noch zu distanziert. Sagen wir jedoch: der Baum ist auch ein Mensch, dann mag das merkwürdig klingen, drückt aber Waltrauds sehr tiefe Herzensverbundenheit aus.

Sie hatte ihrem Baum natürlich ein paar Geschenke mitgebracht. Federn und Kräuter zu einem Strauß gebunden, den sie am Baum versteckte. In einen der Zweige hängte sie einen vielfarbigen Wollfaden.

Auf einer der Isarinseln suchten sich Waltraud und Franz einen stillen Platz für ihr Ritual, einen Ort, wo sie ein kleines Feuer machen konnten. In der Nähe einer großen, mehrstämmigen Weide fanden sie ihn. Dem Baum schenkten sie ein paar Opfergaben. Franz gab eine seiner besonderen Milanfedern, versteckte sie so, dass sie möglichst keiner finden konnte.

Auf einer roten Decke breitete Waltraud ihre zahlreichen Utensilien aus, die sie in ihrem blauen Rucksack mitgebracht hatte. Ihren großen Amethyst, den sie als Erdhüter für Rituale verwendete, ihre Trommel, ihre Flöte, Federn, Salbei, Kräuterbüschel, trockenes Holz für ein kleines Feuer, kleine Kristalle in einer Tüte, etwas zum Essen und zum Trinken.

„Such mal ein paar Hölzer für ein Feuer!", forderte sie Franz auf. „Aber nicht so große, und möglichst trockene."

Sie selbst bereitete ein kleines Erdloch vor, um es hinterher wieder zuschütten zu können, so dass keine schwarze Stelle zurückbleiben würde und jeder gleich wüsste, dass hier ein Feuer gemacht worden war. Da sie sehr trockene, kleine Holzstückchen mitgebracht hatte, brannte das Feuer schnell. Sie hatte Übung darin.

Sie nahm ihre Trommel, begann zu spielen und sang dazu ihren eigenen schamanischen Gesang aus uralten, fernen Zeiten, ihre eigene indianisch-mongolisch-tibetische Weise. Man wusste nicht, woher ihr Gesang kam, aber das war auch völlig egal, denn er kam aus dem endlosen Fluss der Naturgeister. Franz stimmte mit ein und spielte dazu mit zwei Hölzern, die er gefunden hatte.

Franz sang ein schamanisches Lied vom ewigen Fluss. Text und Melodie entstanden spontan und wurden von ihm während des Singens variiert.

Der ewige Fluss

einst war ich ein wilder Yogi
mitten im weiten Tal
des weißen Flusses

im Lande Shivas der
uralten Feuerstellen und
der weisen Bäume

und ich wusste das alles
im Wandel und Wechsel
des fließenden Wassers

so machte ich mich auf
durch die Jahrtausende
und spielte karmische Spiele

mit Männern und Frauen
im Kämpfen im Lieben
suchend das Leuchten

das ich längst hatte
nun sitze ich wieder
mit dir an einem Fluss

der sich windet durch
deine große Stadt
wir singen wir trommeln

wir Yogis
der wilden Natur

Waltraud und Franz gingen ganz in ihrem Ritual auf, in ihrem Gesang, in ihrem Spielen, in ihrer elementaren Musik der Erde und des Flusses. Es war eine Ergänzung zum Gesang des Flusses, zu seinem Plätschern und Murmeln, zum Gesang der Erde, zum Gesang der Vögel in den Bäumen. Alles war miteinander verwoben und floss in einen gemeinsamen Klang. Der Fluss sang sein ewiges OM, sie beide sangen ihr MANI PEME und die Vögel ihr HUNG HRI. Alles war ein Gesang, alles war ein Mantra.

Dann waren sie still.

Und lauschten nur dem Gesang von Mutter Erde.

Sie wussten in der Tiefe ihrer Seelen, dass sie eigentlich gar nichts spielen oder singen brauchten, denn in der Natur war bereits alles längst da. Der Gesang des Wassers, der Gesang der Bäume und der Vögel. Selbst die weißen Steine sangen ein langsames, tiefes Lied aus fernen, fernen Zeiten.

„Wie schön es hier ist," sagte Franz.

„Wir sind ganz bei der Mutter. Es gibt nur die Verbindung zu ihr."

„Man könnte hier direkt Liebe machen."

„Das wäre ein menschlicher Ausdruck der Gemeinschaft der ganzen Natur. Ein menschliches, körperliches Ritual."

„So habe ich das noch nicht gesehen," meinte Franz. „Aber du hast recht. So gesehen gibt es keine Differenz zwischen der seelischen und der sexuellen Vereinigung mit der Natur."

„Mutter Erde liebt das, denn sie liebt das Leben, das Fließen, das liebevolle Sein. Für sie ist es fließende Energie. Liebesenergie."

Der Fluss ist fließendes Wasser, fließende Energie. Wie fließendes Licht, wenn man das Spiel der Sonne auf dem Wasser betrachtete. Immer gleich und immer sich wandelnd. Der Fluss war immer beides, das Stabile und das Dynamische. Beides war in ihm. Die Zeit und die Ewigkeit, und die Gedanken, ob dies oder das, sie verschwanden alle. Der Fluss floss, und das war das ganze Sein. Das ganze Leben. Das klare Wasser der Berge floss an ihnen vorbei, floss weiter durch München, durchs Land, in die Donau, durch Deutschland, durch Österreich, durch Ungarn, durch Serbien, Rumänien, Bulgarien, die fernen, so fernen Länder und verlor sich im Schwarzen Meer.

„Ich denke," meinte Waltraud, „dass Mutter Maria auf allen Ebenen die Liebesenergie zum Ausdruck bringt, nicht nur auf der mentalen Ebene oder auf der Herzensebene. Alles kann ihre Liebe ausdrücken. Alles ist für sie heilig."

„Manche werden das wohl nicht so sehen," vermutete Franz.

„Ja, ich weiß. Für manche gibt es noch die strikte Trennung zwischen dem Körper und dem Geist. Aber ich denke, dass es gerade das Besondere der Maria ist, dass es für sie diese Trennung nicht gibt. Sie ist beides, sie lebt beides. Sie trägt ja auch immer das Kind. Das Kind ist von einem guten Geist gezeugt, also mit guter Gesinnung und Haltung ins Leben geschickt worden, aber es ist eben auch auf der körperlichen Ebene gezeugt worden. Es ist kein rein geistiges Produkt."

„Das scheint mir eine moderne Sicht zu sein. Wie verträgt sich das mit der *unbefleckten Empfängnis*?"

„Ganz einfach. Das ist Marias reine und edle Gesinnung. Also nicht nur eine sexuelle Leidenschaft oder eine körperliche Vermehrung, sondern die gute und reine Haltung, das heilige Leben weiterzugeben, es zu pflegen und zu schützen, es zu hüten und zu fördern."

„Und wenn kein Leben weitergegeben wird?"

„Dann wird der heilige Liebesfluss des Lebens gefeiert."

„Du meinst, modern eingestellte Leute, die Marias Leibfeindlichkeit kritisieren, ihre Jungfräulichkeit, haben nichts verstanden?"

„Genau. Sie haben diese andere, edle Haltung nicht verstanden. Vielleicht weil sie Ängste haben, oder selbst zu sehr von heißen Leidenschaften getrieben werden, die eher das Eigene ins Zentrum stellen und weniger das Gemeinsame und das heilende Teilen."

„Na, ob die Dogmatiker oder die Strenggläubigen Deiner ganzheitlichen Sicht zustimmen werden...", meinte Franz.

„Vielleicht nicht, vielleicht im Inneren aber doch, denn von der Liebe sprechen sie oft. Sie sagen sogar: „Gott ist die Liebe" – und meinen damit sicher nicht nur eine rein geistige Art von Sympathie, oder Mitgefühl, oder Solidarität, oder was weiß ich. Ich glaube, dass es im Grunde der Seele alle Menschen wissen, ob sie nun so oder so reden."

„Das denke ich auch."

„Außerdem wollen eigentlich alle Menschen eine tiefe Ganzheitlichkeit erleben. Sie möchten eine Harmonie von Leidenschaft und Liebe, oder die Liebe soll beides verbinden, das Erotische und das Spirituelle. Egal wie die Menschen reden und argumentieren, welche Lehrsätze sie vertreten oder nicht, das scheint mir alles nicht so wichtig zu sein, sondern dass sie tief in ihrer Seele um diese Harmonie wissen und dass die Welt nur heil wird, wenn diese Harmonie umgesetzt wird."

„Die Einseitigkeiten haben mich schon immer gestört", meinte Franz, „sei es nun die sexuelle Einseitigkeit oder die Enthaltsamkeit. Das eine ist zu egogeprägt, zu hemmungslos vielleicht – das andere weicht der Schwierigkeit aus und vertritt eine negative Sicht und Bewertung."

„Harmonie der Geschlechter, Harmonie von Mann und Frau werden nur durch den mittleren Weg erreicht werden. Niemals anders. Nur durch eine Balance der Kräfte und Energien. Durch Ausgewogenheit."

„Ist Maria die Ausgewogenheit?"

„Ich denke ja. Ich sehe sie so. Sie ist mit dem göttlichen Geist verbunden – und sie ist Mutter eines Kindes, bzw. hatte Kinder. Bezogen auf die zukünftige Entwicklung der Religion macht es meiner Meinung nach nur Sinn, wenn sie die Ganzheitlichkeit repräsentiert, zu der dann auch die Reinheit gehört. Die Reinheit ist gerade in heutiger Zeit wieder ein gutes Ziel, nur darf man eben nicht übertreiben. Die Menschen tendieren leider leicht zur Übertreibung. Während sie vor Jahrhunderten den Körper schlecht bewerteten, betreiben in heutiger Zeit viele eine Art Körperkult. Wurde die Sinnlichkeit früher oft durch Disziplin und Zucht unterdrückt, wird sie heute oft schnell und ohne Hemmung ausgelebt."

„Das klassische Ideal."

„Richtig. Zwar gibt es auch in der Natur Extreme, Auswüchse, schlimme Prozesse – der sogenannte Klimawandel ist einer davon – aber um das Leben zu erhalten ist eine Balance und Ausgewogenheit notwendig. Homöostase. Tai Ji. Tao. Tantra. Die Menschen wissen das seit Jahrtausenden."

„Dennoch machen sie immer den gleichen Fehler", betonte Franz.

„Leider. Nimm China zum Beispiel. Sie haben die ganze Weisheitsphilosophie des Lebens, und was machen sie, leben einen Exzess aus, weil sie sich früher gegenüber dem Westen zu minderwertig gefühlt haben. Dafür übertreiben sie jetzt maßlos in jeder Hinsicht, um es eines Tage teuer bezahlen zu müssen. Maria ist für mich die europäische Kuan Yin."

„Wie das?", fragte Franz.

„Beide repräsentieren das Prinzip der Ausgewogenheit. Die Harmonie von Himmel und Erde, von Geist und Körper. Das Prinzip ist universell, die Figuren und Namen sind kulturbedingt unterschiedlich, und sollten es bleiben, damit unser Herz nicht verwirrt wird."

„Das Prinzip des Flusses ist überall identisch. Die Isar ist ein anderer Fluss als der Ganges oder der Amazonas."

„Richtig."

„Um bei den Flüssen zu bleiben, manche meinen jedoch, es müsste unbedingt der Ganges sein und nur am Ganges könne man die Weisheit finden. Eine Bekannte von mir, eine Yogalehrerin, schwärmt immer von Indien und vom Ganges. Die Schwärmerei von fernen Länder geht mir manchmal auf die Nerven. Es scheint mir typisch für Deutsche zu sein, dass sie das Wahre immer anderswo suchen, nicht im eigenen Land. Der Dharma aus Tibet, der Schamanismus aus Amazonien etc. Schon zur Goethezeit, da waren es Italien und Griechenland."

„Dabei ist hier alles", betonte Waltraud. „Hier an der Isar. Hier in München. Das Wasser und die Weiden, die Steine und das Feuer, die Erde und der Himmel. Es gibt nicht mehr, es gibt nichts Besseres. Um dies zu erkennen, brauchen wir niemanden, keinen Lehrer, keinen Professor, nur offene Augen, ein offenes Herz. Und unsere Mutter heißt Maria, hier in Bayern, in Deutschland und in Europa. Wir müssen da nichts mehr lernen und nichts mehr übernehmen."

„Wenn wir Maria als ganzheitliche Naturverbundenheit sehen", meinst Du sicher.

„Ganz genau", bekräftigte Waltraud. „Maria als ganzheitliche Naturverbundenheit. Hier am Fluss, hier bei den Weiden und den weißen Steinen. Sie ist für mich die Himmelskönigin – und auch die Erdmutter. Sehen wir es in dieser Weise, dann haben wir die Ganzheit des Lebens, und damit eine erd- und lebensverbundene Form der Spiritualität."

„Womit dann alles gelöst wäre."

„Richtig. Jetzt könntest du wieder Deinen Novalis zitieren, lieber Franz, *Sophias Reich*. Es war schon der Traum von Novalis und Hölderlin. Es ist somit keine völlig neue Idee, wir Menschen brauchen scheinbar nur viele Jahrhunderte, um eine Idee, eine Vision zu realisieren."

„Ich glaube ja, dass der „Kampf" mit der Natur noch sehr lange dauern wird. Ein ewiges Thema der Menschheit. Die Wissenschaftler, die eine Art bessere Natur schaffen wollen. Spirituelle Menschen, die sie irgendwie überwinden, geistig darüber hinauswachsen wollen. Wer will es schon so lassen? Einfach den Fluss Fluss sein lassen, ihn fließen lassen, wie er es will."

„Dem Fluss seinen Willen lassen, und ihm nicht den Menschenwillen aufzwingen. Den Fluss als Wesen begreifen. Als elementares Lebewesen der Erde. Egal was die Menschen auf der Erde so veranstalten, sie werden das wilde Herz der Erde nicht abschaffen können, denn es gibt nichts Größeres, Besseres, Sinnvolleres als die sich selbst entfaltende Natur."

„Und genau das wollen viele nicht verstehen", betonte Franz. „Sie meinen, sie wüssten es besser. Sie meinen, sie könnten erst eine richtige Welt schaffen."

„Das Gehorchen. Und die Hybris. Man will sich der Natur nicht unterordnen, einordnen, nicht gehorchen. Man will der Mutter nicht gehorchen, sondern eigene Systeme haben, menschliche Hierarchien, menschliche Nutzungssysteme. München ist eine große Stadt, aber der Fluss bleibt da, die Isar ist die pulsierende Ader, immer, für alle Zeiten. Die Verkehrsflüsse, na ja, wir werden sehen, wie das weitergeht. Ohne die Isar gibt es kein Leben, so wie es ohne die Mutter kein Leben gibt."

„Maria und die Isar."

„Ja, Maria und die Isar", wiederholte Waltraud. „Die Natur ist zu sehr von den Menschen gestört und zerstört worden, deshalb ist es so notwendig, unsere edelsten Bilder, Ideen und Gedanken mit der Bewahrung der Natur zu verbinden. Ökologie reicht nicht aus, es muss eine spirituelle

Ökologie sein. Der reine Kreislauf der Natur ist zu wenig, wenn er nicht mit unseren Idealen verbunden wird, z.B. dem klassischen Ideal der Ausgewogenheit.

„Oder mit dem Ideal der Reinheit."

„Ja. Marias edle Reinheit. Es gilt sie neu zu entdecken, sie neu als reine Natur zu sehen. Marias Reinheit ist wie reines, klares Wasser."

„Oder wie reine Luft zum Atmen."

„Die Leidenschaften waren in früheren Zeiten oft gefährlich", meinte Waltraud. „Schnell wurde aus einem Streit ein Töten, schnell wurde mit einer ungewollten Schwangerschaft ein Leben zerstört. Kein Wunder, dass man sich nach Reinheit sehnte und sie als den göttlichen Zustand begriff. Starke, unkontrollierte Gefühle führen ins Verderben, sie sind die Sünde."

„Was sagt dir der Begriff?", wollte Franz wissen.

„Viel. Falsches, dummes Verhalten gibt es in heutiger Zeit nicht weniger als vor Jahrtausenden. Alle Formen von Gier, Sucht und Rücksichtslosigkeit sind Formen der Sünde. Es ist immer die Abwendung von der Balance, der Ehrfurcht vorm Leben, vor dem Anderen. Da in unserer Zeit das Ego so sehr betont wird, leben wir sogar in einem ziemlich sündigen Zeitalter. Wir versündigen uns an allem und jedem, vor allem an der ganzen Natur."

„So ist Marias Reinheit für dich der neue Maßstab. Eine neue, zukunftsorientierte Mutter der Reinheit."

„Ja. Einst war die Reinheit die Zeit, aus der man kam. Die alte, goldene Zeit war die Zeit der Unschuld und Reinheit. Beides hatte man verloren, zu beidem wollte man zurückkehren. Heute ist es mehr denn je so etwas wie ein Arbeitsprogramm, und kein leichtes, denn ein ökologisches Gleichgewicht auf der Erde wieder herzustellen dauert seine Zeit und es gibt viele Widerstände."

„Es wissen doch viele nicht einmal, was ein Maßstab ist, was Gleichgewicht ist", betonte Franz. „Sie wollen doch alle so weiter machen wie bisher. Sie wollen die Welt retten, aber gleichzeitig große Geschäfte machen. Das passt aber nicht zusammen. Die Milliardäre sind die größten Egomenschen. Zum Gleichgewicht passt das Teilen. Davon sind die Egoisten aber himmelweit entfernt."

„Ach Franz, lass uns einfach die Schönheit des Ortes genießen. Wir haben jetzt genug geredet." „Du hast recht. Schweigen wir."

Waltraud und Franz betrachteten den strömenden Fluss und das glitzernde Licht auf den Wellen. Die Reinheit Marias war die Schönheit der Welt.

Aber noch habe ich nicht die Vollendung gefunden, dachte Franz, noch geht mein Weg weiter.

14. Kunst und Spiritualität: Alte Pinakothek, Bauwerke in München

Groß müssen sie sein, die Bilder, sehr groß, riesengroß, dachte Franz, als er die großen Bilder von Rubens in der alten Pinakothek in München betrachtete. Er hat sie sicher nur mit einer Leiter malen können. Auf die Leiter steigen, malen, heruntersteigen, nachschauen, wie es aus der Ferne aussieht, wieder auf die Leiter steigen. Franz konnte es sich bestens vorstellen.

Große Repräsentationskunst. Ein großes Ego braucht große Bilder, ob es nun der Maler war oder der König. Und für große Bilder braucht man große, hohe Räume, viele Meter hoch. Von Nahem kann man die Technik gut studieren, aber das Bild nicht erfassen. Geht man zehn oder mehr Meter vom Bild fort, dann sieht man die Details nicht mehr. Wie kann man ein Bild erfassen? Wo soll oder muss man stehen? Oder muss man immer hin und her gehen, mal nah heran, dann wieder weiter weg? Es ist einfach kein menschliches Maß mehr, dachte Franz. Es ist ein überzogener Anspruch, vom Auftraggeber des Bildes wie vom Künstler. Was sind wir doch für große Leute, obgleich wir nur Zwerge sind. Ein psychisches Problem der Menschheit. Eine Art Minderwertigkeitskomplex mit einer überdimensionalen Kompensation. Große Kunst, keine Frage, dachte Franz. Unschlagbar gut. Fast moderne Maltechnik, erstaunlich.

Trotz seiner Kritik war Franz von den Rubens-Bildern sehr beeindruckt. Die vielen Körper, die teilweise ineinander verschlungen waren, die Positives und Negatives gleichermaßen darstellten, spiegelten die heutige Zeit wider, die körperbetonte Zeit, die materialistische Zeit, die chaotische. Ein gigantischer Wirbel von Massen, von Materie, von Leibern. Höllensturz. Engelsturz. Apokalypse. Lauter bezeichnende Begriffe für die heutige Zeit.

Wo bleibt das Spirituelle? Wo ist die spirituelle Ebene?, fragte sich Franz.

Jesus, der Weltenrichter, oben auf dem Bild dargestellt, aber er wirkt nicht so, leider. Er wirkt nicht gelassen, still, ruhig, ausgewogen. Kann ein Maler, der wie Rubens malt, überhaupt etwas Ausgewogenes malen? Ist nicht alles geprägt von dem wilden Leiberexzess? Von der wilden Ekstase?

105

Franz betrachtete die Maria auf dem Bild der Apokalypse, soweit es von unten möglich war. Man müsste auf eine Leiter steigen. Sie hätten eine Leiter in den Raum stellen sollen. Oder eine kleine Kopie unten aufstellen, damit man sich die Einzelheiten ansehen kann. Die Maria wirkte auf ihn gelassener, stiller, aber doch nicht spirituell genug. Sie drückte nicht die Transzendierung des wilden Wirbels aus, bestenfalls das Wollen, den Wunsch, der aber nicht ausreicht. Das Wünschen reicht nicht, es muss ein anderes Sein, eine spirituelle Ebene erreicht und gelebt werden.

In einer Kirche würde man die Rubensbilder sicher nicht aufhängen wollen, weil sie sich zu sehr darin gefallen, das Chaotische, das Aggressive, das Hemmungslose und Entfesselte des Lebens darzustellen. Sie nehmen eine moderne Sicht vorweg: Sich nur darin gefallen, das Negative zum Ausdruck zu bringen. Mehr nicht. Keine Perspektive spiritueller Art. Keine Befreiung. Keine Bewusstseinsentwicklung. Überhaupt keine Entwicklung – einen Ab-Sturz kann man sicher kaum als Entwicklung bezeichnen. Franz fühlte sich vom Chaotischen abgestoßen, auch wenn er zugeben musste, dass es ein großartiges künstlerisches Können war, aber das interessierte ihn weniger, denn er war auf der Suche nach spirituellen Inspirationen. Eine grandiose Darstellung von Samsara reichte ihm nicht, das war ihm zu wenig.

Die Bilder von Raffaello Santi, die Madonna Tempi und die Madonna della Tenda drückten eher einen spirituellen Geist aus. Zärtlicher, ruhiger, stiller, besinnlicher. Die sanfte Harmonie von Mutter und Kind. Die Ausgewogenheit der Farben, der Elemente, der Formen. Ein Zustand der klaren, reinen Verbundenheit.

Ihre Größe entsprach dem realen, menschlichen Maß. Man könnte sie bei sich aufhängen. Sie konnten den Geist beruhigen, dem Herzen Liebe und Zärtlichkeit vermitteln.

Bilder strahlen Energien aus, sie wirken auf den Geist. Die wilde Bilderflut im Fernsehen schafft letztendlich nur ein endloses, beliebiges Chaos. Es entsteht keine Klarheit, keine Reinheit und Wahrheit mehr. Alles kann so oder anders sein, es ist letztendlich völlig egal. Mal ist es schön, mal ist es hässlich, ganz nach Belieben.

Das spirituellste Bild der Alten Pinakothek war für Franz die Himmelfahrt der Maria von Guido Reni. Der intensive Dreiklang der Farben, Blau, Rot und das himmlische Gelb. Die ausgebreiteten Arme der Maria, ihre verklärten, nach oben gerichteten Augen. Das Bild drückte das Streben zum Licht aus, zur Befreiung, zur Erleuchtung.

Eines der wenigen Bilder in der Pinakothek mit einer klaren spirituellen, positiven Aussage, dachte Franz. Warum gibt es so vieles, was keinen Bezug zur spirituellen Ebene hat? Warum ist es oft nur das Leiden, das dargestellt wird? Gerade die Christus-Bilder stellen oft nur das Leiden dar, z.B. die Dornenkrone, aber nicht die Überwindung, nicht die Weisheit jenseits des Leidens.

Im Grunde findet die Seele hier nicht viel Nahrung und Inspiration, dachte Franz, als er die Alte Pinakothek verließ. Was nützen all die vielleicht künstlerisch großartigen Gemälde, wenn sie keine Inspiration zur Entwicklung des Bewusstseins bieten? Wenn sie nicht Klarheit und Reinheit schaffen? Wenn sie keine Befreiung bewirken? Reicht die ästhetische Gestaltung aus?

In der Kirche St. Ludwig entdeckte Franz später ebenfalls ein großes Bild mit dem Titel „Das jüngste Gericht". Die ganze Kirche war künstlerisch durchgestaltet. Die großen Fresken, die vielen Ornamente, die Mandalas in den Seitenschiffen. Alles wies auf ein künstlerisches Konzept hin, auf bewusste Gestaltung, auf eine bewusst gestaltete Aussage, die beim Betrachter ankommen sollte.

Bei dem Fresko „Das Jüngste Gericht" von Peter Cornelius ist klarer als bei Rubens eine Strukturierung zu erkennen. Einmal die vertikale Achse, die Achse des Lebens, der Entwicklung des menschlichen Bewusstseins. Auf der linken Seite findet der Aufstieg der Seelen statt, auf der rechten Seite der Abstieg der Verdammten, der Unerlösten. Dann die drei Zonen, die drei Ebenen. Unten die Ebene der Menschen, dominiert von der Figur des Erzengels Michael in der Mitte. Die mittlere Ebene ist die des Übergangs zur höheren Dimension, oder im Gegensatz dazu der Absturz. Diese Ebene wird von der Figur des apokalyptischen Engels mit dem Buch des ewigen Lebens und des Todes beherrscht. Im himmlischen Bereich thront der richtende Christus, umgeben von Maria und Heiligen, von Johannes und den alten Hütern der Weisheit.

Im oberen Bereich herrschen Ruhe und Stille. Im unteren Bereich das Gegenteil. Unten ist es eher dunkel und düster, oben dagegen lichter, klarer. So ist das ganze Bild letztendlich von Polaritäten und Gegensätzen geprägt.

Ein sehr großes Fresko, das den Blick der Kirchenbesucher auf sich zieht, den Blick auf Christus fokussiert. Jedem Betrachter wird, bewusst oder unbewusst, die mögliche Entwicklung deutlich: Absturz ins Verderben oder der Aufstieg ins himmlische Reich.

Ein grundlegendes Phänomen, dachte Franz. Eine Grundkonstante der menschlichen Existenz: Man kann abstürzen oder man kann aufsteigen und sich zu einem guten und wahren Menschen entwickeln. Man hat es selbst in der Hand, man hat die freie Entscheidung. Der Erzengel Michael wirkt wie ein warnender Engel, ein zur Besinnung und Einkehr aufrufender Engel. Der Engel mit dem Buch der Weisheit ist bereits eine höhere Ebene, aber die eigentlich spirituelle ist erst ganz oben erreicht, bei Maria und Johannes, und in der Mitte, im Zentrum, bei Christus.

Im linken Querschiff der Kirche befand sich ein großes Fresko mit Maria im Zentrum. Maria als stolze Mutter und Königin, von allen verehrt. Auf ihrem Schoß Jesus mit ausgebreiteten Händen, die das Ende bereits vorwegnehmen – oder sollen sie eher segnen? Maria wird hier als schönes, als erleuchtetes Wesen dargestellt, wie man an dem Lichtstrahl sehen kann. Auf der gegenüberliegenden Seite das Gegenstück: Die Kreuzigungsszene mit den leidenden Menschen.

So bildeten allein die drei großen Fresken ein klar strukturiertes System. Hinzu kamen die vielen Fresken des Gewölbes. Einen Altar für Maria entdeckte Franz im südlichen Seitenschiff, in dessen Gewölbe sich viele, schöne Mandalas befanden. Ornamente, mit viele Variationen. Ein schönes Spiel mit Formen und Farben. Franz hatte immer das Gefühl von Sinn und Bedeutung, es war keine reine Spielerei, denn alles stand in Bezug zum sakralen Raum der Kirche.

*

Am folgenden Tag besuchte Franz gemeinsam mit Waltraud die Anlage der Bavaria neben der Wies'n. Die Anlage stand auf einem Hügel neben dem großen Platz, auf dem das Oktoberfest und andere Feierlichkeiten stattfanden. Ein griechischer Tempel mit dorischen Säulen umrahmte die große Figur der Bavaria, die auf einem Sockel stand. Es war eine kraftvolle Frauenfigur mit einem Löwen an ihrer Seite. In ihrer rechten Hand hielt sie ein Schwert und gleichzeitig Blumen. In ihrer linken Hand, die in den Himmel zeigte, einen Eichenkranz, einen Ehrenkranz für die Menschen, die sich um Bayern verdient gemacht hatten, und die in der Ruhmeshalle geehrt werden sollten.

„Griechenland und Germanien", meinte Franz.

„Genau. Eine Synthese zur Aufwertung des bayrischen Landes. Wir sind eine große Kulturnation."

„Eine kraftvolle."

„Die Bavaria ist die Powerfrau, die Frau der Kraft schlechthin", sagte

108

Waltraud. „Sie hat so viel Kraft, dass sie den Löwen allein durch ihre Ausstrahlung und innere Stärke an sich bindet. Mit ihrem Schwert muss sie nicht mehr kämpfen und erobern, sie weiß, dass sie die Kraft hat."

„Siehst du einen Bezug zur Maria?", wollte Franz wissen.

„Das ist die Frage. Man könnte sagen, dass Maria die Frau der Vergeistigung und des Himmels ist, und Bavaria hingegen die Frau der Erde. Somit sind es zwei verschiedene Figuren, zwei ganz unterschiedliche Ebenen."

„Also würdest du eher den Gegensatz betonen?"

„Ja. Dennoch gehört für mich beides zusammen. Ich finde die Maria ist durchaus kraftvoll, erd- und lebensverbunden, also nicht etwa lebensfern, lebensverneinend und ins Reich des Geistes fliehend."

„Da kann man lange drüber nachdenken", meinte Franz. „Gehört nun etwas zusammen oder doch nicht? Es ist wohl so im Leben, dass beides immer vorhanden ist. Das Verbindende und das Trennende. Die grundlegende Paradoxie der Existenz."

„Andererseits ist die Bavaria eine große Figur aus Metall. Die ganze Anlage ist künstlich. Oben in der Ruhmeshalle kann man sich die Büsten ansehen, und man fragt sich, was soll man hier praktizieren? Beten etwa? Oder singen? Man kann mal langgehen, aber viel mehr auch nicht."

„Du meinst, ein aus spiritueller Hinsicht sinnloses Bauwerk."

„Ja. Man kann hier nichts praktizieren. Es wurde ja auch als gigantisches Repräsentationsobjekt errichtet, zum Ruhme Bayerns. Zur Stärkung der nationalen Identität. Für die bayrische Seele, wenn man so will."

„Du würdest so ein Bauwerk sicher nicht errichten."

„Nein", sagte Waltraud. „Bestimmt nicht."

„Und welches würdest du errichten wollen?"

„Vielleicht eine Kapelle. Eine schöne Marienkapelle an einem besonderen Ort. Und sie müsste einen neuen, viel bescheideneren Geist vermitteln, die Harmonie von Himmel und Erde."

„Du meinst von Spiritualität und alltäglichem Leben."

„Genau. Die Einheit des religiösen und des erdverbundenen Lebens. Die Harmonie von Mensch und Natur."

„Das ist eine sehr gute Idee. Du solltest sie realisieren. Nein, wir, wir beide sollten es tun. Unser gemeinsames Werk!", betonte Franz. „Es wird sicher Jahre dauern, aber wir sollten darauf hinarbeiten. Eines Tages werden wir es dann realisiert haben. Und es ist ja kein gigantisches Unternehmen, was viele Millionen kostet, es ist ja viel bescheidener, menschlicher, und damit edler und letztendlich spiritueller."

„Eigentlich ist die Bavaria, so schön die ganze Anlage sein mag, im Grunde doch eine Protzerei. Wir sind wer! Wir sind eine großartige Kulturnation, wie die Griechen. Wir Germanen sind etwas ganz Tolles. Dahinter versteckt sich ein nationales Identitätsproblem. So gesehen hat das mit Spiritualität gar nichts zu tun."

„Da hast du wohl recht", stimmte Franz ihr zu. „Die Beschwörung und Verherrlichung von Kraft und Macht ist immer ein Problem. Es kann den Menschen leicht entgleiten – und dann ist es nichts mehr mit der Welt des Geistes, dann geht es nur noch um materialistische Power."

„Lass uns in die Stadt fahren, etwas essen, einen Kaffee trinken."

Waltraud und Franz fuhren mit ihren Rädern zurück ins Stadtzentrum, suchten sich ein Café in der Nähe der Heilig Geist Kirche.

„Die Bereiche des Geistes sind ja immer mehr getrennt worden", begann Franz das Gespräch. „Wissenschaft und Religion, sie haben nichts mehr miteinander zu tun. Kunst und Religion sind ebenfalls getrennt. Meistens jedenfalls."

„Und das tatsächlich gelebte Leben ist wieder etwas anderes."

„So ist es. Die Kunst des Lebens – und die Arbeit der Wissenschaftler, zwei strikt voneinander getrennte Bereiche."

„Die Atomisierung des Lebens", meinte Waltraud. „Sie haben das ganze Leben in Bereiche unterteilt. So gibt es keine Ganzheitlichkeit mehr. So kann sie nicht entstehen."

„Nein, die endlose Spaltung in Spezialbereiche, die nur der Experte kennt, ist das Gegenteil eines ganzheitlichen Lebens. Man will keine ganzheitliche, naturverbundene Existenzweise, sondern die völlige Umgestaltung, zum Nutzen des Menschen, allein zu seinem Nutzen. Deshalb ist die Naturreligion auch so unendlich weit entfernt vom modernen Stadtleben. Sie hat da keinen Stellenwert, absolut keinen. Und die christliche Religion im Grunde auch nicht mehr."

„Eine christliche Naturreligion könnte eine neue Perspektive sein", sagte Waltraud. „Maria könnte diese sehr schön repräsentieren."

„Eine Kapelle für eine ganzheitliche Maria?"

„Ja", sagte Waltraud und ihre Augen und ihr Gesicht strahlten Freude aus. „Ganz genau. Das schwebt mir vor. Das wäre endlich die Versöhnung, auf die die Seele Europas seit vielen Jahrhunderten wartet."

„Und in Bayern wäre der richtige Ort dafür."

„Wo denn sonst?", lachte sie. „Schließlich liegt Bayern, mehr oder weniger, in der Mitte Europas. In Preußen geht das nicht, das weißt du doch

110

selbst, da „sans" die Evangelischen."

„Die können und wollen das nicht. Die mögen es lieber simpel und rationalisiert. Für die ist die Marienverehrung wohl nur Gefühlsduselei. Die Schöpfung, die Natur ist für sie oft bloß ein materielles Objekt, das der Mensch nach seinem Willen bearbeiten kann."

„In Bayern ist das noch anders. Hier gibt es noch einen tiefen Bezug zur Erde, zur Heimat, zur Schöpfung, zur Natur. So ist es leichter möglich, eine neue Ganzheitlichkeit zu initiieren."

Später besuchten Franz und Waltraud den Hofgarten und den Dianatempel, mussten aber auch dort gemeinsam feststellen, dass dies kein Ort für spirituelle Praxis war. Es war eine schöne Anlage, ästhetisch komponiert, man konnte lustwandeln, auf und ab gehen, sich mal hinsetzen, plaudern, aber für eine spirituelle Praxis war sie gänzlich ungeeignet. Die griechische Diana war hier letztendlich nur als Name vertreten. Die wilde Natur war gezähmt, gebändigt, komponiert worden. Der Natur war ein menschliches Raster aufgezwungen worden. Sie hatte hier keinen Eigenwert mehr.

Schließlich saßen Franz und Waltraud vor der Schwarzen Madonna in der Theatinerkirche. Sie konnte als Verbindung des Himmlischen und des Irdischen gesehen werden. Sie konnte als Botschafterin der heiligen Wandlung zu einer neuen Ganzheitlichkeit gedeutet werden. Die tiefgreifende Wandlung des Menschen war notwendig. Die neue Harmonie der Wissensbereiche. Die Harmonie von Körper und Geist, von Himmel und Erde.

Uralte Stätten – Marienklause, St. Anna

Waltraud und Franz fuhren mit dem Rad am rechten Isarufer entlang in Richtung Süden, um eine kleine Marienklause in Harlaching zu besuchen. Teilweise hatte Franz gar nicht das Gefühl, in einer Millionenstadt zu sein, da hier nur Fahrräder waren, andererseits waren die Radfahrer in einer zielgerichteten und schnellen Fahrt, denn sie wollten und mussten rechtzeitig ihren Arbeitsplatz erreichen. Franz schaute sich die großen Bäume an, wunderte sich darüber, wie viele es doch gab, wie wild und ursprünglich es an machen Stellen aussah. So hatte er das seltsame Gefühl, durch einen Urwald zu fahren.

Der Platz der Marienklause am Steilufer der Isar hatte etwas von einem

Urwald. Die großen Kastanien, die großen Eschen. Man konnte leicht in die Zeit zurückreisen, in die Zeit der großen, unberührten Wälder und der Baumriesen. Die Bäume bewahrten an diesem Ort ihr altes Urwald-Wissen. Die Menschen der Großstadt München fuhren auf den Wegen schnell hin und her, oder mühten sich das Steilufer hinauf. Aber die Stille des Waldes war das Wahre, trotz der Schwingungen der Großstadt im Hintergrund.

Die Marienklause war ein einfacher Holzbau, aus Fichten- und Birkenholz errichtet, aus Nagelfluhgestein. Sie war mit der Rückwand ans Steilufer gebaut. Die Fassade, die in römischen Ziffern die Zahl 1866 trug, blickte auf einen Weg mit Stelen, die den Passionsweg aufzeigten. Unterhalb der Kapelle gab es eine kleine Jacobsquelle. Auf dem Dach ein kleines Türmchen.

„Es sieht alles aus wie eine Einsiedelei", meinte Franz.

„Als wenn hier ein Mönch gelebt hätte", ergänzte Waltraud. „Einer der christlichen Eremiten, der sich in die Einsamkeit und Abgeschiedenheit der Wälder zurückgezogen hat, um mit ganzem Herzen jeden Tag nur ihrem Glauben zu leben."

„Das große Waldretreat sozusagen. Es kommt mir fast so vor, als hätten wir mitten in der Taiga eine Kapelle entdeckt, so weit weg erscheint es mir."

„Hier ist aber nicht die Taiga, sondern das Isarufer. Es mag dort ja eine geben, die wie diese hier aussieht. Hier regiert allerdings eine andere Zeit."

„Errichtet war das „Gotteshäuserl" von einem Martin Achleitner, der das Gelübte seines Vaters eingelöst hatte. Dieser war aus Hochwassergefahr gerettet worden und aus Dank dafür wollte er Maria eine Klause errichten. Auch sein Sohn kannte die Gefahren des Hochwassers aus eigenen Erfahrungen. So baute er die Kapelle. An der Altardecke befindet sich der Schutzspruch für all jene, die sicheres Geleit suchen: „Maria mit dem Kinde lieb, uns allen Deinen Segen gib."

„Wer würde in heutiger Zeit aus Dank eine Marienkapelle errichten?", fragte sich Franz.

„Da gibt es schon welche", meinte Waltraud. „Du hast doch die Kapelle am Waldrand bei Wargolshausen entdeckt. Vielleicht gibt es mehr als man denkt. Außerdem, denk an uns beide."

„Ja. Ich hatte gerade nur den Eindruck, dass es sich um das Denken aus einer ganz anderen Zeit handelt, in der tiefe Frömmigkeit, fester Glaube und hingebungsvolles Vertrauen eine größere Rolle spielten als heute."

„Ach", seufzte Waltraud, „vergleiche nicht die Zeiten. Es war damals nicht so viel besser. Es gab das Militär, es gab die Reichen, die nur an ihren Luxus dachten wie heute, es gab die Geschäftemacher, die stolz auf ihre Tricks und Täuschungsmanöver waren."

„Du hast recht. Schon Benedikt, der Gründer des Benediktinerordens, zog sich von der Welt zurück. Wenn man die Welt nicht ändern kann, dann kann man sich nur zurückziehen. Ein uraltes Thema der spirituellen Menschen. Seit Jahrtausenden."

„Vielleicht bereits in der Steinzeit. Die spirituellen Menschen hatten nicht so viel Spaß am Fressen und Saufen, am endlosen Palaver in der Höhle, an den witzigen Geschichten und dem, was dann hinterher auf den Fellen kam. Sie zogen sich lieber zurück, in ihre kleine Einzelhöhle oder auf ihren Berggipfel."

„Und wenn sie etwas entdeckt hatten, das der Gruppe helfen konnte", meinte Franz, „dann brachten sie ihre Botschaft, ihr in der Einsamkeit empfangenes Geschenk den anderen."

„Aber stell dir vor, du gehst heute mit deiner Erkenntnis zu Leuten, die gerade wild und wüst am Feiern sind, z.B. in einem Bierzelt auf dem Oktoberfest. Wie werden sie wohl reagieren? Sie werden dich anglotzen, den Kopf schütteln – oder nur laut lachen und wiehern. Dem spirituellen Menschen muss die Einsamkeit genügen, das stille Gespräch mit Gott. Es muss ihm völlig genügen, hier im Wald in seiner Klause zu sein und zu beten, zu meditieren und zu singen."

Franz saß vor der Klause und schaute in das sehr dunkle und verrußte Innere. Man konnte ein elektrisches Licht anmachen, so dass die Marienfigur erleuchtet war. Vor dem Absperrgitter befanden sich einige rote und weiße Lichter. Waltraud ging umher, besuchte die einzelnen Baumriesen, sprach mit ihnen.

Franz reiste zurück in alte Zeiten. Die Zeit seiner väterlichen Ahnen in Schlesien. Hirschberg. Schneekoppe. Ob sie einen starken Bezug zu Maria hatten? Ob sie eine Marienkapelle im Wald hatten? Er wusste es nicht, er wusste eigentlich gar nichts von ihnen. Vielleicht würde er es entdecken, wenn er dort hinfahren würde. Vielleicht. Aber es war und blieb eine gebrochene Linie, dachte Franz. Es gab keine kontinuierliche Linie für ihn, weder von den leiblichen Ahnen her noch eine der spirituellen Ahnen. Er wusste, das es nicht nur sein individuelles Problem war, sondern das vieler Menschen, vor allem auch vieler Deutscher, die ihre verlorene Herkunft bei den Indianern, den Tibetern oder den Indern suchten. Es war geradezu ein kollektives Identitätsproblem. Ein unmoderner Gedanke. Unzeitgemäß in einer Zeit, in der es ausschließlich um das einzelne Ich ging. Aber das Problem war trotzdem vorhanden.

Die kollektiven Probleme sollen kaschiert werden, so redet man eben hauptsächlich vom einzelnen Individuum, als wenn es völlig isoliert wäre, keine Herkunft hätte, keine Ahnen, keine Verpflichtung, keine Verantwortung für die Erde, für die Zukunft der Erde, keinen Stamm, ein Ich, einfach aus dem Nichts entstanden, völlig frei und unabhängig, was natürlich eine große Illusion ist.

Vielleicht würde ich dort auch nichts finden, dachte Franz. Keine tiefe Marienverehrung. Keine besonderen Kapellen. Keine spirituellen Wurzeln, die ich hier in Bayern längst gefunden habe. Seine materialistischen Eltern hatten ihm nichts erzählt, vermutlich eben deshalb, weil es nichts zu erzählen gab. Oder hatten sie es nur nicht gesehen, nicht erfasst? Oder waren sie nur blind gewesen, weil sich ihr Denken auf andere Themen konzentriert hatte? Hat man keinen Bezug zu etwas, dann kann man ewig an einer Sache vorbeigehen, vorbeifahren. Nachdem man es dann erkannt hat, fragt man sich: wohin habe ich eigentlich die ganze Zeit geschaut? Warum habe ich es nicht früher gesehen? Warum bin ich so lange blind gewesen?

„Na, worüber meditierst Du", wollte Waltraud wissen.

„Über die Bedeutung der Ahnen. Warum wir keinen richtigen Bezug zu ihnen haben."

„Der Bezug ist uns verloren gegangen. Wir haben hier in Europa keine lange schamanische Tradition, wir haben keine lange buddhistische Linie in der Familie, wir haben keine lange, intensive christliche Tradition. Denk allein an Luther und was da zerbrochen ist."

„Worauf einige sehr stolz sind."

„Ja, weil sie es nicht verstehen. Weil sie die große Einheit und Gemeinschaft der Christen nicht verstehen – und letztendlich nicht wollen. Sie lieben ihren kleinen Club."

„Womit wir wieder bei dem Thema der Grenzen und Abgrenzungen wären", sagte Franz. „Es lässt uns nicht los."

„Nein, leider nicht. Erst wenn die spirituelle Einheit der Menschen erreicht ist, erst dann, und das wird noch sehr lange dauern. Lass uns zur St. Anna-Kirche gehen."

Waltraud und Franz schoben ihre Fahrräder den steilen Weg hinauf und fuhren dann zur Wallfahrtskirche St. Anna in Harlaching. Das gelb-weiß gestrichene Gebäude gefiel ihnen sofort. Es wirkte auf sie wie ein lichter Ort in einem alten Wald. Zunächst umwandelten sie das Gebäude. Dabei fielen ihnen die zahlreichen Eisenkreuze auf, die ganz unterschiedlich gestaltet waren. Sie waren wie archaische Zeichen aus einer anderen Zeit und wirkten teilweise wie magische Symbole. Auf einem stand:

Oh Wanderer
steh still und lese,
was du bist,
bin ich gewese,
was ich jetzt bin,
wirst du einst werden.
Wir alle sind nur
Staub auf Erden.

„Eine Botschaft der Ahnen. Denk daran, auch du wirst eines Tages verschwunden sein, aufgelöst im großen Ganzen", meinte Waltraud. Sie wiederholte den Satz mehrmals, als wenn er ein heiliges Mantra wäre. „Was du bist, bin ich gewese. Was du bist, bin ich gewese."

Das zentrale Gnadenbild der Kirche ist die Heilige Anna. Die Ahnen-Urmutter, die liebevollen Schutz für Maria und Jesus gewährt, die Weisheit und Wissen weitergibt, der schützende Urgrund. Die Bilder der beiden Seitenaltäre drücken aus, wie Joachim Maria das Beten lehrt, er vermittelt also die Weisheit, den spirituellen Weg. Anna, auf dem südlichen Seitenaltar zu sehen, vermittelt das Wissen aus den Büchern durch die Lektüre. Beides ist wichtig: Das Studieren und das Beten, das Lernen und die Kontemplation. Der klare Geist muss geschult werden, aber ebenso die Versenkung, die Vertiefung.

Waltraud erklärte Franz die Kraftlinien innerhalb der Kirche. Die zentrale Achse, die zu Anna und weiter zu Gott führte. Auf der rechten Seite befand sich der abladende, lunare Energiekanal mit dem gekreuzigten Jesus, der schräg zur Mitte führt. Auf der linken Seite der aufladende, solare Energiekanal mit der Figur der königlichen Maria, der ebenfalls schräg zur Mitte führt. Die drei Linien ergeben ein die Seele kräftigendes archaisches Symbol. So stand für Waltraud hinter den christlichen Bildern ein altes Modell der Ahnen, das auf den Lebenserfahrungen vieler Generationen basierte.

„Wenn wir sie richtig deuten, dann können Orte wie dieser uns sehr gut mit den Ahnen verbinden", sagte sie.

„Du meinst, wir müssen hinter die christliche Oberfläche schauen."

„Genau. Es bleibt nichtssagend, wenn wir nur das schöne Alte sehen, das viele Gold, die vielen Figuren und Bilder. Dann haben wir keinen Bezug, oder nur einen oberflächlich ästhetischen. Sehen wir aber die energetischen Beziehungen, dann bekommt es eine ungeahnte Tiefe und bereichert unser Leben."

„Wie möchtest Du, dass man hier praktiziert?", fragte Franz.

„Anders", meinte Waltraud, „irgendwie anders. Die Frau vorhin, sie hatte bestimmt einen ganz tiefen Bezug zur Anna, das habe ich gespürt. Aber ich habe oft ebenso das Gefühl, dass so vieles nur abgegriffene Liturgie, stereotypes Wiederholen von altbekannten Formeln ist, ohne echte Tiefe und Bedeutung."

„Was nicht nur ein Problem der Christen ist."

„Nein, ganz eindeutig. Das findest du überall. Anna und Maria, sie müssten eine neue Kraft und Stärke bekommen, durch eine intensive Rückbindung an die Natur, an die Erde, an unsere Herkunft, an die Ahnen. Also zu deiner Frage nach der Praxis. Es müssten schamanische Gebete sein, also Gebete und auch Rituale, die in die Tiefe gehen, sonst bleibt es Geplapper oder das typisch abstrakte Gerede von ethischen Werten. Das sind meist nur leere Worthülsen. Die Entwicklung der Rationalität der letzten Jahrhunderte war sicher gut und richtig, denn sie hat unseren Geist befreit, nur ist vielen darüber die Tiefe, die Magie und die Mystik verloren gegangen. Das gilt es meiner Meinung nach neu zu aktivieren."

„Wie ich bereits sagte, die meisten werden Dir da nicht folgen können oder wollen", kritisierte Franz. „Die gehen in die Luft, wenn du Christliches und Schamanisches miteinander verbindest."

„Ja, leider. Aber damit bleibt die Versöhnung von Christentum und Heidentum, um diesen schlimmen Begriff doch noch einmal zu verwenden, ein Traum", betonte Waltraud. „Und letztendlich wird es dann keine Versöhnung von Mensch und Natur geben. Das ist übrigens nicht nur ein spirituelles Problem, sondern ein grundsätzliches, denn es geht um die Versöhnung des wissenschaftlichen Geistes, der alles nüchtern und rational betrachtet, und des romantischen Geistes, der die Welt mit dem Herzen sieht. Darum geht es. Das ist der Riss in der Welt, in der Seele der Menschheit."

„Ich sehe, es hat eine universelle Bedeutung."

„Ganz genau. Die Menschen der Liebe und des Herzens, um es noch einmal anders zu sagen, haben einen anderen Blickwinkel: sie sehen Verbindung, Schönheit, sie möchten achten, respektieren, verehren und anbeten. Die Menschen der Maschinen möchten die Welt umgestalten, ausnutzen, benutzen – und dabei zerstören sie leider sehr viel."

„Und die Verehrung der Heiligen Anna könnte das ändern?"

„Ja, ich denke schon. Wenn wir in ihr die Ur-Mutter des Lebens sehen, den Urgrund der ganzen Existenz. Ohne den schützenden und bewahrenden Urgrund gibt es das Einzelne nicht, gibt es die besondere, individuelle Entwicklung nicht, für die Maria und Jesus zwei vollkommene Beispiele sind, an denen man sich orientieren, denen man nachfolgen kann."

„So bringt uns das zurück zur Natur."

„Nicht nur das. Letztendlich zur großen Vollendung, also zu Gott."

„Womit der Kreis geschlossen wäre."

„Richtig", betonte Waltraud. „Womit der ganzheitliche Kreis geschlossen wäre."

„Ach", lachte Franz. „Wir denken uns hier so die große Lösung aus. Wie viele vor uns, wie viele unserer Ahnen haben das nicht schon getan. Und immer ging die Welt weiter wie bisher, mit Kriegen und Konflikten, auch jetzt."

„Das ist eben die *Erbsünde*, unsere Abkehr und Abwendung von Gott. Dass wir Orte wie diesen aufsuchen, sind Bemühungen, die Rückbindung herzustellen. Du und ich, lieber Franz, wir machen das die ganze Zeit. Unser Reich Gottes ist ein alle spirituellen Wege versöhnendes und integrierendes Reich."

„Unser romantischer Traum."

„Ja, aber es ist nicht nur ein vager Traum, sondern ein Lernprogramm der Menschheit."

„Möge sie es bald lernen."

„Ja, möge sie es bald lernen", betonte Waltraud noch einmal.

III. Leid und Erlösung
15. Das Leiden und die Erlösung – die Wieskirche

Bei keiner der Kirchen, die Franz auf seinem Pilgerweg besuchte, empfand er einen so starken Gegensatz zwischen der Landschaft und der Kirche, zwischen dem Thema der Kirche und ihrer vollendeten Schönheit.

Die Wieskirche stand auf einem Hügel in der wunderschönen Voralpenlandschaft. Auf dem Weg dorthin wechselten sich Wälder und Felder harmonisch ab. Auf der Westseite der weißen Kirche standen zwei besondere Ahornbäume. Aber welcher Bezug bestand zwischen den Bäumen und der Kirche? Auf der Südseite konnte man auf einer Bank sitzen und über das Land zu den Bergen der Alpen blicken. Aber welcher Bezug bestand zwischen dem Platz der Wieskirche und den Alpengipfeln? Gab es einen? Franz konnte keinen entdecken.

Der äußere Raum der Landschaft war beim Bau dieser Kirche nicht so wichtig. Es ging hier hauptsächlich um den inneren Raum, um das Erlebnis eines von Innerlichkeit geprägten Raumes, was Franz sofort spürte, als er den Kirchenraum betrat. Die Wieskirche gilt als vollendetes Rokoko. Als ein vollendetes Kunstwerk, das auch von der UNESCO als Weltkulturerbe anerkannt worden ist. Hoc loco habitat fortuna, hic quiescit cor – an diesem Ort wohnt das Glück, hier findet das Herz die Ruhe, so der Bauherr der Kirche, der Abt Marianus II. Mayer. Eine besondere Kirche für das Kunsterlebnis – und für eine meditative Erfahrung. Äußere Schönheit und innere Erhabenheit sollen sich entsprechen. Die Kraft der schönen, vollkommenen Gestaltung und die innere Geistesstärkung und Geistesruhe sollen sich vereinen.

Aber wie passt der angekettete Jesus dazu, fragte sich Franz. Er fühlte sich von dem Gnadenbild des gegeißelten Heilands nicht sonderlich angesprochen, eher sogar abgestoßen. Er hatte bei seinem Besuch noch nichts gelesen, hatte nur von der Weltberühmtheit der Kirche gehört. So war seine Reaktion unvoreingenommen, spontan. Angekettet, geprügelt, leidend. Aber wozu? Wie soll das die Seele erheben?, fragte er sich.

Der gesamte Innenraum der Kirche war hell, licht und leuchtend. Gelbe und weiße Töne dominierten. Ein Raum, der Gelassenheit und Heiterkeit ausstrahlte. Im Kontrast dazu das Gnadenbild des Hauptaltars. Der Gegeißelte. Der Geprügelte. Der Angekettete.

Vielleicht soll uns der extreme Kontrast zwischen dem Leid und der Erlösung bewusst werden. Vielleicht sollen uns die beiden Pole der Entwicklung deutlich werden: der negative Punkt des äußersten Leidens, der noch fern einer völligen Erlösung und Erleuchtung ist, die wohl im Deckenfresko zum Ausdruck gebracht werden sollte. Vielleicht sollen die Besucher und Betrachter wie in einen Spiegel schauen. Das bist du. Das bist auch du. Das ist nicht nur Jesus, sondern das zeigt dir dein eigenes Leiden. Schau in den Spiegel. Weiche nicht aus. Schau es dir an. Schau dir dein Elend an, deine geprügelte Existenz, deine unterdrückte Existenz.

In dem, was die meisten Christen sagen, zeigt sich oft eine deutliche Unterscheidung, auf der einen Seite Jesus und dessen Leiden, auf der anderen Seite die Menschen mit ihren vielen alltäglichen Problemen. Jesus Christus, Gottes Sohn, der sein Leben für uns Menschen hingibt, so die immer wiederholte Formel.

Tief in der Seele mögen die Menschen es etwas anders gespürt haben. Sie mögen, wie Maria Lory, die Wieshofbäuerin, in deren Bauernhaus sich das Tränenwunder ereignet haben soll, ihr eigenes, elendes Leben im Bildnis des Gegeißelten gesehen haben. Sie mögen im Unterbewusstsein ihr eigenes Leiden mit dem von Jesus verbunden haben. Auch mein gegeißeltes Leben als Bäuerin schreit nach Erlösung, nach Befreiung. Der erbärmliche Anblick des Gnadenbildes ruft ja sofort die Gegenkraft herbei, den starken Wunsch nach Erlösung. Man kann es nicht ertragen und hinnehmen, dass es so ist, so fürchterlich und menschenunwürdig. Man will es nicht, man sieht keinen Sinn, es muss sich ändern, es muss anders werden.

Im achtzehnten Jahrhundert haben die Menschen vielleicht direkter und handfester den unterdrückten Zustand ihres Lebens erfahren als in heutiger Zeit, in der man sich mit Beruhigungsmitteln versorgen kann, mit Fernsehen und Filmen, Büchern und Bier, mit viel Musik und mit noch mehr Schokolade.

Wo ist die Erlösung? Franz schaute sich in der Kirche um. Auf dem Hochaltarbild war Maria zu sehen, aber es war kein Bild der Erlösung. Eher wirkte Maria wie eine ihr Kind hingebende, opfernde Mutter. Der Engel mit dem roten Gewand, der über den Menschen schwebte? Das purpurrote Gewand soll den Königsmantel Jesu repräsentieren. Die Propheten oder die vier Evangelisten? Der Pelikan, der sich seine Brust aufreißt, um seine Jungen zu ernähren? Das silberne Lamm ganz oben?

Es geht wohl nur um das Opfern, um das ewige Opfern, klagte Franz innerlich. Es wird gelitten und geopfert, aber es kommt keine Erlösung. Vielleicht im Jenseits, aber jetzt und hier? Vielleicht ist es nur der Traum von einer fernen Erlösung, die irgendwann eintreten mag?

Franz las einen Text über das erhöhte Lamm im Kirchenführer. „In der Offenbarung des Johannes ist das Lamm Jesus Christus selbst, würdig und fähig, das *Buch mit den sieben Siegeln* zu öffnen und die Fülle der Geheimnisse Gottes zu erfassen und uns dereinst zu verkünden und zu erklären. Christus, geopfert wie ein Lamm, wird zum *Lamm Gottes, das die Sünde der Welt wegnimmt.* Im Tod besiegt er den Tod und das Böse und öffnet uns das Tor zum Leben bei Gott."

Gut, aber was sagt mir das, fragte sich Franz. Sind es mehr als die stereotypen Erklärungen und Formeln, die durch endlose Wiederholung auch nicht aussagekräftiger werden? Ist das Opfer meine Erlösung? Werde ich selbst dadurch erlöst, dass ein anderer etwas für mich tut? Und wann werde ich weise und verstehend? Wann erlange ich das umfassende Wissen? Wann erlange ich die Erleuchtung? Ist es mehr als eine vage, in unbestimmte Zukunft projizierte Hoffnung? Bei den Christen so vage und fern wie bei den Buddhisten? Die einen hoffen ewig und die anderen praktizieren ewig, aber keiner kommt weiter. Oder sind die Christen alle innerlich erlöst und die Buddhisten erleuchtet?

Franz fühlte sich irgendwie unwohl und unzufrieden. Als er die Gebete, Opfergaben, Bilder und Kerzen in den Seitengängen links und rechts vom Altar betrachtete, spürte er nur das Elend, die Trauer, die Verzweiflung der Menschen, die dort ihre vielen Zettel mit den Gebeten hinterlassen hatten. Da hatte jemand seinen lieben Sohn verloren und betonte noch einmal die ewige Liebe. Ein Foto des Sohnes, darunter die Daten seines kurzen Lebens, zweiundzwanzig Jahre. Der Verlust war sicher für die Eltern nicht zu verkraften. Verzweiflung und Hoffnung lagen eng beisammen. Jeder Mensch hatte sein persönliches Leid, das für ihn wichtig war, sei es die Krebserkrankung, die Angst vor einem Examen, die zerrüttete Familie, die Alkoholsucht oder was auch immer. Je mehr man liest, desto mehr relativiert sich das. Lauter Leiden im ganz normalen Leben der Menschen, und alle wünschen sie sich, davon befreit zu werden. Man fragt sich allerdings, warum es so viel Leiden gibt oder geben muss, warum die Menschen eher im Leiden leben als in einem Zustand der Befreiung und Erlösung. *Heilige Mutter Gottes,* schenke meiner Mutter Willa Anna die Erlösung des Seelenfriedens, schenke ihr den Weg ins Licht, den sie nicht finden konnte in ihren Schmerzen.

Schon eigenartig, dieser starke Kontrast, dachte Franz: das Leiden und die Verzweiflung, und auf der anderen Seite die schöne, ästhetische Gestaltung der Kirche. Ist die ganze Kirche hier die große, heilende Mutter? Ist der eher runde zentrale Raum der Ort der Heilung, und gar nicht der Altarraum? Oder ist es die Gesamtwirkung der Kirche auf den Geist und die Seele?

Das Deckenfresko im Chor zeigt dem Betrachter eine Bewegung ins weiß-gelbe Licht. Die das Leiden, den Leidensweg von Jesus repräsentierenden Gegenstände wie die Geißel und das Kreuz, die Dornenkrone und das Schweißtuch der Veronika sind Stationen auf dem Weg ins Licht, ins warme, gelbe Licht, das im Zentrum zum Weiß wird. Dort, wo der Durchbruch zu finden ist aus der Gefangenschaft im Leiden, wo der Heilige Geist der weißen Taube lebt, der Vogel der Transzendierung des Leidens, der Vogel der geistigen Freiheit und des seelischen Friedens. Alles strebt zu diesem Ort, denn alles leidende Leben will Befreiung, will Erlösung.

Es ist wie ein positives Gegenstück zum Schwarzen Loch, dachte Franz. Im Loch des Lichtes löst sich alles Negative auf und wird zur Heiterkeit, zu einer universellen Heiterkeit. Ganzheitliche Auflösung in den Zustand des heiligen Geistes, in den Zustand des völlig befreiten Geistes, der völlig befreiten Seele. Erleuchtungsbewusstsein.

In den Fresken im Umraum des Chores wird Jesus als der Befreier und Erlöser gezeigt. Jesus befreit von den dämonischen Kräften, von den falschen, bösen Geistern also.

Früher waren das für Franz stereotype Aussagen gewesen, die immer wiederholt wurden, aber leider auch irgendwie leer geworden waren. Jetzt sah er sie aus schamanischer, buddhistischer Sicht. In beiden Systemen, und in vielen anderen, ging es um die Befreiung von falschen Geistern, falschen Programmen im Kopf und im Herzen. Die Namen und die Methoden mochten unterschiedlich sein, das Ziel blieb identisch und universell gültig: die Befreiung, die Erlösung.

Der Höhepunkt der malerischen Gestaltung der Wieskirche ist das große Deckenfresko. Auch hier hat Johann Baptist Zimmermann, der Maler, den Prozess des Übergangs ins weiß-gelbe Lichtzentrum gestaltet. Der Stuhl des Weltenrichters und das große Himmelstor bilden eher stabile Pole. Das Gericht wird noch kommen, die Tür zum Reich des Himmels wird noch geöffnet werden, am Ende der Zeiten, am Ende der Entfaltungsgeschichte des göttlichen Geistes. Den Prozess der Hinwendung und damit zur Überwindung des Leidens können wir jetzt und heute erleben. Jesus sitzt auf dem Regenbogen, zeigt mit der linken Hand auf die Seitenwunde und mit der rechten weist er auf das Kreuz des Lichtes hin. Das Herz und die Liebe bilden die Befreiung. Nicht Gesetze und Regeln, keine materiellen Übergänge und Durchgänge sind notwendig, nur das offene, weite Herz. Das Zentrum ist die Sonne am blauen Himmel. Der klare Himmel ist das gereinigte Bewusstsein. Das Licht der Sonne die Befreiung.

Denkt man sich bei dem Fresko die vielen Figuren weg, dann bleibt der Blick in den Himmel. Der Blick ins heitere, fast blendende Licht. Nimmt man die Figuren wieder hinzu, dann wirkt es wie eine Vision vom Streben der Menschen.

Maria erscheint hier in einer Engelsgruppe, hat Flügel und einen Heiligenschein. Sie ist ein Wesen des Lichtes geworden. Ein Wesen der Wahrheit und Weisheit. Maria im Reich des Himmels.

Oberhalb des rechten Seitenaltars entdeckte Franz eine weiße, weibliche Figur, die er zunächst als Immaculata deutete, im Kirchenführer las er aber, dass es die göttliche Weisheit sein soll. Für ihn repräsentierte sie die Lehre von der geistigen Befreiung. Sie war für ihn in der Wieskirche die Mutter der Weisheit.

Als Franz den rechten – und auch den linken – Seitenaltar betrachtete, dachte er wieder, wie komplex das ganze System der Figuren und Bilder in den Kirchen oft doch ist. Man kann es gar nicht in einem Zug erfassen, man kann es gar nicht auf eine einfache Formel bringen. Selbst die Formel: *das menschgewordene Wort Gottes, Jesus Christus* reicht nicht aus, weil es eine Vereinfachung ist. Kennt man Bernhard von Clairvaux, dann verbindet man mit der Figur des rechten Seitenaltars viel, sonst bleibt es nur eine Figur, nur ein Name.

Oberhalb der Säulenpaare gab es weitere, kleine Malereien, sogenannte Grisaillemalereien. Putten verkörpern die acht Seligpreisungen.

„Selig sind, die arm sind vor Gott, denn Gott liebt sie und tut ihnen die Tür zu seinem Reich auf. Selig sind, die Leid tragen, denn Gott wird sie trösten. Selig, die behutsam und freundlich sind, denn diese Erde wird ihnen gehören. Selig, die nach Gerechtigkeit hungern und dürsten, denn Gott wird sie satt machen. Selig zu preisen sind die Barmherzigen, denn sie werden Barmherzigkeit empfangen. Selig, die ein reines Herz empfangen, denn sie werden ihn schauen. Selig, die Frieden machen, wo Streit ist, denn sie sind die Kinder Gottes. Selig zu nennen, die verfolgt werden, weil sie die Gerechtigkeit lieben, denn Gottes Welt steht ihnen offen. Selig seid ihr, wenn man euch verleumdet und verfolgt, weil ihr euch zu mir bekennt. Selig seid ihr, wenn man euch Böses nachsagt und dabei lügt. Freut euch und seid unbekümmert, denn im Himmel ist euch reicher Lohn gewiss. Selig seid ihr, denn euch geschieht nur, was vorher den Dienern und Kindern

Gottes, den Propheten, geschehen ist. (nach Jörg Zink, Mt 5, 3-12)

Im Kirchenführer konnte Franz nur einen Teil des Textes lesen. Dafür meditierte er still über den Zustand des Seligseins und das reine Herz. Das reine Herz ist das Himmelreich, in einem reinen Herzen entsteht ein Reich der Freiheit. Das reine Herz ist die geöffnete Himmelstür, ist der Eintritt ins leuchtende, goldene Licht.

Wer in einer anderen Dimension lebt, in einem anderen Kontakt, nämlich im Kontakt mit der Welt des Geistes, der ist in einem seligen Zustand, egal, was die anderen denken oder urteilen mögen. Jeden einzelnen Satz könnte man lange interpretieren, dachte Franz, aber darauf kommt es nicht an, sondern darauf, dass man im Geist der universellen Liebe lebt, jeden Tag und überall.

Franz las in dem Kirchenführer einen weiteren Text, der von seinem Namensbruder Franz von Assisi war und ihn tief im Kern seiner Seele berührte. Das ist das Programm, dachte er, das ist die Aufgabe, das ist der Weg. Es war ein christlicher Text, aber Franz dachte sofort, dass die Aussage völlig identisch mit der Botschaft des Dalai Lama ist. Es gibt nur einen Geist des Mitgefühls. Es gibt nur eine Wahrheit, nämlich die des befreiten und erleuchteten Bewusstseins. Es gibt nur ein Herz der Religionen.

Herr, mache mich zu einem Werkzeug deines Friedens,
dass ich liebe, wo man hasst,
dass ich verzeihe, wo man beleidigt,
dass ich verbinde, wo Streit ist,
dass ich die Wahrheit sage, wo Irrtum ist,
dass ich Glauben bringe, wo Zweifel droht,
dass ich Hoffnung wecke, wo Verzweiflung quält,
dass ich Licht entzünde, wo Finsternis regiert,
dass ich Freude bringe, wo der Kummer wohnt.

Ein einfacher Text, den man leicht als schematisch aufgebaut abtun kann, oder den man, wie so vieles, oberflächlich deuten kann. Gutes tun, ja, das wollen viele. Aber es geht um mehr, dachte Franz, es geht um die Umprogrammierung einer ganzen Kultur, die eben auf Hass und Lüge, auf Geschäftemacherei und Gewalt aufgebaut ist. Das Lügen und Betrügen ist doch an der Tagesordnung, wenn man an die Politik und an die Geschäftswelt denkt. Es gehört seit Jahrtausenden zum Spiel der Auseinandersetzungen. Der Hass bezog sich früher auf die anderen, die anderen Rassen, die anderen Völker – heute ist er versteckter. Er hat sich gut getarnt. Wer mag das Gebet von Franz von Assisi als Umprogrammierung verstehen ? Wer mag es dann auch annehmen wollen, und nicht – wie viele es tun – sagen, die Bergpredigt und dieses Gebet seien zwar erbaulich für den Sonntag, aber im Alltag werde eine andere Politik gemacht. Wer mag und will es also annehmen? Wenn es im technischen Bereich um neue Programmierungen geht, dann stimmen die meisten sofort zu. Im geistigen und im spirituellen Bereich sieht es leider völlig anders aus. Man will nichts ändern. Man will bei den alten Paradigmen bleiben.

Normalerweise beachtete Franz die Kanzeln nicht besonders. Außerdem war er unterwegs zur Mutter, zu Maria – und schaute deshalb immer erst zu ihren Figuren und Altären. Im Kirchenführer las er von der Besonderheit der Kanzel in der Wieskirche. Die gestaltete Thematik der Geistsendung an Pfingsten fand er interessant und bemerkenswert. Es sollte wohl der vom Gott inspirierte Geist vermittelt werden. Der Erleuchtungsgeist.

Unter der Kanzel befand sich eine interessante Figurengruppe. Ein kleines Kind reitet auf einem Delphin. Es soll an eine Sage aus der Antike erinnern, in der ein Knabe Freundschaft mit einem Delphin geschlossen hatte, und diese Freundschaft von Mensch und Tier hielt bis in den Tod. Die Geschichte einer unzerstörbaren Treue. Die harmonische Gemeinschaft und tiefe Verbundenheit von Mensch und Natur. Aus dem Maul des Delphins floss reines Wasser, das eine weibliche Figur empfing. Sie schien dadurch belebt zu werden, erfüllt von neuem, reinen Geist. Im Kirchenführer wurde die Figur als „Mutter Erde" gedeutet, Franz empfand sie eher als androgyn. Für ihn könnte sie den ganzen Menschen, also Mann und Frau gleichermaßen, repräsentieren. Lass dich erfüllen vom heiligen Geist, das schien die Botschaft zu sein. Sei bereit, den Geist zu empfangen. Spüre den göttlichen Strom der Inspiration.

Lass dich erfüllen vom strömenden Wasser der Weisheit.

Dafür musste man still werden, sozusagen ganz auf Empfangen schalten, was bei der vollen Kirche nicht leicht war. Franz saß einfach still da und ließ die nervösen Menschen hin und hergehen. Je länger er einfach so saß und kontemplierte, desto mehr registrierte er das nervöse Suchen und Laufen. Es störte ihn aber nicht, er stellte es nur fest, während er ganz auf Empfangen eingestellt war. Es war halbwegs still, denn es wurde keine laute Kirchenführung durchgeführt, was Franz immer als unpassend empfunden hatte. Und dort oben sehen wir das silberne Lamm – und das in einer großen Lautstärke geradezu gerufen. Franz musste innerlich sanft lächeln. Ein Spiel. Alles nur ein Theaterspiel. Jetzt war es halbwegs still, und er

124

konnte sich auf das innere Lamm, das innere Leuchten konzentrieren. Die Leute kamen, die Leute gingen, sie setzen sich mal kurz, standen wieder auf, und verschwanden wieder. Sie verschwanden im Leuchten des Himmels. In der universellen Ganzheit des Leuchtens verloren die einzelnen Details, die einzelnen Figuren ihre Abgegrenztheit, lösten sich irgendwie auf, wenn sie auch dablieben und sich der Geist zu jeder Zeit wieder auf sie fokussieren konnte, wenn er es wollte. Beides war gleichzeitig vorhanden, die einzelne Figur und die Auflösung im gelben Licht der Erleuchtung, in der göttlichen Sonne über dem Chor.

Im Vorraum der Kirche, dann auf dem Weg neben dem Restaurant und vor allem unten auf dem Parkplatz fiel ihm wieder der Rummelplatz auf. Die Menschen lieben den Rummel, so oder so, hier eben mit Kunst und Spiritualität, dachte Franz. Wie schön wäre es, wenn es kein ständiges Gerede, kein Herumgelaufe gäbe, wenn es ein Ort der Stille wäre. Aber es war eben eine Touristenattraktion, und damit ein Rummelplatz. Möchten sie noch ein Bier? Möchten sie noch eine Weihekerze? Er wollte hier nur schnell wieder fort. Es trieb ihn wieder fort.

Er suchte die Stille, er suchte die Leere.

16. Die Kraft der Stille – Steingaden, Rottenbuch

Es war wieder einer der unerträglich heißen Tage. Auf dem Parkplatz bei der Wieskirche war Franz der große Rummel aufgefallen und er hatte schnell die Flucht ergriffen. Er suchte die Stille.

Und er fand sie in der Kirche St. Johannis in Steingaden. Gleich in der ersten Kapelle, die rechts neben dem Weg zur Hauptkirche lag, fand er einen kühlen, stillen und andächtigen Raum. Es war wie der Eintritt in eine andere Zeitdimension. Die steinerne Marienfigur kam aus einem anderen Zeitalter – und der ganze Raum strahlte das aus.

Bevor er die Hauptkirche betrat, besuchte er eine Nebenkapelle, in der eine wohl neuere, aber sehr schön gearbeitete Marienfigur stand. Franz fühlte sich von der Figur angesprochen, besonders von ihrem meditativen Gesichtsausdruck. Sie war ins Gebet versunken und hatte eine sehr edle Ausstrahlung. Im Gegensatz zu der Figur war der Raum alt, sehr alt. Franz liebte alte Räume, wenn sie ihn mit anderen Zeiten verbanden, die er sich als spiritueller vorstellte als die Zeit, in der er lebte. Natürlich sagte ihm

125

sein Verstand, dass es auch vor Jahrhunderten Verbrechen und Brutalität in allen Formen gab und dass die Religion nicht unbedingt spirituell und kontemplativ war. Aber es ging ihm nicht um historisch korrekte Bewertungen, sondern um seinen Traum von einer anderen Zeit, einer anderen Welt. Franz wünschte sich eigentlich eine andere Welt.

Wenn er in einer Kapelle wie dieser saß und betete, dann spürte er sie, die andere Welt, die Möglichkeit eines anderen Lebens, nicht nur seines eigenen, darum ging es ihm nur zum Teil, sondern die Möglichkeit einer anderen Kultur, einer Kultur der Stille, der Kontemplation – und eben nicht der intellektuellen, technologischen, wissenschaftlichen und vor allem wirtschaftlichen Konkurrenz. Er träumte von einer Kultur der stillen Versenkung. Selbst in spirituellen Kreisen gab es das Leistungsdenken, gab es das Konkurrenzdenken, wie weit jemand war, wie wissend und wie weise. Da ging es leider oft auch nur um besondere Aufgaben und hohe Positionen – und wieder um Macht, die dann geistige Macht hieß. Franz hatte ein feines Gespür dafür. Wie ein Luchs roch er das Faule im Fleisch, das Gift im System. Wenn die Tiere reden könnten, wenn die Bäume reden könnten! Was würden sie uns erzählen vom falschen Gehabe und Getue des Menschen? Was würden sie uns erzählen von der Heuchelei, dem Geschäft mit den falschen Gesichtern? Was würden sie uns erzählen, von der großen Krankheit, dem Aktionismus auf allen Ebenen, in allen Bereichen der Gesellschaft? Die Stille der Tiere und die Ruhe der Bäume kommen aus einer anderen Welt.

Hier war sie, die andere Welt. Hier war nur Stille. Die Stille der Steine und des einsamen Gebetes. Hier war sie die Kühle des Raumes, die Kühle des Geistes. Die Hitze war draußen. Die Hitze des Sommers, die Hitze des Feuerklimas der kommenden Zeit, die das Resultat des wilden Feuers in den Köpfen war, das die Wälder zerfraß. Hier war sie, die sanfte Stille der Mutter. In der Hauptkirche entdeckte Franz ein schönes Bild mit einer blauen Madonna, einer kobaltblauen, die dem Menschen ein Geschenk gab, das Geschenk der Meditation. Sie schenkte eine Gebetskette, den Kranz der Rosen, den Kranz der Juwelen, sie schenkte den Weg in die Tiefe, ins Sein.

Suche die Stille.

Suche das Sein.

Maria war für Franz das andere Modell des Menschen. Sie war der demütige, kontemplierende Mensch, der sich in seiner Versenkung mit dem Göttlichen verband, durch den Weg des Meditierens. Sie war für ihn die Mutter der Mystik.

126

Auf seinem weiteren Weg besuchte Franz kurz eine Kirche, Mariä Heimsuchung, aber da der Kirchenraum durch ein großes Gitter abgesperrt war, blieb er nicht lange. In Norddeutschland waren die meisten Kirchen geschlossen. Es kamen ja auch keine Besucher, keine Menschen, die beten und kontemplieren wollten. In Bayern war das anders, aber auch hier gab es Kirchen wie diese, wo man nur durch ein Gitter das Innere betrachten konnte. Franz mochte das überhaupt nicht und setzte schnell seine Fahrt nach Rottenbuch fort.

Die Hitze war allmählich unerträglich. Hemd und Hose klebten an seinem verschwitzten Körper. Wie wohltuend war die Kühle der ehemaligen Augustinerchorherrenkirche. Die Fülle der Formen, Bilder und Skulpturen war überwältigend. Wohin sollte das Auge sich wenden? Worauf sollte sich der Geist konzentrieren? Franz genoss erst einmal die Kühle und Stille der Kirche. Eine alte Stille der Jahrhunderte.

Die gotische Madonna fand er sehr liebevoll. Sie hielt ein goldenes Ei in der rechten Hand. Das Ei der Herzensweisheit. Das Christuskind war schon älter, hatte die Weisheit des Kleinkindes, wie ein tibetischer Tulku, dachte Franz. Es hatte beide Arme ausgebreitet, einladend, gebend mit der linken Hand und segnend mit der Rechten. Was für eine schöne und tiefe Gestik. Während Maria meditativ versunken war, suchte ihr Kind die Gemeinschaft mit dem Betrachter.

In der Stille entsteht das Mitgefühl. In der Stille ruht die Weisheit des Herzens, die Weisheit des Lebens.

Nichts scheint dem Menschen so schwierig zu sein wie die Stille, dachte Franz, selbst vielen spirituellen Menschen, selbst mir. Nichts mehr zu tun, nichts mehr zu wollen, nichts mehr wollen zu müssen. Die sitzende gotische Muttergottes neigte den Kopf nach rechts. Zwar waren ihre Augen offen, aber sie blickte nach innen. Sie war ganz in der Stille des Seins. So konnte sie behutsam ein goldenes Ei in der rechten Hand halten. Sie war eine wahre Königin, eine Königin der Innerlichkeit und der Versenkung.

Franz träumte von einer Welt der Stille. Wenn eines Tages der ganze technologische Wahnsinn und die Klimakatastrophe vorbei sein werden, wenn die Menschen endlich erkennen, wie irrsinnig eine auf Gewalt gegen Menschen und Natur gegründete Kultur ist, dann werden sie die Stille verstehen. Im großen Gelärme ist das kaum möglich. Im großen globalen Konkurrenzgerangel ist das gar nicht möglich. Sie müssten ihre ganze Maschine einmal anhalten. Keine Flugzeuge fliegen lassen, keine Züge, keine Zeitungen, keine Aktionen, keine Autos, kein Fernsehprogramm, nichts, ein paar Tage nichts, aber das wird wohl erst nach dem ökologischen Kollaps eintreten.

Franz träumte von einer Welt der erfüllten Stille. Die Stille der Steine und der Bäume. Die Stille der Sterne der Nacht. Die Stille eines Sees in den Bergen.

In der Nähe der Kirche gab es einen Gasthof, den Franz aufsuchte, um etwas Kühles zu trinken. Sein Körper verlangte danach. Er setzte sich so, dass mit dem plätschernden Brunnen des Biergartens im Rücken auf die Immaculata blicken konnte, die sich auf einer Säule unter großen Linden befand. So las er ein wenig im Kirchenführer und betrachtete die Madonna der Reinheit.

Anlagen wie diese findet man viele in Bayern. Große, alte Bäume, Linden, Bänke und im Zentrum die Mutter, im Zentrum Santa Maria. Wie armselig sind doch Plätze, bei denen es kein spirituelles Zentrum gibt, oder wenn in der Mitte eines dieser modernen, rostigen Kunstwerke steht. „Ich liebe das Alte und Schöne", sprach Franz zu sich selbst. „Ich liebe das Edle und Sinnvolle."

„Na, Sie sind sicher ein Romantiker", sprach ihn ein Herr vom Nachbartisch an.

„Woran merkt man das", wollte Franz wissen.

„An Ihrem Gesicht. Und wie Sie die Immaculata betrachten. Aber denken Sie nicht, dass ich das ablehne, ganz im Gegenteil. Es bedeutet ja, dass man sich eine andere Kultur sich vorstellt und anzielt als die der Einkaufszentren und der Vergnügungsparks."

„So ist es. Eine Kultur der Stille."

„Die in heutiger Zeit keiner versteht."

„Warum meinen Sie", wollte Franz wissen.

„Ganz einfach, weil der Lärm die Welt regiert. Wir müssen da nicht an die großen Flugplätze denken, an die Autobahnen oder Schnellzüge. Denken Sie an die Rasenmäher in jedem Dorf, die heulenden Trimmer und die Kettensägen in den Wäldern. Selbst die Kirche muss dauernd mit ihren Glocken bimmeln. Wo ist es schon wirklich still, wo bleibt es wirklich still? Meistens ist es nur eine kurze Phase, und dann kommt wieder der Lärm. Wer hält die Stille aus? Wer das Schweigen?"

„Da haben Sie recht. Ich selbst schweige gern, wenn ich auch über alles reden kann, aber spätestens nach zwei Stunden schweige ich lieber. Viele Leute können das nicht verstehen. Sie wollen immer endlos reden."

„Ja, so ist es. Damals, zur Zeit der Romantiker, gab es noch mehr Stille und Abgeschiedenheit. Wir können uns das im Grunde heute gar nicht mehr vorstellen, wie es an einem Ort wie diesem vor 200 Jahren war. So wie wir uns die Welt mit richtiger Luft nicht mehr vorstellen können, denn das, was wir da heute atmen, atmen müssen, ist doch keine Luft mehr. Sicher gab es auch damals viel Dreck und Lärm, nach Urin und Fäkalien stinkende Gassen und mit Peitschen knallende Kutscher zum Beispiel, dennoch gab es eine andere Stille als heute."

„Vielleicht wird es eines Tages wieder mehr Stille geben", meinte Franz.

„Das kann gut sein. Wenn das Zeitalter des Materialismus vorbei ist. Wenn die große Seifenblase der Hemmungslosigkeiten und Gottlosigkeit zerplatzt sein wird."

„Wann glauben Sie wird das sein?"

„In ein paar Jahrhunderten erst. Wir werden das nicht erleben. Wir können uns nur heute in die große Stille versenken. Gehen Sie nochmals in die Kirche, seien Sie einfach nur möglichst lange still."

„Danke für den Rat." Sie nickten einander freundlich zu, wissend um den gemeinsamen Weg.

Nachdem Franz sein Essen und sein alkoholfreies Weißbier der Marke „Franziskaner" bezahlt hatte, ging er nochmals in die Kirche, setzte sich vor die gotische Muttergottes – und war nur still.

In der Stille erfährst du das goldene Licht.

17. Das heilige Tal – Wallgau, Krün

Schon seit vielen Jahren war das Tal zwischen Wallgau und Krün für Franz ein heiliges Tal. Es war zwar, wenn man vom Krepelschrofen nach Süden blickte, überbesiedelt und der künstliche Isarkanal gefiel ihm schon gar nicht, dennoch war es ein Tal des Lichtes und des Erleuchtungsgeistes. Wenn er zwischen Wallgau und Krün über die Wiesen lief, wenn er sich umschaute, hinauf zu den umliegenden Bergen, dann spürte er es. Gleichzeitig registrierte er die Schattenseite. Es gab längst zu viele Häuser, die beiden kleinen Städte waren längst zu groß geworden, aber es war immer noch sehr schön und er konnte die offene Weite genießen, den weiten Blick, der auch seinen Geist offen und weit machte.

Der Blick nach Süden zur Arnspitze war wie der Blick in eine andere Di-

129

mension. Ob das nun „real" war oder nicht, darüber dachte der Romantiker Franz nicht nach, er gab sich ganz seinem Gefühl hin, seiner tiefen Sehnsucht nach einer anderen, vom Geist bestimmten Welt, die er überall suchte – und auch fand.

In Wallgau stand die Kirche St. Jacob, die Franz bei seinem ersten Besuch als sehr düster empfand, ebenso die beiden Rentabelgemälde auf der linken und rechten Seite. Das zentrale Altargemälde konnte ohne Beleuchtung kaum erkannt werden. Eine Figur der Maria entdeckte er in der Kirche nicht. Auf den zwei Gemälden war sie aber zu sehen, auf dem linken im Kreis der heiligen Familie, auf dem Gemälde des rechten Seitenaltars wurde das stehende Jesuskind von den heiligen drei Königen angebetet. Beide Gemälde drückten für Franz den Stolz der Mutter aus. Den Stolz und das innere Wissen, mit dem göttlichen Geist ganz verbunden zu sein. Das mag der strahlende, achtzackige Stern des rechten Gemäldes besonders zum Ausdruck bringen. Stolz auf göttliche Weisheit zu sein ist keine egoistische Haltung, sondern eher das Wissen um die Verbindung zur göttlichen Dimension, die Aufgabe im Leben genau zu kennen. Die Mutter ist stolz auf ihr Kind, jede Mutter ist es, oder sollte es sein. Maria ist stolz auf Jesus. Es mag eine Trivialität sein, dachte Franz, aber dahinter steckt mehr, viel mehr. Das Wissen um die göttlichen Möglichkeiten des Menschen, die er realisieren sollte und kann, jeder Mensch, weil jeder das Christusbewusstsein oder die Buddhanatur in sich hat und in sich zur Entfaltung bringen muss, wenn sein Geist weit und offen werden soll wie dieses Tal hier.

Franz erinnerte sich an seine Mutter, an ihren Stolz, damals, vor vielen Jahren, als er geboren worden war, nachdem seine Mutter mehrere Fehlgeburten gehabt und sich unendlich auf ihn gefreut hatte. Franz erinnerte sich an ihr Gefühl der Erleichterung. An ihr Gefühl der Erfüllung durch ein gesundes Kind, aus dem ein Mensch, ein „Ebenbild Gottes", wie es so heißt, werden kann, indem es sich gut entfaltet und menschliche Vollendung anstrebt. Die Kräfte des liebenden Herzens zur Entfaltung bringt.

Oberhalb der beiden Seitenaltäre befand sich jeweils ein rotes Herz in einem goldenen Strahlenkranz: das Herz von Maria auf der linken, und das von Jesus auf der rechten Seite. Die Ausstrahlung der Herzenskraft. Die Ausstrahlung des inneren, göttlichen Stolzes.

Solche Bilder stellen nicht nur eine alte Geschichte dar, die mit unserem Leben nichts mehr zu tun hat, dachte Franz, im Gegenteil, es betrifft unser eigenes Leben ganz konkret. Woran hängt dein Herz? Wo ist dein Herz? Bringe dein Herz zum Strahlen. Das schien die Botschaft an jeden zu sein. Kultiviere und entwickle deine Herzenskraft. Sei offen. Sei weit. Das ist keine Fähigkeit, keine Kompetenz für den ökonomischen Wettbewerb, sondern hier geht es nur um echte, um real gelebte Menschlichkeit, um Mitgefühl und Weisheit, um Liebe, um Nächstenliebe in allen Bereichen des Lebens. Das Herz von Maria, das Herz von Jesus, das Herz der liebenden Mutter, das Herz des liebenden Sohnes – gibt es einen Unterschied? Sollen und müssen wir das unterscheiden? Kann ein spirituelles Herz überhaupt unterscheiden, ist es nicht der Verstand, der vielleicht Unterschiede sehen will, weil er eine Ordnung, ein System und eine Hierarchie braucht?

Es gibt nur eine Herzenskraft, eine Form echter Herzlichkeit, ob wir nun einen christlichen oder einen buddhistischen, einen indianischen oder hinduistischen Begriff verwenden. Damit sollte mal Schluss sein, dachte Franz. Nennen wir es caritas und nehmen das als Weltbegriff. Warum nicht? Warum sprechen die Buddhisten in unserer Kultur immer von Mitgefühl statt von Nächstenliebe? Meinen sie etwas anderes?

Schon eigenartig, dass sie hier über den Seitenaltären zwei Herzen aufgehängt haben, von denen Strahlen aus Gold, Sonnenstrahlen, ausgehen, dachte Franz. Wer würde in heutiger Zeit auf so etwas kommen?

Ach, eine ihr Kind liebende Mutter ist ganz Liebe – und damit gut. Sie benötigt keine Begriffe und keine Erklärungen. Irgendwie ein Männerproblem: alles mit unterschiedlichen Begriffen erfassen zu wollen, als wenn es darum ginge, wo es doch einzig und allein um die gelebte Liebe geht.

Das Altarbild von Jacobus, dem Apostel mit Pilgerstab und Buch, gefiel Franz nicht besonders. Es wirkte statisch und deprimierend auf ihn. Kein leichtes Herz. Aber darum ging es nicht, sondern um die Symbolik des Patrons der Pilger, der Krieger und Lastträger, wie es heißt. Der Beschützer der Menschen, die unterwegs zu einem heiligen Ziel sind, die sich dafür wie ein geistiger „Krieger" einsetzen und alle Mühen und Lasten auf sich nehmen, vielleicht kann man es auch so sagen.

Immer bleibe ich unterwegs, auch wenn dies Tal für mich seelische Heimat ist, und ich hier angekommen bin. Dennoch, weil das Leben ein Fluss ist und bleibt, so bleibe auch ich unterwegs, für immer, bin und bleibe der Pilger zur heiligen Mutter. Santiago ist nicht zu erreichen – es gibt nur eine Vielzahl von Stationen. Der Weg ist das Ziel, wie es heißt. Auf dem Weg sein, auf dem Weg bleiben, im Herzen die Mutter, die eigene und die kosmische, unterwegs nach Hause.

Die kleine Jacobsfigur auf dem linken Seitenaltar mit dem grünen Hut gefiel Franz sofort. Sie sprach zu seinem Herzen. Er fühlte Resonanz, fühlte Ähnlichkeit.

131

Auch so ein komischer Vogel, dachte er.

Einer der „Donnersöhne", wie es heißt. Einer der ersten Märtyrer, der für seine Überzeugung sterben musste. Der Märtyrer, ein unzeitgemäßer Typus für die heutige Zeit. Oder doch nicht? Für Wahrheit und Wissen in den Tod gehen, den Tod erleiden – warum das, wird sich heute mancher fragen. Denken wir an diktatorische Systeme, dann liegt es nicht so weit weg, wie man auf den ersten Blick meinen könnte. Viele Systeme sind diktatorisch gewesen, und sind es heute. Immer wollten sie das kaschieren, so tun, als wären sie nicht diktatorisch, sondern das Beste für die Menschen.

Vielleicht, so dachte Franz, gibt es viele „Märtyrer", die nicht bekannt sind, weil sie mehr im Verborgenen für ihre Wahrheit leiden und im schlimmsten Fall in den Tod gehen. Keiner weiß es, keiner erkennt es an. Wen interessiert auch der kleine Märtyrer in einem Krankenhaus, wenn er nur Pfleger ist oder Krankenschwester? Die Großen zu bewundern, das ist leicht, und wird von Organisationen und Medien unterstützt. Die großen Märtyrer der christlichen Geschichte sind Helden des Glaubens, die anderen vielleicht eher arme Verrückte, oder sogar nur Ketzer und Hexen. Ach, diese Bewertungen, dachte Franz, ich mag sie eigentlich alle nicht mehr, nur steckt es tief in uns allen, zu bewerten, zu sagen, wie großartig – oder wie dumm und sinnlos.

Ein geistiger „Krieger" sein, auch so eine Bezeichnung, die man hinterfragen kann. Krieger, Kämpfer, Streiter – immer geht es um den Gegensatz zwischen zwei Lagern und Richtungen. Immer ging es in der Geschichte darum, bis in die heutige Zeit, wo die einen weiter eine Welt der Wirtschaft, des Gewinns, der Ausbeutung, des Konsums wollen – und die anderen eine menschliche Welt, eine ökologisch-ganzheitliche, eine spirituelle. Mittendrin sind wir in diesem Gegensatz, und er ist noch lange nicht zuende.

Es gibt sie leider auch in heutiger Zeit, die Märtyrer, die als Franziskaner in der Dritten Welt für eine soziale, ökologische und gerechte Ordnung arbeiten. Menschen, die ihr ganzes Leben voll und ganz einsetzen. Weil dies gewissen Mächtigen nicht gefällt, werden sie sogar ermordet, wenn andere Maßnahmen sie nicht zum Aufgeben bringen.

In der Zeitschrift FRIEDE UND HEIL las Franz einen Artikel über die beiden polnischen Patres, P. Zbyszek Stralkowski und P. Michal Tomazek, die als Missionare in Peru für soziale Projekte tätig waren. Sie werden als „Märtyrer" bezeichnet und im Gebet um ihre Seligsprechung ist von der „Palme des Martyriums" die Rede. „Am 9. August 1991 wurden sie in Pariacoto zu Märtyrern des Glaubens und der Caritas."

132

Manchmal reichte Franz auch ein Foto von Menschen, und er spürte und fühlte deren schweren Lebensweg, das Tragische ihrer ganzen Existenz. Das war für ihn nicht immer leicht zu ertragen, so dass er das Foto schnell wieder weg legen musste. Er konnte ohnehin nichts ändern, war ohne jeden Einfluss. Das Bild in der Kirche St. Jacob war für ihn nur ein Bild, welches das Schicksal des Märtyrers nicht zum Ausdruck brachte, steif und stramm stand Jacobus im Bild, aber das Foto der beiden polnischen Märtyrer der heutigen Zeit hingegen berührte seine Seele.

Warum, oh heilige Mutter, lässt Du es zu, dass Deine Söhne so enden, von Maria bis hin denen der heutigen Müttern? – immer wieder fragte sich Franz dies. Warum enden Söhne, die Dich wahrhaft lieben, oft auf grauenhafte Weise?

Auf den Bildern in der Kirche wird das Kind als nacktes, unschuldiges, reines Wesen präsentiert, als göttliches Menschkind dem Betrachter gezeigt, auf den beiden Gemälden mit Maria, und auf dem Gemälde im Langhaus mit dem Heiligen Antonius. Am Ende des Weges mag dann ein schlimmer Tod stehen. So bleibt die Hoffnung auf die himmlische Erlösung.

„Ein Ansporn zum Bleiben war für uns auch die Glaubenskraft der Mutter von P. Michal. Als sie die Nachricht vom Tod ihres Sohnes erhielt, kamen viele Journalisten zu ihr. Die Mutter war traurig und fassungslos. Doch am Ende des Interviews sagte sie: „Ich habe meinen Sohn dem Orden übergeben. Jetzt ist nur das geschehen, was Gott wollte. Wenn er meinen Sohn zu sich holt, so ist es sein Wille."

Später konnte die Mutter nach Peru reisen und das Grab ihres Sohnes in Pariacoto besuchen. Die Menschen dort waren über ihr Kommen verwundert. Noch mehr staunten sie, dass sie nicht von Schmerz überwältigt, auftrat, sondern unbelastet und liebevoll auf die Menschen zuging und sie umarmte. Sie ließ ihnen dolmetschen: „Ja, das war mein Sohn. Gott wollte es so. Das genügt mir."

Man kann sagen: die Mutter hat sich in dieser Situation wie eine Heilige verhalten. Vor einem Jahr ist sie gestorben. Der Kardinal von Krakau, Franciszek Macharski, war bei der Beerdigung und siebzig Ordenspriester. Sie hat einen bleibenden Eindruck hinterlassen. Die Leute haben gespürt, welch großes Herz sie hatte." (Friede und Heil, Nr.2, 2007, S.22-23)

Da ist es wieder: das große Herz, das große Herz der Mutter, dachte Franz. Man muss tief in seiner Spiritualität verwurzelt sein, um so zu denken, zu reden, um so zu sein. Atheistische Menschen würden ihren Zorn auf die Killer zum Ausdruck bringen, Psychologen würden es vielleicht als Verarbeitungsmethode bezeichnen, um ein positives Gefühl zu erhalten, und Menschen, die alles aus der Distanz der Denker betrachten, hätten wohl nur ihre Skepsis.

Aber das nackte, unschuldige Kind soll doch wohl die Botschaft von der Göttlichkeit des Menschen vermitteln, und dass jeder Mensch die Aufgabe hat, diese in seinem Leben zu realisieren, indem er ein guter Mensch wird, indem er den Geist der ewigen Weisheit im Leben umsetzt, jeden Tag und überall.

Als Franz draußen um die Kirche herum ging, warf er einen kurzen Blick in das sogenannte Beinhaus, außerdem in die Lourdesgrotte. Er ging über den Friedhof und schaute zu den Bergen im Süden. Eine große Linde oder einen anderen großen Baum suchte er vergebens. Es gab keinen. Vielleicht waren sie alle abgesägt worden, er wusste es nicht. Bei vielen Kirchen fand er oft einen starken, kraftvollen, alten Baum – hier aber nicht.

In welcher Beziehung steht die Kirche St. Jacob zu den umliegenden Bergen? In welcher Beziehung zum Tal, zum Fluss Isar? Gab es mal eine – oder gibt es für die heutigen Menschen eine? Oder ist beides strikt voneinander getrennt, die Kirche und die Natur; die Welt der Spiritualität und die Welt der Felsen, der Wälder und des Wassers.

Es wurde Franz wieder schmerzlich bewusst, dass es im Christentum keinen richtigen Bezug zur Natur gab und gibt. Sie ist und bleibt wohl das Fremde, das man eigentlich nicht mag, das man überwinden will. Die Schlange muss überwunden werden. Der Drache muss getötet werden. Die Natur ist der wilde Wald, die unberechenbaren Berge, das gefährliche Wasser, das alles schnell zerstören kann. Wenn die Sonne scheint, dann ist das Tal idyllisch, aber wenn der große Regen kommt, dann ist es schnell vorbei mit der Idylle. Vielleicht hat niemand in der Vergangenheit so intensiv naturbedingte Zerstörung erfahren, wie die Menschen in den Bergen. Jetzt, in der Zeit der Klimakatastrophe erfahren es mehr und mehr Menschen. Überflutete Landstriche in England, brennende Wälder in Griechenland. Dabei vergisst man nur zu schnell, dass in diesem Fall das Handeln des Menschen die Ursache ist, und nicht die wilde, böse Natur.

Die spirituellen Systeme der Welt sollten Wege einer Versöhnung von Mensch und Natur zeigen, sie sollten eine positive Einstellung zur ganzen Natur entwickeln. In einer kleinen Kirche wie St. Jacob könnte sich das eines Tages irgendwie zeigen, sei es durch neue Bilder oder eine neue Statue.

Überall in den Kirchen, die Franz besuchte, fand er Broschüren über den christlichen Glauben. Darin war auch von der Schöpfung die Rede, dass Gott den Himmel und die Erde geschaffen habe, dass er die Liebe sei und dass er ein Paradies geschaffen habe.

„Der ganze Kosmos, Materie und Energie, Raum und Zeit haben ihren Grund in Gott. Alles was ist, existiert, weil Gott es will. Ohne seinen Willen ist nichts."

„Liebe zeugt Leben: Biologisch, seelisch und geistig. Auch Gottes Liebe ist schöpferisch. Gott ist wie Eltern, wie Vater und Mutter. ...Gott legt einen Garten an, ein Paradies, in dem der Mensch zuhause sein soll und sich entfalten kann. In diesem Garten gehen Gott und Mensch unbefangen miteinander um. Sie begegnen einander und sprechen miteinander."

„Misstrauen und Angst störten von Anfang an die Beziehung zwischen Gott und Mensch. Darunter leidet in Folge die ganze Schöpfung."

„Für viele ist das Leben die Hölle. Keine Spur von Paradies. Sie erleben, wie der von Gott geschaffene Lebensraum von seinen eigenen Geschöpfen zerstört und ruiniert wird. Menschen quälen und beuten ihre Mitkreaturen, die Tiere, aus, und zerstören aus Gewinnsucht und Überheblichkeit die natürlichen Grundlagen allen Lebens. Dies erleben und erleiden auch Christen. Sie schauen auf Jesus. In ihm zeigt Gott, wie er sich eine menschliche Welt und den Weg dorthin vorstellt." (Was Katholiken glauben, S.17-18)

Dem kann ich nur zustimmen, dachte Franz. Ich könnte es allerdings auch wieder ein wenig kritisieren. Aber wozu? Wenn die Menschen in der Natur den göttlichen Geist sehen, dann müssten sie eine respektvolle, liebevolle, ehrfürchtige Haltung haben, und dann gibt es keine Differenz zu dem Indianer, der zum Großen Geist und zu Mutter Erde betet, absolut keine. Es sind nur begriffliche Differenzen, die nichts bringen, die nur den Abgrenzungsbedürfnissen des Verstandes dienen.

„Liebe ist immer kreativ, Liebe lebt von der Begegnung, vom Gegenüber, von der Ansprache, von der Berührung, von der Möglichkeit zu schenken und beschenkt zu werden." (Was Katholiken glauben, S.17)

Der indianisch denkende und lebende Mensch bezieht dies auf alles, nicht nur auf menschliche Begegnungen, sondern auch auf die zwischen Mensch und Tier, Mensch und Pflanze, Mensch und Baum und Berg.

Misstrauen und Angst, davon ist in dem Text die Rede. Enge, einengende Gefühle, die Grenzen schaffen, die nicht weit und offen sind wie die universelle Liebe, die in diesem Tal und den umliegenden Bergen ein Paradies sehen kann – und die Aufgabe es zu hüten, es im Sinne der Natur zu entfalten, damit es ganzheitlich, ökologisch, ausgewogen, schön und harmonisch ist.

Wenn alles seinen Grund in Gott hat, dann sollte man alles mit Ehrfurcht und Respekt behandeln. Es werden sich allerdings schnell wieder die ökonomischen Interessen melden, und das sind immer Ego-Interessen. Die Hotelbesitzer wollen ihre Profite machen. Die Bauern ihre Kühe und ihre Milchprodukte verkaufen. Die Gemeinde will Parkplatzgebühren einnehmen. Und so weiter. Es ist eine Welt der Vermarktung, keine von spiritueller Praxis geprägte Welt. Sie wollen alle ihre Geschäfte machen. Sie lieben letztendlich ihre Geschäfte mehr als die Schöpfung oder Gott – und damit sind wir wieder bei den „Heuchlern", von denen schon in der Bergpredigt die Rede ist, schon dort, schon damals.

Da alles eine Frage der Vermarktung ist, schaute Franz manchmal, wenn er durchs Dorf ging, alles aus dieser Perspektive an. Die schönen Häuser mit den Blumenkästen – eben für die Touristen, also für die Vermarktung. Aber sie wollen sicher auch die Schöpfung und das Leben feiern.

Franz hatte seine spirituellen Plätze außerhalb des Dorfes, im Isartal, in den Bergen. Dort trommelte und betete er zu Mutter Erde für eine neue Harmonie von Mensch und Natur. Dort sang er seine Lieder für die neue Erde. Für Franz war das ursprüngliche Isartal das Paradies. Hier hatte er seine Kultplätze in der wilden Natur. Hier legte er seine Harmonieräder aus Steinen und Hölzern, die bei den Indianern Medizinräder heißen, weil sie das Leben, die Erde und die Welt heilen. Balance und Harmonie schaffen, darum ging es, in der eigenen Seele und in der ganzen Welt. Gelebte Wahrheit und Weisheit.

Die Mutter Gottes war für ihn die Mutter der Ganzheit, die ganze Natur, die universelle Liebe und Schönheit des Lebens – er konnte und wollte da nichts mehr unterscheiden. Wie die ganze Landschaft einen großen zusammenhängenden Raum bildete, so war in seinem Kopf und in seinem Herzen ebenfalls alles miteinander verbunden. Die Mutter will nicht herrschen. Immer wieder ist in den Texten vom „Herrscher" die Rede. Das gefiel Franz überhaupt nicht, denn für ihn musste das Herrschen endlich überwunden werden. Im Kreis der Mutter herrscht keiner mehr. Wenn es um die universelle Liebe geht, dann gibt es keinen Herrscher mehr. Herr, Herrscher, Herrlichkeit – das sind Wörter der Macht. Das Paradies ist erst zu erreichen, wenn die Macht und das Herrschen überwunden werden. Das Paradies der Mutter liebt die Vielfalt, den großen, weiten Kreis des Lebens.

Jesus war kein Herrscher im üblichen Sinne, aber immer noch denken die Menschen in den üblichen Begriffen von Macht und Herrschen, weil sie selbst so sind, weil sie es selbst wollen. Die Politiker, die Lehrer, die Manager, alle sind sie besessen von Macht. Position, das heißt für sie Macht. Wissen, das heißt für sie Macht. Geld, das heißt für sie Macht. Und so ist Gott für sie vor allem erst einmal der Große Herrscher, der Allmächtige.

Im Kreis des Lebens gibt es keinen Herrscher. Der Kreis der Natur kennt nur das Miteinander aller Wesen, der Kreis der Menschen kennt nur Gleiche. Das Paradies ist der Kreis der Harmonie, der harmonischen Gegensätze, die sich im Gleichgewicht befinden, wie Sonne und Mond, wie Tag und Nacht, wie Mann und Frau, wie Leben und Tod.

Im Grunde ist es so einfach, dachte Franz. Im Grunde ist es längst da, war immer da, wird immer da sein, nur verborgen, versteckt, wie in diesem Tal des grünen Flusses. Wir müssen es nur sehen, und leben wollen.

Die Mutter ist der Kreis der Liebe.

Im Kreis der Liebe ist alles miteinander verwoben, gleichberechtigt. Alle Gegensätze sind darin aufgehoben. Der Adler ist nicht besser oder größer als die Maus, denn der eine ist nicht ohne die andere. Die Berge sind nicht ohne das Tal, das Tal nicht ohne die Berge. Alles ist wichtig, alles hat seinen Sinn, alles gehört zum großen, umfassenden Sinn. Die Mutter weiß es, denn sie ist alles.

Die Mutter ist der grüne Kreis des Lebens.

In Krün besuchte Franz die dem heiligen Sebastian und dem Heiligen Rochus geweihte Kirche. Im Kirchenführer las er die folgenden Zeilen:

„Wir müssen den Weg der Liebe zum Nächsten gehen, uns ist die Sorge um die Armen und Notleidenden aufgetragen. Das lehren auch der hl. Sebastian und der hl. Rochus. Sie sind Vorbilder auf den Wegen zu Gott. Und nicht zuletzt Jesus ist uns dazu ein Vorbild, wie es zentral zum Chor hin an der Decke gezeigt wird. Er wäscht den Jüngern die Füße. Er zeigt damit, daß er nicht gekommen ist sich bedienen zu lassen, sondern um zu dienen."

Die wahre Gemeinschaft, der wahre Kreis der Menschen. Die Strukturen der Macht sind überwunden, es gibt sie nicht mehr. Es gibt nur das liebevolle Miteinander von Gleichen. Es ist ein Vorbild, ein Ideal, ein Ziel, aber das einzig sinnvolle in der heutigen Zeit des exzessiven Egoismus, der sich Globalisierung nennt. Die Pest der heutigen Zeit, das ist die allmächtige Wirtschaft, das ist die Sucht und die Gier nach immer mehr Macht und Geld und Konsum. Die Pest der heutigen Zeit ist auf der Erde der ausgebrochene Wahnsinn. Das sind die Überschwemmungen, die brennenden Wälder, das zugebaute Land, die Überbevölkerung, die Vermassung und die totale Vermarktung. Die Pest ist überall, nicht zu übersehen. Jede Nachrichtensendung im Fernsehen ist voll davon.

Die spätgotische Figur des Hl. Sebastian im Chor zeigt einen königlichen Sebastian, einen „Herrscher", wenn man so will. Er hat das Leiden, das Martyrium überwunden. So trägt er drei Pfeile in der linken Hand, sie stecken nicht mehr in seinem Körper. Aber noch sind wir nicht so weit. Noch bin ich nicht so weit, dachte Franz. In mir stecken sie noch alle, die Pfeile, mein Martyrium ist noch nicht beendet, es dauert noch an. So passt die kleine Figur vor dem Antoniusaltar besser zu mir. Sie spiegelt meine Situation wider. Ich leide noch. Ich werde weiter leiden, weil die Klimakatastrophe nicht vorbei ist, sondern erst begonnen hat. Es gibt somit kein Ende des Leidens, vielleicht in 200 Jahren, aber nicht in 2 oder in 20.

Mutter Natur leidet, und so leide auch ich.

Mir bleibt der Traum von der Reinheit, den die Figur der Immaculata vor dem linken Seitenaltar ausdrückt. Eine wunderschöne Immaculata! Mein Traum von der reinen, heilen Welt, dachte Franz. Mein Traum von der reinen, heilen Liebe.

Sie zerstören die heilige Schöpfung, und meinen noch wie der US-Präsident Bush und andere moderne „Kriegsverbrecher", Gott wäre auf ihrer Seite, dabei ist es ein anderer, der auf ihrer Seite ist, der ihnen die Macht und das Geld gibt. Sie sollten die Mutter lieben, diese hemmungslosen Ausbeuter und Zerstörer der ursprünglichen Natur. Sie sollten die Mutter achten, die Mutter des Lebens, oder die Mütter, wie Anna und Maria, die hier auf dem linken Seitenaltar zu sehen sind.

Im Zentrum sollte die Mutter stehen bzw. sitzen, wie im Bild des Hauptaltars, denn sie ist die Liebe, die Schönheit und Weisheit des Lebens. Sie repräsentiert das Paradies, das gelebte Paradies.

In der schönen, lichtdurchfluteten Kirche von Krün spürte Franz wieder sehr stark, wie überzeugt er von seiner Aufgabe war. Er war wieder ganz davon erfüllt, und das Leiden an und in der Welt war für einige Zeit nicht mehr so wichtig, sondern das höhere Ziel.

Die Mutter ist die Schönheit und die Reinheit.

Auf der Südseite befand sich eine kleine Kapelle, um Kerzen anzuzünden. Eine betende, in Gebet und stiller Hingabe versunkene Madonna stand dort. Sie war ganz Reinheit, Bescheidenheit, Demut und Hingabe. Eine grüne Hüterin des Paradieses, des geistigen Reiches. Eine Hüterin des Tales.

Die Mutter ist die Liebe der geistigen Welt.

Die Madonna in der kleinen Andachtskapelle hatte einen sehr meditativen Ausdruck. Wie der Buddha des Mitgefühls Chenresig hielt sie ihre Hände vor ihrem Herzen. Wie in der Meditation waren ihre Augen nur leicht geöffnet. Im Inneren ihrer schönen Seele war sie ganz verbunden mit der göttlichen Weisheit, dem heiligen Geist der universellen Liebe. Als Franz später in seiner Wohnung saß und in dem Roman Mirjam von Luise Rinser las, fand er folgende Stelle, die genau zu seinem heutigen Tag passte.

„Wie schuf der Ewige den Menschen? Er ließ das Bild vom Menschen, das er in sich trug, aus sich heraustreten und Erdenwirklichkeit werden, und er hauchte ihm Leben ein. Welches Leben? Es gibt nur eines: das Seine. So wurde der Mensch, und so wird jeder Mensch, und jeder ist gleicherweise göttlicher Geist in irdischer Form, in jedem lebt der Ewige. Wie kannst du dem Ewigen ins Gesicht spucken, wie kannst du den Ewigen schlagen, wie kannst du den Ewigen töten wollen? Das ists, Mirjam, was du hohe Erkenntnis nennst. In der Tat: nicht die Gesetze vermögen das Zusammenleben der Menschen zu regeln. Nicht Furcht vor Strafe hält ab vom Töten des Lebens und der Seele. Nur die Erkenntnis vom Einssein alles Lebendigen schafft das Friedensreich. Sag das den anderen! Sag es allen! Sag es tausendmal tausendmal. Dies ist mein Auftrag an dich: lehre die Einheit alles Lebendigen, lehre die Liebe.

Indem er dies sagte, legte er mir seine beiden Hände auf den Scheitel." (Mirjam, S.215)

Franz fühlte sich und seine Gedanken im Text widergespiegelt. Er sah keinerlei Differenz. Luise Rinser, sie war angeschlossen an den göttlichen Geist, sonst hätte sie es nicht geschrieben, nicht schreiben können.

Das „Friedensreich", es ist im Herzen und gleichermaßen zwischen den Menschen, zumindest als Möglichkeit. In einem Tal wie diesem konnte Franz es fühlen. Die „Einheit alles Lebendigen", das war es, was er immer in seinen Ritualen am Fluss und in den Bergen beschwor und feierte, den Kreis des Lebens, den fließenden Kreis der Einheit.

Am nächsten Tag besuchte ihn Waltraud aus München. So konnten sie gemeinsam am Fluss ein Ritual machen. Einen neuen Kreis der Steine legen, einen neuen Kreis der Harmonie schaffen, der seine Botschaft hinaus in die Welt sandte. Die heilige Mutter ist die Einheit des Lebens. Die Mutter und der Sohn, der Geist der Liebe zwischen ihnen: wo sollte es da Trennendes geben? Christus zu betonen und die Mutter auf den zweiten Platz zu stellen, das können nur Menschen, die wieder an Hierarchie und Macht denken, die davon nicht loskommen. Im Kreis der Liebe gibt es keine Plätze, keine Wertung und schon gar nicht so etwas wie Macht. Im Kreis der

Mutter gibt es nur Gemeinschaft und Teilen.

18. Die Mutter und das Mysterium des großen Mandalas - Mittenwald

Manche Orte musste man sehr oft besuchen, um sie wirklich zu verstehen – und selbst dann war es noch eine Frage, ob man den Geist wirklich ganz erfasst hatte. So ging es Franz mit Mittenwald. Er kannte den Ort seit vielen Jahren. Er hatte ihn gewissermaßen von seinen Eltern übernommen, „geerbt", wenn man es denn so nennen kann, denn es war schon für seine Eltern ein besonderer Ort gewesen, wenn sie sicher auch andere Akzente setzten als Franz. Für sie war das alpenländische Ambiente wichtig, für Franz mehr die Berge und das Tal der Isar. Die Kirche St. Peter und Paul war ihm natürlich bekannt, aber erst bei seinem letzten Besuch glaubte er zu wissen, worum es dort ging, was die Botschaft der Kirche war.

Es ist ein eigenartiges Phänomen, dass Menschen – wie kleine Kinder – immer meinen, sie hätten etwas ganz durchschaut, tatsächlich haben sie aber nur einen Teil verstanden. Manchmal haben sie sogar eine falsche Vorstellung gehabt. Dafür gibt es viele Beispiele, im eigenen Leben und sogar innerhalb ganzer Kulturen. Bescheidenheit und Behutsamkeit bei allen Beurteilungen, das wäre wohl die logische Konsequenz. Oder das genaue Hinsehen, das stille Lauschen und eine große Offenheit.

Orte haben ihre Geheimnisse, und es kann dauern, bis man sie entschlüsselt. Religionen haben ebenfalls ihre Geheimnisse, besondere spirituelle Menschen haben sie. Alle kennen Jesus Christus, alle meinen, seit vielen Jahrhunderten, sie hätten ihn verstanden. Es scheint aber so zu sein, dass sie ihn bis heute nicht in seiner ganzen, tiefen, universellen Bedeutung verstanden haben. Oft waren es nur Teilaspekte, und was in der einen Zeit verstanden wurde, war in einer anderen bereits wieder vergessen oder verdrängt worden. Es ist vielleicht gut, dass es das Geheimnis, das Mysterium gibt. So hat der Mensch etwas zu erforschen.

Alle meinen, sie hätten die Natur und ihr Mysterium verstanden, aber die Fakten der Klimakatastrophe zeigen die schonungslose Wahrheit: nichts wurde verstanden. Es wurde nur rücksichtslos herumexperimentiert und hemmungslos umgestaltet. Das feine, subtile Netz der Ökologie, es zu verstehen braucht noch Jahrhunderte. So hat sich der Mensch durch seine Zerstörungen eine gigantische globale Aufgabe geschaffen: Das System der ökologischen Kreisläufe wieder in die Balance zu bringen, was nicht nur eine technische Aufgabe ist, sondern vor allem eine mentale und spirituelle.

So hatte Mittenwald für Franz die tiefe Bedeutung, das Mysterium zu verstehen, das des Glaubens und das der Natur.

Warum zog es seine Eltern an diesen Ort? Warum ihn? Was suchten und fanden sie hier – und was war es für Franz? Er wusste es nicht, noch nicht.

Auf der linken Seite gab es in der Kirche die sogenannte Kreuzkapelle mit dem Herrgott unter dem Turm. Dort war früher der Standort des Turmes. Im Zentrum der mystischen Kapelle stand die Mater Dolorosa. Neben dem vielen Gold waren besonders die Säulen bemerkenswert, die in dunklem Türkis gehalten waren. Eine ungewöhnliche Farbe, fand Franz. Über der Mater Dolorosa hing ein Kruzifix, von beiden ging ein goldener Strahlenkranz aus. Links und rechts standen zwei leidende Figuren, Johannes und Magdalena. Oberhalb der beiden zentralen Figuren war eine Inschrift zu lesen: Amor Meus Crucifixus est, und darüber, als höchster zentraler Mittelpunkt zu sehen: das Herz.

Franz stand vor der Kapelle, spürte und fühlte die geheimnisvolle Mystik des Ortes, das ganze Mysterium des Schmerzes, des Leidens, des Todes, des Durchganges in die andere Dimension des Lichtes.

Wer mag es in heutiger Zeit verstehen, in einer Zeit, in der man dem Leiden ausweichen will, ob in Form von Wellness oder mit esoterischen Methoden. Franz musste an die Botschaft von Papst Johannes Paul II. denken. Erst hatte er sie nicht verstanden und sich wie jeder gefragt, warum macht er das, warum tut er sich das an, warum lässt er es zu, dass er in einem erbärmlichen Zustand gefilmt und fotografiert wird? Dann jedoch verstand er die Botschaft: „Jesus ist auch nicht vom Kreuz gestiegen". Johannes Paul II. hat der Welt das Mysterium des Leidens vorgelebt, ganz öffentlich – und damit indirekt ein Urteil über die Spaßgesellschaft gefällt, die eine Kultur der tausend Schmerz- und Betäubungsmittel vertritt.

Im äußersten Schmerz, in der dunkelsten Nacht, in der tiefsten Verlassenheit wendet sich die Welt. Und das Licht wird geboren. Man muss nur geduldig warten und aushalten.

Im Schmerz kannst du die Wahrheit und Weisheit finden, wenn du nicht fortrennst, sondern durch ihn hindurch gehst in die andere Dimension. Der Schmerz ist so gesehen eine Aufgabe, ein spiritueller Weg. Viele Meister haben gesagt, dass man alles als Weg ins Licht verwenden könne, mit der entsprechenden Einstellung. Innerer Widerstand und Ablehnung bringen allerdings nichts, dann ist es wohl besser sich zu betäuben oder ein Schmerzmittel zu nehmen. Um die Stelle, an der das Schwert in die Marienfigur eindrang, hatte man ein weißes Tuch gelegt. Vielleicht sollte es die transzendente Reinheit symbolisieren, dachte Franz. Die ganz andere, höhere Form der Reinheit.

Auf dem Marienaltar stand eine Madonna mit Kind aus dem Jahr 1520. Sie hielt das Kind in liegender Weise, als wollte sie es fortgeben, als wollte sie es der Welt als Opfer geben, als wollte sie sagen: hier ist mein Geschenk, nehmt es hin, nehmt es an. Das ist vielleicht das Mysterium des Opferns, dachte Franz, dass man gibt, alles gibt, aber dabei nicht verliert, sondern im Gegenteil gewinnt. Opfern ist wie der Schmerz ein unzeitgemäßes Phänomen. In einer Zeit des Habens und Besitzens will man nicht opfern, allenfalls präsentiert man sich als großzügiger Geber und Sponsor in einer Charity-show. Schaut her, ich spendiere eine Million Euro für die Opfer der Katastrophe. Aber man selbst weiß, dass man noch 100 Millionen auf seinem Konto hat. Maria gibt alles. Maria hat nur ihr Kind. Maria gibt ihr ganzes Herz.

Um den Kopf trug sie einen Strahlenkranz, der ihren versunkenen Gesichtsausdruck unterstützte. Das Altarbild zeigte die Übergabe des Rosenkranzes an den heiligen Dominikus. Eingerahmt wurde die Madonna von vier weiteren Figuren des Schutzes: Sebastian, Margaretha, Agatha, der Patronin gegen Feuer und dem Pestpatron Rochus. Oberhalb des Altars fand sich die Inschrift: *Maria defende nos.*

Das Bild des Hochaltars zeigte die Apostel, die Gründer der Kirche. So auch die beiden Büsten links und rechts vom Altar, Petrus und Paulus. Die Gründer der Kirche zu verehren ist eine Verehrung der Ahnen, der spirituellen Linie, die aus der fernen Vergangenheit kommt. Vielleicht hat diese Kirche etwas mit meinen Ahnen zu tun, überlegte Franz, mit meiner Herkunft aus dem Osten. Ich müsste einmal die Orte aufsuchen, um es herauszufinden. Denkt man an die Ahnen, hat man einen erweiterten Begriff von der Gemeinde und der Gemeinschaft. Er umfasst dann vielleicht sieben Generationen, oder noch mehr, geht zurück bis zu den Urvätern und den Urmüttern in der Steinzeit, in der Vorzeit, in Afrika, zurück bis hin zu Gott, dem Schöpfer, zurück zur Großen Mutter, die alles geschaffen hat. Wenn man eine Kraft annahm, dachte Franz, dann musste sie bipolar sein. Nahm man zwei Figuren, dann hatte man ein Paar, wie Himmel und Erde. Die große Entwicklung, in der sich die Menschen befanden, blieb ein Geheimnis, unergründlich, und alle Erklärungsmodelle waren nur Versuche etwas zu verstehen, was man nicht verstehen konnte: woher kommt das bewusste Sein? Woher kommt der Geist?

Wo komme ich her? Wo gehe ich hin? So simple Fragen, die man sicher schnell beantworten kann, oberflächlich, mit ein paar Sätzen, ein paar Begriffen, nur was sagt das schon? In welcher menschlichen Ahnenlinie befinde ich mich? Wie bin ich verbunden mit anderen? Wir durchschauen nicht die genealogische Vernetzung, wir gestalten sie nicht bewusst. Das machen die Menschen bei Tieren, die sie vor allem als Nutzungsobjekte begreifen, mit denen sie machen, was sie wollen. Vielleicht sind wir alle karmische Opfer, dachte Franz. Opfer von endlosen karmischen Verkettungen, oder gibt es für jeden ein heiliges, positives Bestimmungsziel? Gibt es eines für mich, den Franz? Oder gibt es nur Möglichkeiten, die realisiert werden können – oder eben auch nicht?

Der rechte Seitenaltar war dem Erzengel Michael, dem Kämpfer für ein klares Ziel, und dem Heiligen Antonius geweiht, der ebenfalls ein klare Aufgabe in seinem Leben hatte, eine klare Berufung und Bestimmung. Auf der linken Seite stand Josef mit dem Kind und Katharina von Siena mit Dornenkrone, auf der rechten Seite Barbara mit Kelch und Schwert und als letzte Figur Johannes der Täufer. Franz musste an das System der Tarot-Karten denken. Lauter symbolische Figuren, die ein System darstellten, in diesem Fall sechs zentrale Figuren. Die Erbauer und Gestalter des Altars mochten ihre Absicht haben, die sich vielleicht mit den Überlegungen der Kirche deckte, vielleicht hatten sie aber auch eigene Gedanken, die hinter allgemein bekannten Figuren standen. Franz dachte an die Bedeutung, die das ganze Ensemble für ihn hatte. Sollte es ihn auf seine Bestimmung hinweisen, oder seine spirituelle Bestimmung verstärken? Einmal konnte der Antonius ja für Demut stehen, ein anderes Mal für die heilige Lebensaufgabe. Die Deutungen konnten unterschiedlich sein.

Wie auch immer, dachte Franz, jeder braucht seine Bestimmung – und für die muss er sich engagieren, ganz egal um welche es sich handeln mag. Manchmal sollte er ein spiritueller Krieger sein, wie der Erzengel Michael.

Die rechte Seitenkapelle stellte mehr die reale Ebene dar. Johannes von Nepomuk, Patron der Flößer, Schützer der Brücken. Das spiegelte für Franz ein reales Problem wider. In früheren Zeiten war die Arbeit im Gebirge gefährlich, also brauchte man Schutz, schützende Kräfte. Das zeigten auch die beiden Figuren, Anna und Florian. Schutz vor Gewitter und Feuer.

Die fünf Altäre mit den vielen Figuren stellten für Franz ein ganzes System dar, ein System von Bedeutungen und unterschiedlichen Energien. Das entsprach irgendwie seinen Steinkreisen, die er im Flusstal der Isar errichtet hatte. Verschiedene Steine repräsentierten verschiedene Energien des Lebens, angefangen mit dem Himmel und der Erde, dem Mann und der Frau. Dann kam die Vielfalt der Möglichkeiten, die vielen Kinder, wenn man so will, aber am Ende kam wieder die große Einheit, die Herrlichkeit des Himmels, wie auf dem großen, runden Deckenfresko, das die Rückkehr ins Reich Gottes darstellte.

Wenn eine Zeit der Schwierigkeiten und Auseinandersetzungen gemeistert worden ist, kehrte man zurück in den Zustand der Harmonie, in den Zustand des Seins. Der Prozess blieb derselbe, ob nun indianisch gesehen oder mit christlichen Figuren.

Franz dachte, wenn es uns gelingen würde, die tiefe Einheit des indianischen und des christlichen Weges zu sehen, dass wir dann die wahre Harmonie finden und damit die Mutter des Seins verstehen könnten. Für die meisten Menschen ist das indianische Denken unglaublich weit vom christlichen entfernt, was sicher daran liegt, dass man immer gegen das sogenannte „Heidnische" gekämpft hatte, dass man immer den Antagonismus der Systeme betont hatte, anstatt gleich, schon vor vielen Jahrhunderten, also schon zu Zeiten von Bonifazius oder Kilian, die Versöhnung von Geist und Natur zu suchen.

Das große Deckenfresko, die Zunftstangen, die Fahnen und all die anderen Details der Kirche sah Franz wie ein großes Mandala, ein entwickeltes Modell der Welt und des Lebens, entwickelt aus der Einheit, aus dem Ganzen, aus Gott. Das entsprach für ihn genau dem indianischen Medizinrad, dem Lebens- und Harmonierad des Daseins. Die Einheit war die Mutter, der Urgrund des Seins. Ob Gott oder Mutter oder Sein oder Leere, für Franz waren das nur Namen, nur Begriffe. Das Phänomen blieb dasselbe. Ihn interessierte die spirituelle Erfahrung des Phänomens.

Für ihn gab es erst dann eine Versöhnung aller Wege auf der Erde, wenn die Menschen die tiefe, innere Einheit erfahren hatten, im eigenen Zentrum, der eigenen Mitte, im eigenen Herzen. Solange die Menschen jedoch das Anderssein betonten und sich lieber nur abgrenzen wollten, um ihre kleinen Besonderheiten, ihren besonderen Weg herauszustellen, solange würde es diese tiefe, universelle Versöhnung nicht geben.

Franz wusste, dass der Virus des Abgrenzens, des Besserwissens, der Rechthaberei, der Virus der totalen Überzeugung von dem eigenen Weg und der eigenen Wahrheit, die angeblich immer die einzig richtige war, dass dieser Virus in den Köpfen und Herzen der Menschen steckte, in allen Kul-

144

turen, seit Jahrtausenden, bis heute. Und er wusste, dass dieser Virus schwer zu überwinden war. Aber er hatte die Vision, dass es nur durch eine Überwindung zu einer Versöhnung kommen könnte, nicht durch theoretische Toleranz und Distanz, sondern durch ein neues, tiefes Miteinander und Teilen.

Franz war kein Anhänger von Sai Baba, aber dem Gedanken der Einheit der Religionen stimmte er zu. Die klaren und reinen Gesänge der Mitglieder von Sai Babagruppen fand er sehr ansprechend. Sie sangen die Einheit, sie sangen die Einheit gewissermaßen herbei. Für ihn war das ein guter Beitrag für die Zukunft der Menschheit, die das Mandala der Versöhnung schaffen musste, zum Wohle aller fühlenden Wesen, zum Wohle des Überlebens aller, ganz konkret, ganz real gesehen.

Schon eigenartig, dachte Franz, dass mir diese Gedanken hier in der Kirche von Mittenwald kommen, aber vielleicht auch nicht. Ausgehend von der Versöhnung mit den eigenen Ahnen geht es bis zur universellen Versöhnung der Menschheit, es ist ein roter Herzensfaden, der sich durch alles zieht.

Bei seinem letzten Besuch war Franz zum ersten Mal hinter die Kirche gegangen, um dort eine Lourdesgrotte zu entdecken. Er dachte wieder, wie schon oft, dass er Mittenwald viele Male besucht hatte, aber diese besondere Lourdesgrotte nicht. Es war nicht die Zeit gewesen. In diesem Jahr hatte er Werfels Roman gelesen. In diesem Jahr hatte er einen tieferen Bezug aufgebaut.

Die Grotte sprach ihn sehr an, denn sie wirkte zum einen überaus natürlich und zum anderen hatte die teilweise hellgrüne, jadegrüne Figur einen sehr meditativen Ausdruck. Franz legte eine kleine Opfergabe auf einen der Steine und setze sich auf eine der Holzbänke.

Ich bin sie die Quelle der Weisheit des heilenden Wassers.
Ich bin sie die Quelle der Kraft.
Ich bin der Kern und der Kreis.
Ich bin sie die Mutter der Steine, die Mutter der Natur.
Ich komme aus den Bergen, ich komme aus dem Meer,
ich komme aus dem Licht.
Ich bin alles und vieles, ich bin der heilende Klang,
die Schwingung deiner Seele,
ich bin in dir und du bist in mir,
wir waren schon immer zusammen,

es gab nie die Trennung, nun hast du's erkannt.

Ich bin deine wahre Mutter,
deine leibliche Mutter war eine Schwingung,
sie kam einst von mir.
Ich bin die heilige Quelle der liebenden Schwingung,
ich sende in vielen Formen und Gestalten.
Du kannst ihn fühlen, meinen Herzschlag,
du weißt, es ist dein eigener.

Franz war in seinem Innersten sehr bewegt und er wusste, dass er es niemals würde ausdrücken können, was er gerade fühlte und dachte, denn es war größer als alle Worte und Sätze, die er von den Menschen gelernt hatte, und es war größer als alle Bilder und Symbole. Hier hatte das Fragen ein Ende. Es musste nichts mehr gefragt werden, denn er hatte das Geheimnis erkannt.

IV. Die Vollendung

19. Der magische Raum – Kloster Banz

Kloster Banz ist schon aus einiger Entfernung zu sehen, vom Maintal aus. Schon von weitem spürte Franz die Magie des Ortes, eine Anziehung, eine Kraft, für die er keinen Begriff hatte. Jeder Mensch, der an besonderen spirituellen Orten und Kraftplätzen interessiert ist, wird es sofort fühlen, wenn er durchs Maintal fährt und Kloster Banz, die Kirche mit den zwei Türmen oben auf dem bewaldeten Bergrücken sieht. Wie ein markanter Felsen steht sie als Krone auf dem Berg, als würde sie dort schon immer stehen.

Liest man jedoch über die Geschichte des Ortes und des Klosters, dann zeigt sich der übliche Wechsel von Entstehen und Zerstören, Bauen und Umbauen. Nichts ist also von ewigem Bestand. Einst war es eine Benediktinerabtei – es könnte auch wieder eine werden, oder eine ganz neue Form von „Kloster" oder spirituellem Zentrum, der Zukunft entsprechend, keiner kann es wissen. Heute ist dort ein Bildungszentrum untergebracht.

Franz war erstaunt über die Ausmaße der Anlage. Ein Potala des Maintals. Nicht der von Lhasa, sondern der von Lichtenfels. Vielleicht gab es eine verborgene Beziehung. Das wäre zu untersuchen, dachte Franz. Der ganze Gebäudekomplex schien ihm gigantisch. Wieviele Zimmer mochte sie haben? Was mochte alles hinter den vielen Gebäuden verborgen sein? Was mochte dort gelebt oder spirituell praktiziert werden? Oder wurden dort heute nur theoriebezogene Seminare durchgeführt?

Der Weg vom Parkplatz zur Kirche war bereits bemerkenswert. Zunächst musste Franz durch ein Tor ins Innere des Gebäudekomplexes, ins Innere des Mandalas gehen. Anschließend führte ihn der ansteigende Weg nicht zur Mitte, sondern auf der rechten Seite zur Kirche. Am Ende waren dann noch einige Treppen, die er hochsteigen musste, so dass der ganze Weg wie ein Aufstieg zu einem heiligen Ort anmutete. Vor dem Eingang blickte er in Richtung Westen zu einer großen Steinfigur vom Heiligen Benedikt, die auf einem Rasen stand und in Richtung der Westfassade der Kirche blickte. Der Hüter der alten Weisheit. Er soll einst über der Toreinfahrt gestanden haben, heute steht er außerhalb und schaut auf „seine" Kirche.

Die großen Figuren der Fassade konnte Franz nicht erkennen, denn vor der Kirche stand ein Gerüst. Fassaden bleiben den Besuchern oft verborgen, denn wer schaut schon nach oben, nach ganz oben. Und selbst wenn man das tut, dann erkennt man die Frankenmadonna mit den zwei Engeln nicht genau – und es gab leider keine Postkarte zu kaufen. Von weitem hatte man als Betrachter nur einen allgemeinen Eindruck, von nahem konnte man die Figuren der Fassade nicht sehen, dafür müsste man das Gerüst hochsteigen, was natürlich nicht möglich ist.

Das Innere der Kirche war nicht sonderlich hell, eher etwas dunkel, aber es wirkte auf Franz sehr kraftvoll. Vor allem war es still hier, sehr still. Eine Stille der tiefen Meditation. Die Stille der Versenkung, die Stille der Mystik. Hier konnte man zur Ruhe kommen, ganz zur Ruhe, hier konnte das Rad der Zeiten still stehen. Hier war sie die Nabe des Rades. Oder der Nabel, aus dem alles kam, aus dem sich alles entfaltete. In der Hauptkuppel befand sich das Gemälde von der Herabkunft des Heiligen Geistes. Die Taube der Weisheit sendete ihre Strahlen in alle Richtungen des Daseins und der Welt.

Wie langweilig und öde sind doch die geraden, modernen Bauwerke, dachte Franz. Wie anders ist es dagegen hier, wo es Bewegung gibt, Schwingungen, Bögen und Kurven. Wo die Architektur und die Malereien einen spirituellen Prozess vermitteln, der in die Tiefe führt, ins Zentrum, ins Heiligste. Es war wie eine Entfaltung des Geistes nach innen.

Die Deckengemälde der Kirche zeigen den mystischen Weg ins Licht. Im Eingangsbereich zeigt das Deckenbild die Ölbergszene, in der Jesus sein Werk der Erlösung vollendet, blickend auf die Welt der Sünde, der Unvollkommenheit, der Disharmonie.

Die drei großen Deckengemälde stammen von dem Tiroler Maler Melchior Steidl. Sie verdeutlichen den mystischen Weg der Vereinigung mit Gott. Via Purgativa. Saulus wird durch den Strahl des Geistes, durch göttliches Licht vom Pferd gestürzt, von seinen falschen Vorstellungen weggeleitet. Die via illuminativa zeigt die Herabkunft des Heiligen Geistes. In der Kontemplation versenkt man sich ins Empfangen, ins innere Lauschen, ist bereit, den Geist aus höheren Dimensionen wirken zu lassen. So befindet man sich auf dem Weg der Erleuchtung, lässt es geschehen, dass der Geist er-leuchtet wird. Das Abendmahl zeigt den Weg der Einswerdung – via unitiva. Die Gemeinschaft mit Christus, das gemeinsame Teilen, die Integration in die tiefste und heiligste Gruppe der Menschen. Am Ende dann die Himmelfahrt Mariens. Das Aufgehen des Menschen im lichten Reich des Geistes, der Eintritt in die Dimension der Erleuchtung, die durch die Kontemplation und den Weg des Märtyrers erreicht werden kann, wie das Altarbild zeigt. Der sanfte – und der vielleicht harte Weg über extremes Erleiden.

Für Franz war die Kirche von Banz eine der Mystik – und der Magie, wenn er die großen, kraftvollen Figuren der Kirchenführer wie den Bonifatius betrachtete. Sie drückten für ihn Geistesstärke aus, aber auch den Machtanspruch, was ihm weniger gefallen wollte. Stellt sich die Frage, dachte er, was ist hier wichtiger – die Mystik, der Weg der Versenkung? – oder ist es die Magie, innere Kraft und geistige Stärke zu entwickeln? – oder beides? Die Figuren der Kirchenführer waren ihm zu groß, zu machtvoll, zu sehr Patriarchen im alten Stil. Der Mystiker fühlt im Inneren eine göttliche Kraft und Stärke, und so sind Mystik und Magie vielleicht nicht immer genau zu trennen. Eine Sache für Theologen, für Theoretiker, dachte Franz. Er selbst befand sich dagegen auf einem mystischen Pilger-Weg. Er suchte Nähe, Verschmelzung, Auflösung. Er hatte keine Macht und er suchte auch keine. Er suchte auch keine Magie im Sinne einer starken, intensiven und unbewussten Wirkung auf andere. Geheime Kräfte, verborgene Kräfte, das war nicht sein Weg.

Auf jeden Fall sollte in dieser Kirche wohl ein Kraftzentrum geschaffen werden, das der äußeren, imposanten Gesamtanlage, bestehend aus den vielen und großen Gebäuden, entsprach. Wer die übergroßen Figuren der kirchlichen Würdenträger, die sich um den Benediktinerorden verdient gemacht hatten, anschaute: Bonifatius, Papst Gregor den Großen, Otto von Bamberg, Kilian von Würzburg, Wolfgang von Regensburg und Ildefons von Toledo, der mochte sich mit kirchlicher Macht identifizieren – oder sich, wenn ihm die Übergröße der Figuren missfiel, vor der Macht der Patriarchen zurückziehen. Oder er mochte sie nur als symbolische Träger von geistiger Stärke, von magischer Ausstrahlung sehen.

Irgendwie wollten viele immer die Macht, ob es nun nur äußere war oder innere. Macht und Einfluss waren und sind vielen sehr wichtig. Kirchen waren immer auch Machtapparate, dachte Franz. Überall auf der Erde. Die mächtigen Priester. Die mächtige Institution. Selbst diejenigen, die sich gegen Macht aussprachen, wollten sie im Grunde selber oder waren schnell bereit, sie anzunehmen, wenn sie spürten, dass sie magischen Einfluss auf andere Menschen hatten. Ein starker Dämon, gegen den sich selbst sogenannte Geistesgrößen nicht wehren konnten, dem sie sich ganz hingaben.

Franz saß allein auf einer der Kirchenbänke, ließ die intensive Stille auf sich wirken. Er genoss die weltferne Ruhe des Kirchenschiffes und die magische Ausstrahlung der vielen Figuren, der Malereien und des ganzen Raumes. Er saß im Inneren eines Mandalas, im Zentrum eines geistigen Systems. Der äußere Raum war gleichermaßen ein innerer Raum. Beides

149

fiel zusammen. Beides bildete eine Einheit. Wenn er die Augen geschlossen hielt, dann konnte er sich eine der Figuren vorstellen, z.b. die Rosenkranzmadonna, wenn er die Augen öffnete, waren sie in einiger Entfernung real sichtbar.

Die Baumeister und Künstler hatten einst, vor Jahrhunderten, ihre Vorstellungen und Visionen gehabt und diese in die sichtbare Realität umgesetzt. Die heutigen Menschen können die kreativen Ideen und spirituellen Visionen hinter den Bildern und Figuren erspüren. Können sich in eine andere Zeit zurückversetzen, besonders dann, wenn sie die heutige Zeit und ihre Bauwerke unerträglich finden. Für Franz schien die Baukunst seiner Zeit manchmal vor allem im Bau von gigantischen Autobahnen, Brücken und Einkaufszentren zu bestehen, und nicht im Bau von spirituellen Kunstwerken.

Franz versuchte mit seinem Geist in die Vergangenheit zu reisen, um die visionäre Kraft der alten Meister zu erspüren. Sie wollten etwas Edles und Heiliges schaffen, das die Zeiten und den Wandel des Lebens überdauerte und dass vor allem die Herrlichkeit Gottes zum Ausdruck brachte. Sie glaubten in ihrem Leben an etwas Höheres – und nicht nur an sich selbst.

Alles war erfüllt von kraftvoller Stille.

Seit Jahrhunderten wurde hier die Stärke des Geistes durch Beten und Singen gefördert und kontinuierlich entwickelt. Der ganze Raum hatte das gespeichert, strahlte es wieder aus. Die Atmosphäre war aufgeladen mit spiritueller Energie, die der Betende und der Meditierende anzapfen konnte. Er konnte zur Ruhe kommen, er konnte auftanken.

Er konnte im Inneren Zugang zur Magie finden, also zur kreativen Kraft und Wirkung seines Geistes im Leben, zur Neu- und Umgestaltung seines Lebens, oder zur Poesie und Schönheit.

Für einen Außenstehenden mag es simpel sein, nichts Besonderes, wenn jemand hinter die Absperrung geht um ein Kerzenopfer zu bringen. Er mag es distanziert betrachten, vielleicht sogar skeptisch, und denken, dass es wohl ein sehr religiöser Mensch sein muss. Für den Betreffenden stellt es sich anders dar. Er geht in seiner rituellen Handlung auf und er spürt die magische Wirkung der Kerze, die er vor dem Altar anzündet. Sie wirkt auf sein ganzes Sein, sein bewusstes und sein unterbewusstes, sie wirkt auf seinen Verstand und auf sein Herz, seine Seele und sie wirkt auf etwas in ihm, für das er keinen Namen mehr hat.

Bei der Betrachtung der zu kaufenden Postkarten im Vorraum der Kirche begann Franz ein Gespräch mit einer Frau, die ihm vorhin aufgefallen war, weil sie längere Zeit still meditiert hatte, und weil sie wie er eine Kerze an dem Altar hinter der Absperrung angezündet hatte.

„Für mich ist es eine Kirche, in der ich zur Ruhe kommen kann, in der ich zu mir selbst finden kann", sagte sie.

„So geht es mir auch. Eine richtig stille Kirche, ganz anders als Vierzehnheiligen."

„Dort gehe ich nicht hin", betonte sie. „Da sind mir viel zu viele Menschen. Sie laufen alle hin und her. Nervös und unruhig, anstatt dass sie meditieren."

„Sehr richtig, das Umherlaufen bringt nichts, man schaut kurz hierhin, kurz dorthin. Bei einer Führung wird man eher mit Informationen zugeredet – und kommt schon gar nicht zu sich, zu seiner Mitte. In dieser magischen Kirche ist das ganz anders."

„Warum ist sie magisch – wie meinen Sie das?"

„Ich finde sie sehr kraftvoll, den Geist aufbauend und stärkend. Mit dem Wort *magisch* meine ich diese Wirkung, die schön, zauberhaft, verzaubernd, die Seele erfreuend, den Geist kräftigend – die all das zugleich ist."

„Was Sie sagen, empfinde ich auch, nur würde ich es nicht magisch nennen. Das klingt für viele immer nach Zauber und Magie, nach Manipulation oder sogar nach Harry Potter", meinte die Frau.

„Tja", Franz lächelte, „das ist eben das Problem mit den Wörtern. Man spürt und fühlt eine ganz besondere Wirkung, und kann sie nicht recht erklären, hat keinen passenden Begriff dafür."

„Die Wirkung des Heiligen Geistes."

„Das kann einem durchaus alles sagen, oder damit kann man alles verbinden. Für andere ist es nur eine abgegriffene Aussage und sie fragen vielleicht sofort nach den besonderen Qualitäten des Geistes."

„Wichtig ist allein, dass man sich darauf einlässt, dass man in die Stille geht, in die Tiefe", betonte die Frau.

„Sehr richtig."

Die Frau verabschiedete sich von Franz, der noch vor der Kapelle mit der gotischen Gottesmutter, die eine Lilienkrone trug, meditieren wollte. Das Gesicht der Madonna erinnerte Franz an das Gesicht seiner verstorbenen Mutter. Er spürte eine seltsame, eigenartige Verbindung. Sollte er sie magisch nennen? Wie sollte er sie nennen? Er wusste es nicht. Er hatte nur das Gefühl der Verbindung. Oder war es eine Projektion? Oder kam es nur durch das Licht in der Kapelle?

Warum auch immer, die Erklärungen waren ihm nicht so wichtig, denn er akzeptierte die Verbindung der Gesichter und war glücklich darüber. Es schien ihm eine tiefgründige Botschaft. Als er die Haltung von Mutter und Kind, die Haltung der Hände betrachtete, sah er einen Kreis. Geben und Nehmen bildeten eine mystische Einheit, eine Einheit, die durch keine Zeit aufgehoben werden konnte, die nicht zufällig, sondern sinnvoll war.

Die Kugel oder Frucht in der Hand des Kindes symbolisierte diese tiefe Einheit und Gemeinschaft. Die magische Frucht des mystischen Weges.

20. Die Vollendung der Vision - Vierzehnheiligen

„Wallfahrtsorte sind die heimlichen Hauptstädte der Welt, sind Gnaden-orte in einer gnadenlosen Welt." Diesen Satz von Konrad Adenauer fand Franz in einem Buch über Vierzehnheiligen. Das ist die Frage, dachte er, wo befindet sich das Zentrum. Gibt es eines, gibt es viele, ganz unter-schiedliche in unterschiedlichen Landschaften? Wer will es beurteilen, wer will eine Liste der Bewertungen aufstellen?

Die Bürgersaalkirche in München mit ihrer Weißen Maria war für Franz ein Zentrum. Aber ebenso die Kirche in Mittenwald. Das Zentrum schlecht-hin gab es für ihn nicht. Es gab für ihn keine Wertungsliste, denn er hatte keine Kategorien für eine Einteilung nach Wichtigkeit und Bedeutung. Überall hatte er mehr oder weniger den Weg zur Mutter gefunden. Die Mutter war überall, und so konnte er sie überall finden. Sie hatte tausend Gesichter, und er konnte in sie schauen und in der Tiefe das Wahre entde-cken. Die Wallfahrtsorte mochten für die Seelen und Herzen der Menschen wichtiger sein als Berlin oder Paris, London oder Moskau, aber sicher nur wichtig für spirituelle Menschen.

Für wen war und ist Vierzehnheiligen wichtig? Franz wusste es nicht. Eine verstorbene Freundin hatte ihn einmal vor Jahren auf Vierzehnheiligen aufmerksam gemacht, aber er hatte es nicht besucht, damals, erst jetzt, in diesem Jahr, in dem seine Mutter gestorben war.

„Gnadenorte in einer gnadenlosen Welt", die geprägt war von Hass und von Krieg, von Wettbewerb und Betrug, von tausend Gemeinheiten, von rücksichtsloser Ausbeutung – die Liste ist lang, sehr lang, und sie ist alt, so alt wie die Kulturen, die vor Jahrtausenden mit den Kriegen und den Machtapparaten begonnen hatten. Menschen brauchen und suchen nach heiligen Orten, an denen sie Kontakt zum Himmel bekommen, zu einer anderen Dimension. Oft sind es einfache Menschen, denen das geschieht, weil sie keine Position der Macht haben, die sie hüten müssen, sondern nur genügsame, einfache Schafe.

Es war wieder einer der ganz heißen Tage, an dem der Schäfer Hermann mit seinen Schafen auf der Weide des Hofes Frankenthal war. Er sann über sein armes Leben nach. Was hatte er schon? Andere hatten einen Hof, eine Frau, Kinder. Er hatte nur diese einfache Arbeit, die sie ihm nicht gut bezahlten. Reichtum gab es für ihn in dieser Welt nicht, vielleicht im Himmel, aber so ganz glaubte er es nicht. Die Pfarrer konnten gut reden. Sie hatten ihr Auskommen.

Nein, dachte er, für mich gibt es kein Glück. Meine alten Knochen taugen nicht mehr viel. Mein Rücken schmerzt, und die Gelenke, vor allem die Gelenke. Heute ist es heiß, zu heiß – und in einigen Tagen ist es wieder kalt und der Regen peitscht mir ins Gesicht.

Treu ergeben war ihm sein Hund. Sie saßen zusammen unter einer großen, uralten Linde. Seinem Lieblingsbaum. Sie wuchs hier schon immer, solange er lebte, und sie würde hier noch wachsen, wenn seine Knochen längst in der Erde verschwunden waren. So war das Leben, es kam, es ging, und oft war es nur beschwerlich, voller Mühsal und Plagen.

Sie wurde immer unerträglicher, die Hitze. Sein bisschen Bier hatte er schon ausgetrunken. Zur Quelle im Wald war es ihm zu weit, denn er war müde, zu müde von der Arbeit.

Plötzlich sieht er in einiger Entfernung ein weinendes Kind auf der Weide sitzen. Er wundert sich, woher es gekommen sein mag, zögernd steht er auf, macht einige Schritte auf das Kind zu, aber so plötzlich wie es gekommen war, so plötzlich ist es wieder verschwunden. Er schüttelt den Kopf. Verdammte Hitze! Ich werde noch verrückt. Er setzt sich wieder unter die alte Linde und streichelt seinen Hund.

Ein paar Tage später erscheint das nackte Kind wieder, dieses Mal sogar mit zwei brennenden Kerzen. Hermann versteht es nicht, beginnt an seinem Verstand zu zweifeln. Ich muss aufpassen, dass ich hier nicht verrückt werde. Wo kommt das her? Was bedeutet das? Was ist das überhaupt?

Am nächsten Tag, dem wohl allerheißesten Tag des Jahres, erscheint das Kind in Begleitung von weiteren Kindern. Hermann beginnt sie zu zählen, und wundert sich mehr und mehr. Außerdem entdeckt er ein rotes Kreuz auf

153

der Brust des Kindes, was ihm gänzlich merkwürdig vorkommt. Ich bin doch kein Spinner, denkt er, ich bin doch nicht verrückt geworden.

„Hey, ihr da, was macht ihr da, wer seid ihr", rief er zu den Kindern hinüber, denn aufstehen wollte er nicht mehr. An den anderen Tagen war das Kind gleich im Licht verschwunden, wenn er auf die Weide gegangen war.

Hermann hört in seinem Herzen eine Stimme, sie spricht von den vierzehn Nothelfern, dass sie dort eine Kapelle haben möchten, dass sie den Menschen dienen möchten. Hermann wundert sich über die Stimme, aber irgendwie ist er plötzlich davon überzeugt, dass er sie richtig vernommen hat.

Bei seiner letzten Erscheinung sieht Hermann, wie sich zwei Kerzen vom Himmel auf die Stelle der Weide senken. Dort soll sie wohl errichtet werden, die Kapelle.

Abends erzählte er seinem Freund von seiner Erscheinung. Gemeinsam untersuchten sie am folgenden Tag den Platz. Sie liefen auf der Weide herum, konnten aber einfach nichts Besonderes entdecken, eben nur Gras und die Hinterlassenschaften von Schafen. Es war nur eine Weide, nur Gras, nichts weiter. Eine ganze normale Weide für Schafe.

Einige Tage später saßen sie im Wirtshaus, tranken ihr Bier, erzählten sich Geschichten von schlimmen Krankheiten und plötzlichen, unerklärlichen Heilungen. Hermanns Freund Gregor erzählte von einer Magd, die eigentlich längst dem Tode geweiht gewesen war, dann aber, in ihrem Leid und ihrer Verzweiflung, die 14 Nothelfern angerufen habe, und wunderbarerweise geheilt worden sei.

„Das erinnert mich an meine Erscheinung von den Kindern auf der Weide", meinte Hermann. „Wahrscheinlich bedeutet das rote Kreuz die Heilung."

„Das kann gut sein, sagte Gregor. „Genau. Das ist es! Das ist die christliche Heilung!"

Sie erzählten anderen von der Erscheinung der 14 Nothelfer und der Heilung der Magd, die diese wieder anderen erzählten. Auch Hermann hatte die Nothelfer angerufen, als ihm wieder einmal sein Rücken sehr zu schaffen machte. Er war zu der Stelle auf der Weide gegangen, an der ihm die Kinder erschienen waren. Kurz darauf waren seine Rückenschmerzen plötzlich verschwunden. Seine Bitte, sein Gebet waren erhört worden.

Schließlich erfuhren mehr und mehr Menschen von Hermanns Erscheinung auf der Weide. Sie erkannten die Verbindung zwischen dem eigenen

Leiden, ihren Anrufungen und den Heilungen. Eines Tages bauten sie eine Kapelle und die Wallfahrten begannen.

(eigene Nachtdichtung)

Am Anfang der Geschichte stand die Vision eines einfachen, unverbildeten Menschen, dachte Franz, wie in Marienborn und an anderen Orten. Am Ende, nach Jahrhunderten dann, ein gut funktionierender Wallfahrtsbetrieb. Zuerst war eigentlich nichts da, nur eine Weide, nur Schafe, ein armer Schäfer und ein Hütehund, nur Gras und Sonnenschein, am Ende eine große Basilika, eine weltberühmte Kirche, ein vollendetes Kunstwerk der spirituellen Baugeschichte.

Die Baugeschichte von Vierzehnheiligen zeigte Franz – wieder einmal – die typischen menschlichen Elemente. Als erstes errichteten die Menschen ein Holzkreuz an der Stelle der Erscheinung, um dann aber gleich im Jahre 1446, dem Jahr der letzten Erscheinung, eine kleine Kapelle zu errichten. Ein einfacher Ort in der Natur hätte nicht gereicht, und die Nothelfer wollten ja eine Kapelle haben. Warum eigentlich, fragte sich Franz? Wollte es der Schäfer schon – oder erst die anderen Menschen? Zu der ersten Kapelle kamen gleich weitere Gebäude, ein Torhaus und ein Haus für die Pilger – und natürlich musste eine Mauer errichtet werden, eine Abgrenzungsmauer zur wilden Natur und als Schutz vor bösen Menschen. Der Wallfahrtsort wurde bekannt, es kamen mehr und mehr Menschen, um von ihrem Leid befreit zu werden. Wundersame Heilungen durch die Anrufung der vierzehn Nothelfer wurden aufgezeichnet. Ein Wohnhaus für die tätigen Mönche musste errichtet werden.

Im Jahre 1525 gab es einen Einbruch. Die heilige Stätte wurde von Bauern zerstört. Später, 1543, wurde dann ein neue Kirche gebaut. Nahezu zweihundert Jahre später war die Kirche zu klein, entsprach den Vorstellungen der Barock-Zeit nicht mehr und man plante den Neubau einer größeren Kirche. Dabei zeigten sich die allzumenschlichen Probleme, so das Gegeneinander des Langheimer Abtes und des Bamberger Bischofs. Und es ging um unterschiedliche Baukonzepte, um Eitelkeiten und wieder einmal ums Geld.

Eine ganz andere Ebene, dachte Franz, als der einfache Schäfer und seine spirituelle Vision von einem weinenden Kind auf einer Weide und vierzehn Nothelfern.

Verschiedene Baumeister wollten sich in Vierzehnheiligen ein „Denkmal setzen". Schließlich wurde Balthasar Neumann beauftragt, aber der Baumeister Krohne verfälschte Neumanns Konzept. So kam es, natürlich, zu Mißhelligkeiten. Bei einer Bauinspektion kam es heraus. Es kam sicher zu heftigen, lautstarken Auseinandersetzungen. Man kann es sich gut vorstellen, auf einer Baustelle. Neumann wollte es hinwerfen. Schließlich fand er eine gute, harmonische Lösung für die Fehler. Das ist, dachte Franz, vielleicht ein Kennzeichen genialer Menschen, dass sie auf der Basis von Fehlern, die andere gemacht haben, am Ende eine großartige Lösung finden. Welcher Geist mochte die Störung bewirkt haben – und warum? Hatte am Ende alles eine tiefe Bedeutung?

Die Zisterzienser residierten nur dreißig Jahre in Vierzehnheiligen, dann beendete die Säkularisation ihre Anwesenheit, die Mönche wurden vertrieben und Wallfahrten wurden sogar verboten. Außerdem wurden Kelche, Monstranzen, Silberleuchter und liturgische Gewänder gestohlen und verkauft. Jahrzehntelang gab es keine Wallfahrten, jahrzehntelang!

Zusätzlich zu der politischen Zerstörung kam die Zerstörung durch die Kräfte der Natur. Am 3.3.1835 entlud sich über den Frankenbergen ein heftiges Gewitter. Ein Blitz schlug in den südlichen Turm, er fing Feuer, und bald brannte auch der zweite Turm. Schließlich brannte das ganze Kirchendach. Die Orgel wurde ein Opfer der Flammen, und auch der Altar wurde beschädigt. Durch das starke Feuer wurden sogar die Glocken geschmolzen. So wurde viel zerstört, geradezu verwüstet, aber nicht alles, das freitragende Gewölbe hielt stand, die Fassade und vor allem der Gnadenaltar. Welcher Sinn mochte hinter dieser Zerstörung stecken?, dachte Franz. Sollte der Ort neu, vielleicht besser aufgebaut werden, mit neuer Devotion, neuer Intensität? Sollte die Spiritualität des Wallfahrtsortes neu aktiviert werden?

In den Jahren 1849 bis 1971 gab es eine weitere interessante Phase der Baugeschichte. Der Münchener Kunstmaler Augustin Palme gestaltete die Malereien neu, wobei er ziemlich brutal gegen das Alte vorging, indem er die Fresken mit dem Spitzhammer bearbeitete und neu verputzte. Die barocken Altarblätter wurden ausgewechselt – und sie sind verschwunden, spurlos. Vielleicht hat man sie für minderwertig gehalten, verramscht oder fortgeworfen.

So spiegelt die Baugeschichte die Geschichte der menschlichen Verhaltensweisen wider, dachte Franz. Später hat man dann vorsichtiger versucht zu restaurieren, wollte Altes bewahren oder das Ursprüngliche wieder herausstellen. Vielleicht ist das typisch für die heutige Zeit: beim Restaurieren nichts Eigenes, Neues hineinzubringen.

156

Zum Gelingen und zur Vollendung eines Bauwerkes tragen immer viele Menschen bei, was wir leicht vergessen. Alle waren wichtig: die Baumeister, die Stukkateure, die Steinbildhauer und Maler, ob bekannt oder nicht, ob nun großer Meister oder nur Gehilfe. Auch ein Guiseppe Appiani, der die Fresken gemalt hat, brauchte gute Helfer für seine Arbeit. Keiner schafft es allein. Alle müssen letztendlich von einer großen Idee, einem großen Ziel inspiriert und beseelt sein. Fehler und Rivalitäten gehören sicher zum Spiel des Menschen. Das Ergebnis am Ende ist wichtig, der Weg dorthin weniger. Es ist das Werk einer spirituellen Gemeinschaft.

Was ist meine Vollendung?, fragte sich Franz. Kann und werde ich meine Vollendung erreichen? Wann erreicht ein Mensch seine Vollendung? Muss jeder Mensch, früher oder später, in diesem oder in einem anderen Leben, wie es so schön heißt, seine Vollendung erreichen? Erreichen nur Künstler eine Art Vollendung – oder auch einfache Menschen in einem einfachen Job? Was ist spirituelle Vollendung? Wann erreicht man sie? Wer bewertet das? Lauter Fragen gingen Franz durch den Kopf, als er sich sagte, dass er ein vollendetes Kunstwerk besuchte und betrat.

Bei seinem ersten Besuch führte der Weg Franz direkt zur Weißen Maria mit den goldenen Verzierungen und dem goldenen Stab. Sie stand im Zentrum der 14 Nothelfer, die wiederum im Zentrum der Basilika standen. Sie war die Mutter der Weisheit, der liebenden Weisheit des Lebens.

Die einzelnen Nothelfer hatte alle ihre Aufgaben, jeder ein paar spezielle, was Franz erst später interessierte, denn er suchte die Quelle, den Ursprung, von dem jede Hilfe und Heilung kam.

Später erst fand er heraus, dass die Frankenmadonna von Hermann Rösner nicht immer dort stand. Für Franz war sie das Symbol seiner Pilgerschaft schlechthin, die Vollkommenheit. Sie war weiß, wie die Tara, die Göttin der Mongolen und der Tibeter. Sie war weiß wie das Versprechen der weißen Wolke am endlosen Himmel. Sie war leuchtend wie der weiße Stern des Morgens. Sie war weiß wie das Herz der Sonne.

Die Madonna von Rösner strahlte eine tiefe Meditation aus, in der sie mit der ganzen Weisheit der Welt verbunden war. Eine wahre Prajnaparamita, eine wahre Mutter der Weisheiten, der Vollkommenheiten, der wahren Wege des Menschen. Großherzigkeit, Geduld, Rechtschaffenheit, Energie, Güte und Weisheit. Sie war all das, und viel mehr. Maria war immer mehr als unsere menschlichen Erklärungen hergeben.

Sie war das sichtbare Ideal. Der schöne, edle Idealmensch, das Ebenbild Gottes.

157

Wir können uns das Göttliche nicht anders vorstellen, dachte Franz, als in der Gestalt einer schönen Frau Sie trägt die ganze Schöpfung in Harmonie in sich und bringt sie zum vollendeten Ausdruck. Der Mann ist dagegen der rastlose Kämpfer und Krieger, und damit bleibt er immer auf dem Weg zum Ziel, disharmonisch und unvollkommen, es sei denn er wird zu einem Buddha, zu einem Weisen, einem Heiligen.

Anthropomorphe Gestalten mögen Projektionen des menschlichen Geistes sein, dachte Franz, aber wir können gar nicht anders, als von uns auszugehen, wenn wir nicht die ganze Natur als Spiegel der Göttlichkeit nehmen. Wir selbst empfinden uns vielleicht als unvollkommen und streben die Vollendung unseres Daseins an. Somit stellen wir uns das Ziel eben in Form einer menschlichen Figur vor. Was gibt es Besseres, als sich eine schöne und edle und gute Frau vorzustellen, in deren Gestalt Körper, Geist und Seele zur Harmonie gelangt sind? Edle Einfalt und stille Größe, das klassische Ideal. *Kalos kai agathos*, das Schöne und das Gute. Die Trias: das Gute, das Schöne und das Wahre. Das griechische Ideal, das europäische Kulturerbe.

Stellen wir uns keinen Körper vor, dann bleibt vielleicht alles nur ein abstraktes Prinzip, ein theoretischer Begriff. Die Güte. Die Sanftmut. Das Edle. Das Reine. Die Barmherzigkeit. Die Liebe. Es stellt jedoch keine Ganzheitlichkeit dar, denn es fehlt das Wesen, das die Qualitäten zum Ausdruck bringt, zum Leben erweckt.

Die Idee und das konkrete Wesen müssen eine Einheit bilden, um unser Herz wirklich zu berühren.

Nach einem ersten Besuch ging Franz ins Informationszentrum, um sich die Bücher und die Postkarten anzuschauen. Von der großen Postkarte der weiß-goldenen Frankenmadonna kaufte er gleich mehrere. Vom Fenster des Zentrums entdeckte er eine Madonna in einem Garten. Es war verboten, das Grundstück und den Garten zu betreten, aber Franz hielt sich nicht daran, er wollte zu der Madonna, er wollte ein Foto von ihr machen.

Sie stand auf einem Sockel in einem Kreis, der von einer kleinen Buchsbaumhecke umrahmt war. Über die Figur sollte ein Rosenbogen wachsen, aber die Pflanzen waren noch jung. Die Madonna war eher einfach und elementar, wirkte nicht so edel und kostbar wie die Weiße Maria in der Basilika. Aber sie stand ja in einem Garten, war dem Regen und dem Wind, dem Frost und dem Schnee ausgesetzt, dem Wandel der Jahreszeiten. Sie sollte das spirituelle Zentrum des Gartens, der Arbeit dort sein. Sie sollte vielleicht Dauer und Beharrlichkeit ausdrücken, Beständigkeit und Festigkeit im Glauben. Vielleicht sollte sie die einfache Form der Vollendung im Glauben ausdrücken, die jedem möglich ist, zu jeder Zeit, mit einfachen Mitteln, ohne großes Können, ohne große Erfolge oder soziale Anerkennung. Franz fiel auf, dass sie mit ihrer rechten Hand den Unterarm des Christuskindes fest umschlossen hatte. Die kleine Hand ragte hervor und drei Finger waren ausgestreckt.

Franz untersuchte anschließend die Umgebung, schaute aus nach besonderen Bäumen, entdeckte eine starke, kraftvolle Tanne, einige Linden. Neben dem Gasthof Goldener Stern fand er auf einer Wiese ein ausgelegtes Labyrinth. Wer mochte es hier ausgelegt haben? Das Labyrinth hatte vielleicht einen Durchmesser von zwanzig Metern, es mussten also mehrere Menschen tätig gewesen sein, und die einzelnen Steine waren auch nicht so klein. Welche Absicht mochten die Erbauer des Labyrinths gehabt haben?

Franz sah seinen eigenen Weg und seine Gedanken, die er sich bereits zum Labyrinth gemacht hatte, im Außen gespiegelt. Es gibt den einfachen, zielgerichteten Pilgerweg – und es gibt den anderen, der keine so klare, einfache Struktur hatte, der keine einfache, gerade Linie von A nach B war, so wie das Leben des Menschen auch nicht eine Linie von A nach B ist, sondern eine sich durch die Zeiten windende Schlange, deren Weg man nicht vorhersagen kann. Das war und ist gerade das Kennzeichen des Lebens, des menschlichen Lebens, dass man die Prozesse und Entwicklungen nicht vorhersagen kann. Sonst wäre alles determiniert und bis ins Detail festgelegt wie bei einer Maschine.

Die Menschen möchten aber oft einen klaren, geraden Weg, der sie zum Glück, zur Vollendung, zum Himmelreich führt. Und das am besten noch mit einer Garantie. Unsere Methoden führen sie da hin, wo sie hin wollen, garantiert. Wir bringen sie zur Erleuchtung. Wir bringen sie zum Paradies. Wir wissen, wie das geht, deshalb kommen sie zu uns. Im Grunde wollen sie aber nicht, dass die Menschen dort ankommen, denn dann wäre ihre Funktion, ihr ganzer Wirtschafts- und Machtapparat überflüssig. So spielen sie seit Jahrtausenden ein falsches Spiel mit den Menschen. Die großen Befreier befreien nicht, sie binden nur neu, nur anders.

Sie hatten und haben alle ihre Verkaufsmaschen, dachte Franz, mögen sie auch noch so subtil sein. Das Labyrinth ist kein Modell, das man anpreisen und verkaufen kann. Es ergibt sich im Laufe des Lebens, es entsteht, während es gelebt wird – und dabei kann es schief gehen, es kann scheitern. Viele Leben scheitern, dachte Franz, wenn wir bestimmte Leistungserwartungen und Kriterien haben. Dann müssten wir sogar in den meisten Fällen von einem gescheiterten Leben sprechen. In der menschlichen Gesellschaft

159

wird immer bewertet; und das bedeutet, dass ständig abgewertet wird, das ist einfach die logische Konsequenz. Diese Tatsache vergessen viele Menschen. Sie meinen, wenn sie nur positiv bewerten würden, dann gäbe es auch nur positive Phänomene. Eine große Illusion, denn die Abwertungen sind versteckt, verdrängt, nicht so offensichtlich. Nur bei Gott ist der Mensch immer ein wertvoller Mensch, vom Foetus bis zum alten und kranken Menschen. Bei Maria ist das menschliche Leben immer ein sinnvolles. Sie ist die große Mutter, die jedes Leben lieben kann, auch das kranke, das psychisch zerrüttete, das an der gnadenlosen Realität gescheiterte Dasein.

Das Zentrum – die Weisheit, die Wahrheit oder Gott – fand man nicht nur am Ende des gradlinigen Weges, sondern es konnte an jedem Punkt geschehen, dachte Franz. Plötzlich konnte sich die Tür öffnen, und das Licht erscheinen. Plötzlich konnte man die wahre Einsicht erlangen.

Es konnte vor dem Altar des Antonius oder des Franziskus geschehen, oder bei der Betrachtung der Deckenfresken, es konnte einem der strahlende Stern auffallen, oder beim Studium eines der Nothelfer, der für ein Leid zuständig war, das einen selbst heimgesucht hatte, z.B. Dionysius bei Kopfweh, oder St. Ägidius, der für den Schutz der Tiere, der Fluren, der Wälder zuständig war. Es musste nicht alles auf einmal sein, oder alles zusammen, denn der Figuren waren viele, der Aufgaben, der Bilder und der Symbole. Wer hatte das alles gleichzeitig im Kopf? Wer hatte alle Einzelheiten der Kirche gleichzeitig im Blick? Wohl niemand, und deshalb reicht es, wenn sich das Bewusstsein auf ein Detail konzentriert, die Herzenskraft spürt, offen wird für den universellen Geist, der hinter allem waltet und wirkt. Möge St. Erasmus unseren Pilgerweg zum Reich des Geistes schützen!

Der Gnadenaltar mit den vierzehn Nothelfern war wie ein Kreis mit einer Einbuchtung auf der östlichen Seite, wie ein Herz gestaltet. Man konnte ihn ganz umwandeln, wie ein heiliges Mandala. Wie ein heiliges Energiezentrum. Dabei konnte man sich auf die unteren Figuren der Nothelfer konzentrieren: Blasius, dem Bischof mit zwei gekreuzten Kerzen, Erasmus, dem Bischof mit dem Schiffsanker, Cyriacus, der den Dämon an der Kette hatte, und Dionysius, dem Bischof von Paris, der sein abgeschlagenes Haupt in den Händen hielt. Blasius konnte angerufen werden bei Halsleiden, Erasmus bei Leibschmerzen, Cyriacus in der Todesstunde und bei Anfechtungen, Dionysius bei Kopfschmerzen. Also Dionysius, dachte Franz, der oft unter Kopfschmerzen litt. Mein abgeschlagenes Haupt. Manchmal möchte ich mir nur den Kopf abschlagen lassen. Verrückte Phantasie.

Bei der zweiten Umrundung konnte man sich auf die auf den Seitenaltären stehenden Figuren konzentrieren: Barbara mit Turm und Kelch, und

Katharina mit Schwert und zerbrochenem Rad. Barbara half in vielen Fällen, bei Blitz und Feuer. Und sie half den Sterbenden. Katharina war zuständig für den kommunikativen Bereich, Leiden der Zunge, Sprachschwierigkeiten.

Bei der dritten Umrundung ging der Blick zu den in halber Höhe vorhandenen Figuren: Ägidius, dem Einsiedler mit der Hirschkuh, Eustachius, dem Jäger und dem Hirsch mit dem Kreuz im Geweih, Christophorus, dem starken Mann mit Christuskind, und Achatius, dem Soldaten mit Kreuz und Dornenkrone. Ägidius, dem Helfer der stillenden Mütter, dem Helfer bei der Beichte. Eustachius, dem Helfer in schwierigen Lebenslagen und Christophorus, dem Helfer bei vorzeitigem Tod und Beschützer der Reisenden und Seeleute. Achatius, dem Schützer vor Todesangst und Zweifeln.

Bei der vierten Umrundung konnte sich der Pilger auf den Baldachin konzentrieren. Auf Margareta mit dem Dämon an der Kette, auf Georg, dem Ritter, der den Drachen besiegt hatte, auf Pantaleon, dem Arzt mit den Händen, die auf den Kopf genagelt waren und auf Vitus, den Knaben, mit Hahn und Märtyrerpalme. Magareta, sie half den Gebärenden. Georg, die Hilfe gegen die Krankheiten der Haustiere. Pantaleon, der Patron der Ärzte und Vitus, dem Helfer gegen Krankheiten des Geistes.

Lauter eindringliche Symbole. Lauter wichtige Aufgaben, dachte Franz. Je nach der eigenen Lebenssituation kann der eine oder andere Nothelfer für uns wichtig sein. Franz selbst hatte keine tiefe Beziehung zu einem der Nothelfer, aber er konnte es sich sehr gut vorstellen. Jeder Nothelfer war eine spezielle geistige Energie und Kraft, die man anrufen konnte, die man sozusagen aktivieren konnte. Für die Indianer waren das die spirits, helfende Geister, für die Buddhisten waren es spezielle Buddhas, wie der Medizinbuddha oder Vajrakilaya gegen böse, störende Geister.

Überall wird das alltägliche Leben von bösen Elementen gestört, dachte Franz. Überall brauchte man Kräfte, die den Menschen in Notsituationen helfen, das Gute fördern und schützen.

Bei der fünften Umrundung mag der Blick zur weißen Maria gehen – oder zum kleinen Christuskind oben auf dem Baldachin, das in vier Richtungen blickt, in die vier Grundrichtungen des Kosmos.

Das Ende des Weges ist die verzierte Gittertür, durch die der Blick auf die Stelle fällt, an der einst der Schäfer seine Erscheinung hatte. Hier ist der besondere Platz, hier ist das geheime Zentrum der helfenden Urkraft der Erde, hier ist der heilige Ort.

*

Franz konzentrierte sich auf das Bild der Maria auf dem großen Gemälde des Hochaltars. Sie war umgeben von sechs Engeln, in unterschiedlichen Farben. Sie trug die Farben blau und weiß, ihr Kleid war weiß und das umgelegte Tuch war blau. Sie hatte ihre Arme und Hände zum gelben Himmel, zur Dimension des Lichtes erhoben. Die Aufnahme in den Himmel ist die Erleuchtung des Geistes, der höchste Punkt der menschlichen Entwicklung. Es ist der Eintritt in eine andere Dimension. Jenseits der diskutierenden und theoretisierenden Männer, die unten an einem Altar abgebildet waren – sie werden ewig diskutieren, dachte Franz und musste lächeln. Sie werden ewig über den Status von Maria debattieren, als wenn es darauf ankäme, als wenn es auf exakte Definitionen von Begriffen, von Status und Hierarchie ankäme, als wenn es um Lehrmeinungen ginge, richtige oder falsche, wo es ja gerade darum ging, diese endlich hinter sich zu lassen, wo es einzig und allein um die Entwicklung, die Entgrenzung des personalen Bewusstseins, um das Transzendieren von intellektuellen Grenzen aller Art geht.

Maria wurde in dem Übergang dargestellt. Sie war das Modell für den anzustrebenden Übergang in die höhere Dimension, die durch Demut, Hingabe und Meditation erreicht werden konnte, und zwar von jedem, denn jeder konnte und sollte Gott nah kommen.

Das Bild des Hochaltars zeigte für Franz sehr schön die zwei Dimensionen. Unten die kopflastigen Männer, die alles fein und genau erklären wollen – und Maria, die zum Staunen der gebildeten Herren längst in der anderen Dimension angekommen ist, weil sie demütig einen einfachen, spirituellen Weg verfolgt hat. Unten die Theorie – und oben das spirituelle Erlebnis und Sein.

Maria ist das andere Sein, dachte Franz. Sie ist der andere Mensch, das Modell des spirituellen Menschen.

Sie ist die Vollendung des Menschen.

Sie ist der heilige Mensch.

Ihre Vollendung ist keine menschliche Leistung, die man messen könnte, die man beurteilen könnte nach irgendwelchen Qualitätskriterien. Ihre Vollendung ist jenseits davon. Ihre Vollendung ist das Aufgehen in der göttlichen Dimension.

Im Reich des Himmels gibt es keine menschlichen Grenzen und Kategorien und Begriffe mehr. Das spielt nur auf der irdischen Ebene der Auseinandersetzungen eine Rolle.

Maria ist die Heilige Mutter, der mystische Mensch, denn sie ist eins mit dem Geist.

Als Franz wieder draußen vor der Kirche war und über die fränkische Landschaft blickte, dachte er, dass der wahre mystische Weg nicht aus der Welt hinaus, sondern in die Welt hinein führte. Der Traum von einer anderen Dimension und das reale Leben mussten zur Einheit gebracht werden. Das war durchaus möglich.

Wer nur träumte, wie mancher Esoteriker, der verlor sich in einer rosigen Welt der Illusionen, der sah oft die Realität der Tatsachen, der materiellen Welt nicht mehr. Wer nur die Fakten der äußeren Realität sah, der lebte in einer Welt der immer gleichen Funktionen, der alltäglichen Aufgaben, der endlosen Routine. Beides war einseitig.

Die Mönche, die Franziskaner und die Benediktiner, sie wollten es zur Synthese bringen. Aber es ist nicht nur die Aufgabe der Mönche, sondern die von jedem Menschen. Der mittlere Weg steht jedem offen. Franz wollte noch einmal zu der Madonna im Garten gehen, wurde dabei von einem der Mönche angesprochen.

„Das ist hier aber kein öffentlicher Bereich mehr, lieber Herr.“

„Ja, ich weiß“, sagte Franz, „ich wollte mir die Madonna in ihrem Garten ansehen.“

„Warum, wenn ich Sie fragen darf?“, wollte der Mönch wissen.

„Sie zeigt mir die Verbindung von Spiritualität und alltäglicher Arbeit. In der Basilika kann man sich leicht im Traum einer jenseitigen Welt verlieren, deshalb wollte ich sie mir ansehen.“

„Da sprechen Sie einen wichtigen Punkt an. Wenn wir den Himmel zu sehr verabsolutieren, dann spalten wir die Welt. Dann ist die alltägliche Wirklichkeit erbärmlich – und nur die Welt der Ideale rein und schön. Das ist ja gerade unsere Aufgabe als Menschen, die Vision von Gottes Welt in der Alltäglichkeit zu verankern, bescheiden und demütig zu schauen, was ist möglich, und was eben nicht, weil es vielleicht nur irreale Vorstellungen, reine Phantome sind.“

„Da stimme ich Ihnen zu“, sagte Franz. „Ich hatte vorhin bei der Meditation vor dem Bild des Hochaltars ein wenig das Gefühl. Deshalb hat es mich wohl wieder zu dem Garten gezogen.“

„Sie scheinen ein spiritueller Mensch zu sein“, meinte der Mönch. „Warum besuchen Sie Vierzehnheiligen?“

„Ich möchte Maria, die Mutter Gottes verstehen. Alle ihre Dimensionen kennenlernen.“

163

„Sie hat viele Dimensionen, wie Sie sagen. Sehr viele. Es übersteigt eigentlich unseren kleinen menschlichen Geist. Einer ist die Harmonie von menschlicher Arbeit und der Arbeit für das Reich Gottes. Da Sie das offensichtlich in der Gartenmadonna sehen, erlaube ich Ihnen, sie zu besuchen. Sprechen Sie ein Gebet, bitten Sie um die Harmonie von Himmel und Erde, von Geist und Materie. Wenn sie den Heiligen Franziskus noch nicht kennen sollten, dann studieren Sie ihn."

„Danke für Ihre Erlaubnis und Ihren Rat. Vielen Dank."

„Alles Gute für Sie und Ihren Weg", sagte der Mönch, aber sein strahlendes Lächeln sagte Franz mehr als alle Worte.

Staffelberg

Franz liebte schon immer magische Berge. Für ihn waren es die wahren Tempel der Großen Mutter. Ob nun oben eine Kirche zu finden war, wie auf dem Staffelberg, oder nicht, das war eher unwichtig, denn der Berg war älter, viel älter als all das von den Menschen gemachte und gebaute Werk. Der Berg würde noch da sein, wenn die Menschen, die jetzt lebten, alle tot waren, und viele weitere Generationen, er würde noch in 10 000 Jahren dort stehen, mit neuen Bäumen und neuen Bussarden.

Ein Baudenkmal wie Vierzehnheiligen oder wie Kloster Banz faszinierte ihn, aber es würde vielleicht wieder vergehen. Letztendlich war es nur der Ausdruck der Menschen, ihrer Zeit und ihrer Sichtweisen.

In einem Roman von Marion Zimmer-Bradley hatte er einmal den Satz gelesen: Die Religionen kommen und gehen – die Göttin bleibt. Das war die Wahrheit. Die älteste Religion waren die schamanischen Religionen auf der Erde, es gab nicht nur eine, sondern viele Formen. Die Naturreligionen waren Jahrzehntausende alt. Die Berge waren noch älter. Das Leben. Die Erde. Das Sein.

Magische Berge wie der Staffelberg vermittelten Franz etwas von anderen Zeiten, keltischen, schamanischen Zeiten , als die MUTTER noch im Mittelpunkt stand, weil sie das Leben war, die Wärme, die Liebe. Er selbst wusste nur zu genau, dass er in einer Zeit lebte, in der die MASCHINE der Mittelpunkt war. Ob es nun das Motorrad oder der Computer, das Flugzeug oder der Geldautomat war, die ganze Kultur war davon geprägt, das ganze Leben hindurch.

Der Indianer der Prärie hatte den Büffel. Und der Büffel war die heilige Kraft der Erde, war das starke, wilde Leben. Kein blödes Zuchtrind in ei-

164

nem Mastbetrieb, sondern ein freies, autonomes Wesen der Weite und des Windes.

Der Hinweis des Franziskaner Mönches hatte ihm aus der Seele gesprochen. Aber er hatte in sich eine weitere Stimme, die wollte diese Welt nicht. Sie wollte diese materialistische Zeit nicht, sie wollte nur weg, weit weg. Er verstand die Mönche aus der Frühzeit des Christentums sehr gut. Die Wüstenväter. Und viele andere. Das von den Geldmenschen beherrschte Leben war schon immer ein perverses – und jetzt hatten sie es so weit getrieben, dass sie die Pole zum Abschmelzen gebracht haben. So ein Mensch musste für Franz eher von der Erde verschwinden. Soll er ruhig untergehen, für sein frevelhaftes Tun, für sein gottloses Tun, weil er die heilige Schöpfung nicht gehütet, sondern nur ausgenutzt und ausgebeutet hat. Weg mit ihm, dachte er manchmal in seinem Zorn. Weg mit solchen Menschen. Dann war keine nachsichtige Liebe in ihm, sondern nur Schmerz und Wut.

Auf einem heiligen Berg wie dem Staffelberg hatten einst, vor Jahrtausenden, sicher Schamanen der Großen Mutter gebetet, gesungen, getrommelt. Franz spürte es, roch es, wie eine alte Witterung. Es war noch da. Es war immer da. Und es würde immer da sein, denn es kam von der Erde. Es war nicht aufgesetzt und trickreich erfunden, sondern Ausdruck des Geistes der Erde.

Maria, die heilige weiße Mutter, es gab sie nicht erst seit 2000 Jahren. Was sind 2000 Jahre?

Überhaupt, dachte Franz, die Selbstüberschätzung des Menschen ist grenzenlos. Er bildet sich so viel ein. Er hat seine Konzepte, seine Theorien, und hält sie für die Wahrheit. Und jeder meint, dass sein spezieller Weg der einzig richtige sei. Wie kleine Kinder. Kleine Kinder des Geistes.

Franz stand ehrfürchtig auf dem Staffelberg, blickte in die Runde, blickte zum Himmel, zu den weißen Wolken. Manchmal sah er nur eine einzelne Wolke, und in ihr, hinter ihr war das Gesicht von Maria. Oder er sah es auf dem Flügel eines Schmetterlings. Oder er hörte es, wenn er den Ruf des Bussards vernahm. Er sah und hörte es überall in den Farben und Formen der Natur. Die Logik der Mutter ist eine andere als die der Menschen, die nur A und B kennen, die immer ein einfaches Baukastenspiel möchten, bei dem sie selbst der König sind. Ihre Gottlosigkeit ist ihr Gott spielen. Sie wollen die mächtigen Herren über Leben und Tod sein. Früher waren es die Militärstrategen, heute sind es die Manager, die ihre modernen Kriege um Märkte und finanzielle Macht führen.

Die Steine und die Weite, der Berg und der Himmel – es ist hier alles zu finden, dachte Franz. Ich muss keine Wörter haben, keine Sätze, keine Erklärungen, ich bin hier – und das ist alles. Ich gehe über heiligen Boden, ich bin mitten im heiligen Raum, ich bin mitten drin. Bei Ihr.

21. Die Große Mutter - Maria am Meer

Am Ende führen alle Wege zurück zum Meer.

Die große Leere ist das Leuchten des Himmels. Am Ende suchte Franz die große Leere, den leeren Raum. Keine Maschinen mehr, keine Menschen mehr, keine tausend Gegenstände mehr.

Der leere Raum war für Franz nie nur der leere Innenraum, sondern er suchte diesen ebenso in der äußeren Welt. Leer wie der weite Ozean, leer wie die Wüste. Leer wie der endlose dunkle Raum der Nacht, wie der kosmische Schoß der Unendlichkeit.

Maria war für ihn auch die Mutter des leeren Raumes. Maria war der Westen und Tara war der Osten, aber wie oben auch unten ist, so ist auch der Westen der Osten, denn es gibt keine Grenzen im endlosen Raum. Maria war kein Bild, sie war die Quelle aller Bilder. Maria war kein menschlicher Name, sondern eine Schwingung des Alls. Sie war wie das Rauschen des Windes, das Rauschen des Meeres. Sie war immer mehr, immer weiter als unser Denken und Fühlen. Am Ende fand Franz keine Worte mehr. Er konnte nur singen im Wind.

Am Strand der Himmelskönigin

dort draußen
in der Weite des Westens
in der Weite des Strandes
wo kaum einer läuft

wo die Dünen entstehen
und wieder verschwinden
mit dem Wind des Meeres
dem Wind der Zeiten

166

dort draußen
leuchtet der Strand
der Weißen Königin
rein und leer

weiß und hell leuchten
die vielen Muscheln
und der helle Sand
der Düne des Windes

Licht und Sonne und Sand
Himmel und Erde
sie formen die Quelle
der sanften Harmonie

alles lebt und fließt
in der Einheit des
goldenen Lichts und
dem Rauschen des Meeres

bist du dort
dann weißt du alles
über Leben und Tod
und der Quelle
des Lichts

bist du dort
dann brauchst du
keine Wörter
denn du fühlst
den Klang der Welt

bist du dort
ist alles neu ist
alles frisch und lebendig
wie der reine Beginn
von Himmel und Erde

Das Meer ist zwar überall das Meer, aber sein Meer war die Nordsee. Auf einer Nordseeinsel entdeckte Franz später in einer Kirche eine Marienfigur. Eine Mutter des Meeres. Die Figur sprach ihn an, nicht zuletzt deshalb, weil sie ihn etwas an seine leibliche Mutter erinnerte.

Aber war sie das auch für die anderen, die normalen Kirchgänger, die oft nur ihren Katechismus kannten? Sicher nicht. Maria war für sie nur die Maria aus der Bibel, mehr nicht. Eine reale Mutter, die man ein wenig spirituell überhöht hatte, aber eine universelle Bedeutung sahen die meisten nicht in ihr. Eine Mutter des Meeres wurde an der Nordseeküste nicht verehrt.

Franz war in der Hinsicht allein mit seinen Gefühlen. Er kannte niemanden, der das Meer spirituell verehrte. Es war nur ein großes Wasser, auf dem die Containerschiffe nach Bremerhaven und Hamburg fuhren, und die grauen Militärschiffe. Ein großes, von Wasser überflutetes Gebiet, in das man Windparks rammen konnte oder aus dem man Öl gewinnen konnte, um noch mehr Verbrennungsmotoren zu betreiben, damit die Biosphäre noch mehr mit Kohlendioxid angereichert wird.

Die **Große Mutter des Lebens**, wer sah sie im Meer? Wer verehrte sie, wer betete sie an? Wer stand am Meer und betete zur Großen Mutter des Meeres?

„Stern des Meeres", eine der viele Metaphern für Maria. Aber was sagen diese Metaphern, wenn der konkrete Bezug zur Erde fehlt? Sind sie dann nicht nur Metaphern und sprachliche Formeln aus einer anderen Zeit, als man noch mehr direkten und realen Bezug zur Natur hatte, als die Zeit der Verehrung der Natur und der Großen Göttin noch nicht so lange vergangen war wie heute im einundzwanzigsten Jahrhundert?

Spiritualität sollte immer einen richtigen Bezug zur Erde haben, dachte Franz. Das allgemeine Gerede reicht nicht aus. Es bleibt zu distanziert. Man bleibt dann nur im Sessel oder im Strandkorb sitzen und geht nicht wirklich hinaus in den salzigen Wind oder ins Wasser des Meeres. Auf der körperlichen Ebene suchen die meisten Menschen das ja, aber in ihren Köpfen bleiben sie am Ende doch lieber oben auf der Promenade sitzen, trinken und schwätzen über tausend Themen.

Franz hatte immer die unmittelbare Nähe gesucht. Zum Meer, zu den Bergen, zum Wald, zu den Steinen und zur Heide. Überall hatte er die Große Mutter gesucht. Die vielen Figuren der Maria waren schön. Es waren oft Kunstwerke. Hinter ihnen stand jedoch die Große Natur, die Große Mutter des Lebens. Im patriarchalischen System der Kirchen war Maria nur eine Frau, die einen Sohn zur Welt gebracht hatte. Im patriarchalischen

System würde sie immer nur eine untergeordnete Rolle spielen. Er hatte es schon oft gedacht und gesagt. Es lief immer wieder darauf hinaus. Im patriarchalischen System kann sie keine besondere Stellung haben, kann die Natur keine besondere Stellung haben. Das politische und das wirtschaftliche System sind patriarchalisch, dachte Franz. Daran wird sich vorerst nichts ändern. Alle politischen Parteien beteten für Franz nur zum Gott des Geldes. Das war ihr allmächtiger Vater! Ihn widerte das an.

Sie beuten das Meer aus. Sie überfischen das Meer. Sie werfen ihren ganzen Müll ins Meer. Sie können das Meer gar nicht als Große Mutter ansehen. Sie können es nur besudeln und verschmutzen. Die Hardliner wollen nichts lernen und nichts ändern, ob sie nun ökonomisch oder spirituell denken, das ist egal. Ein Hardliner kann das Meer nie verstehen, weil er kein Herz hat, sondern nur einen Verbrennungsmotor.

Vor Jahren hatte Franz an eine Versöhnung von Christentum und Naturreligion geglaubt. Aber man wollte sie nicht, man wollte sie nicht wirklich. Man tat so, als wäre man jetzt auch ein wenig ökologisch, als hätte man begriffen, endlich begriffen, dass der anthropozentrische Standpunkt ein falscher ist. Am Ende setzte sich jedoch immer wieder die alte Haltung durch. Bei den Wirtschaftsmenschen war und ist es immer das Profitprinzip, bei den religiösen Leuten bleibt man beim Gott der Macht und Herrschaft. Es ist wie ein Gefängnis des Denkens, dachte Franz kritisch. Sie sind gefangen in ihren Denkstrukturen, in ihren Schematismen!

Am Ende ist es egal, ob links oder rechts vorne in einer Kirche ein Marienaltar steht oder nicht. Wirklich wichtig ist Maria nicht, weil sie nicht zentral ist. Sie ist eher eine Art Alibi. Man sei doch gar nicht so patriarchalisch, man sei doch gar nicht so einseitig. Man achte doch das Weibliche, man achte doch die Frauen. Ja, sicher, dachte Franz, aber nicht wirklich. Solange es keine Priesterinnen der Göttin gibt und nur diese Mannweiber mit ihren Kurzhaarschnitten und ihrem rigiden Denken, gibt es keine Verbesserung der Situation. Und meistens haben Frauen ja gar nichts zu sagen und dürfen auch keine Priesterin sein.

Das Meer ist der größte Lebensraum auf der Erde. Unseren Planeten nennt man auch den „blauen Planeten". Das Meer ist blau. Wenn man sich einen Globus anschaut, dann sieht man sehr viel Meer. Franz besaß noch den Globus, den er mal von seinen Eltern geschenkt bekommen hatte, weil er sich damals sehr für Erdkunde interessiert hatte. Geographie. Erdkunde. Heimatkunde. Eigentlich sind das unsere Wörter. Die Kunde von der ganzen Erde. Wenn man die ganze Erde sah, dann musste man erkennen, dass es weniger Landmasse als Ozeane und Meer gab (29,3% Landmasse).

Das große Meer umschließt alles, umfasst alles. Ein fürchterlicher Gedanke für die alten, bärtigen Männer, die an der Spitze der Schöpfung stehen wollen. Das Meer wird sie wegspülen, so wie das Meer die ganze Männerzivilisation jetzt wegspülen wird. So hat der Anstieg des Meeresspiegels sein Gutes. Die Kopfmenschen mit ihren Kopfgöttern werden verschwinden, dachte Franz. Die Große Mutter wird sie wegspülen.

„Mutter des Meeres", gibt es diese Metapher für Maria? Franz wusste es nicht. Selbst wenn, dann wird es nur eine leere Formel sein wie „Stern des Meeres" oder „Himmelskönigin". Metaphern müssen im Realen, im Konkreten verwurzelt, geerdet sein, sonst bleiben sie nur schöne Rhetorik.

„Feministische Theologie" war ein Versuch einer Veränderung, der aber scheitern musste, weil die Wurzel faul ist. Das Fundament taugt nichts, deshalb kann es alles nicht funktionieren, dachte Franz. Dorothee Sölle oder Uta Ranke-Heinemann bleiben nur Versuche, gut gemeinte Versuche. Man müsste das verdammte Fundament in die Luft sprengen, dachte der Revolutionär in Franz.

Weiches Wasser bricht den Stein, so hieß es einmal in einem Lied. Das Element des Wassers kann die Steinbauten zu Fall bringen. Man muss sich nur die Flutkatastrophen auf der Erde anschauen.

„Macht euch die Erde untertan!" Ein böses Programm, dachte Franz. Sie haben es übernommen, sie haben es bis heute nicht überwunden. Es steckt in ihren Köpfen, ob sie nun religiös oder nicht religiös sind. Sie wollen das Programm auch gar nicht ändern, sie sehen keinen Grund. Ihre Ökologie ist eine technische, ihre Liebe zur Natur nur geheuchelt. Sie lieben nicht das Meer, sie lassen es nicht in Ruhe, sie wollen es nicht reinigen. Sie wollen ihre Windparks, ihre Bohrinseln. Auf der Insel Wangerooge bauen sie immer weiter neue Häuser, obgleich die Insel wegen der Klimaveränderungen keine Zukunft haben kann, denn den Anstieg des Meeresspiegels von zwei Metern und mehr kann und wird die Insel nicht verkraften können. Schon heute kostet der Küstenschutz jedes Jahr Millionen.

Maria ist nur eine schöne Holzfigur in der Kirche St.Willehad. Und wenn die Menschen vor ihr beten oder ihre Kerzen anzünden, dann denken sie vor allem an sich, an ihr kleines Problem, an ihre Rückenschmerzen, an ihren Krebs, an ihre zerrüttete Ehe, an ihr verlorenes Kind. Sie sehen das kleine Leid, nicht das große Leiden der Erde, des Meeres, des Himmels. Auch der Himmel ist ja längst nicht mehr rein und erfüllt von guter Luft.

Er saß auf einer Düne und schaute den Möwen zu. Seit Jahrtausenden leben sie ihr Leben mit dem Meer und dem Wind. Sie bauen keine Häuser, brauchen keine Eigentumswohnung, brauchen keine Unzahl an Kulturgütern. Sie leben ganz mit den Elementen des Lebens, und damit leben sie immer mit der Großen Mutter. Sie fliegen in ihrer Dimension. Wir Menschen sind herausgefallen und schauen zurück auf das Verlorene.

Im Buch des Lebens würde vielleicht der Satz stehen: „Lebt und schwingt mit der Erde!" Es müsste ein Buch des Lebens geben, aber kein Buch des Todes, das mit dem Mord beginnt und mit einem Mord endet. Dieses Buch der Mörder kann keine Zukunft haben.

Franz hatte es oft nicht verstanden, warum ein Sokrates oder ein Jesus keine Schriften hinterlassen hatte. Vielleicht wollten sie den geistigen Prozess lebendig erhalten. Vielleicht war nur das ihre zentrale Botschaft: Halte deinen Geist lebendig! Schwinge mit dem Sein! Schwinge und atme mit der Mutter des Meeres! Platon und Paulus, die zwei ersten, großen Deuter von Sokrates und Jesus haben diesen Geist in ihren Werken noch gehabt. Später ging er dann eher verloren. Je kleingeistiger man wurde und war, desto mehr wollte man festlegen. Katechismen sind tote Schriften. Gesetzesbücher sind tote Schriften.

Im Grunde geht es immer wieder darum, dass man eine eigene Vision haben muss. Sokrates hatte eine. Er nannte sie „daimonion". Jesus hatte eine. Platon hatte eine. Paulus hatte eine. Man kann die Vision eines anderen nicht übernehmen. Einfach glauben, so funktioniert es nicht. Es reicht nicht, einfach nur zu glauben. Man muss seine eigene Vision haben, seine eigenen Erfahrungen machen.

Franz hatte die Vision einer geheilten Erde, einer liebenden Mutter Erde. Deshalb errichtete er im Tal der Isar die Steinkreise, die Medizinräder. Es waren Botschaften für die Zukunft.

Franz stand auf der Düne. Es war dunkel geworden. Das Meer rauschte wie immer sein uraltes Lied. Er meinte, eine Gestalt rechts in den Dünen zu sehen, war sich aber nicht sicher. Sie schien näher zu kommen.

Ja, ich bin sie, die Frau aus dem Meer.
Ich bin die Mutter des Meeres.
Die Menschen deuten viel, mal so, mal wieder anders,
im Laufe der Jahrtausende,
aber ich bleibe die alte Göttin des Wandels,
der Wellen und des Windes.
Atme den Wind und du kannst spüren, wie ich alles durchdringe.

171

Du beklagst die Holzfiguren und die beschränkte Sicht der Menschen.
Sie können nicht anders.
Sie müssen sich an etwas festhalten.

Das Meer ist dunkel und unendlich,
wie der schwarzblaue Kosmos,
wie der Rabe und der fliegende Schwan.

Atme den Wind und spüre die Spirale des Kosmos,

die sich dreht um den dunklen Kern.
Du erinnerst dich an das Oktogon?
An die schwarze Mutter der Welt?

Das Meer rauscht immer und ewig,
im Rauschen erkennst du das Wesen.
Es gibt keine einfachen Erklärungen,
es gibt keine Schachbrettmodelle.

Das Buch der Wandlungen
erkennst du in den Mustern der Wellen,
in den Wirbeln des Windes
und den Flügen der Möwen.

Lass den Leuten, vor allem den Männern,
ihre kleinen Spielchen im Sandkasten,
denn der Sand wird verwehen
und ihre Burgen holt das Meer.

Du weißt, dass ich viele Gesichter habe.
Ihr kleiner Gott ist nur ein kleiner Versuch.
Etwas für kleine Jungen mit großen Stiefeln.
Du kannst nur lachen wie der Wind.

Die Frau war verschwunden. Er sah nur das dunkle Meer, hörte den Wind, sah die Lichter der an der Insel vorbeifahrenden Schiffe. Sogar das Licht von Helgoland konnte er sehen. Sie leuchten ein wenig in der Dun-

172

kelheit herum, bis sie verschwunden sind, dachte Franz. Es wird alles in der Dunkelheit verschwinden. Die große Dunkelheit ist der warme Urgrund des Seins.

In Zukunft müsste es viel mehr eine Theologie der Erfahrungen geben, dachte Franz. Das schreibt auch Jörg Zink in seinem Buch „Gotteswahrnehmung". Eine Thea-Logie, denn das Meer und der Urgrund sind im Wesen umfassend weiblich. Eine Thea-Logie, die alle Traditionen der Erde integrierte. Auch wenn man zu einer Zeit immer nur einen Weg durch die Dünen zum Meer gehen kann, so sind doch alle Wege gut und gleichwertig, denn egal welchen ich nehme, er führt mich zum Meer, dachte Franz.

*

Franz saß wieder am Meer, schaute in die untergehende Sonne, ins warme, neapelgelbe, weiche Licht. Er lauschte dem ewigen Gesang der Brandung.

Es gibt viele Söhne, und auch viele Töchter von mir, sagte Maria.

Wie das?

Als Mutter des Lebens habe ich viele Söhne und Töchter. Nicht nur Jesus. Was die Menschen immer mit ihm haben! Er war ein guter Sohn, wenn auch ein wenig zu fanatisch und überzeugt von sich, meinte Maria. Vor ihm kamen andere, und nach ihm ebenfalls.

Also war er nicht einzigartig?, fragte Franz ins Licht hinein.

Was denkst denn du? Glaubst du diesen Unsinn, diese Propaganda der Kirchen? In den Jahrtausenden vorher gab es viele Söhne und Töchter des Lichts, des guten Geistes, der heilenden Gemeinschaft. Und nach ihm ebenso. Selbst zu seiner Zeit gab es Maria Magdalena zum Beispiel. Sie ist so wichtig wie er.

Ja?, fragte Franz skeptisch.

173

Ja sicher doch. Es ist doch keine Männergeschichte. Die ganze Männergeschichte ist falsch, war es immer und ist es immer noch. All diese Männer, ob sie nun klug herumreden oder herumschreien, das ist egal, weil sie mich nicht verstanden haben und verstehen, mich, die Mutter des Meeres.

Franz schaute weiter ins gelbe Licht. Er sah ihr lächelndes Gesicht, das über die Dummheit der Menschen lächelte, verständnisvoll, aber auch traurig darüber, dass die Dummheit so viel Leid schafft. An dem vielen Leid kann man die Dummheit erkennen, dachte Franz. Das Leiden, ein Indikator für die Dummheit! Krankheiten, Seuchen, Kriege und die Klimakatastrophe.

Die Große Mutter schickte und schickt ihre heiligen Söhne und Töchter ins Lebens, aber die verstockten Menschen hören nicht zu, wollen nicht lernen, wollen nichts ändern, wollen sich dem guten Geist nicht öffnen. Trotzige Kleinkinder, das ist ihr Niveau. Streitereien im Sandkasten um ein Auto oder um eine Schaufel Sand.

Das Meer atmet und brandet ans Ufer. Weg mit dem Tand, weg mit dem Tand! Ein Mantra des Meeres.

Maria ist nur ein Name. Ein Name ist immer eine Eingrenzung, dachte Franz. Die Große Mutter hat keinen Namen. Sie braucht keinen. Ein Gott, der unbedingt einen Namen braucht, ist kein Gott, sondern ein Phantom in den Köpfen der Menschen, in den Gedanken der Männer, die unbedingt groß und stark sein wollen. Sie haben die Große Mutter nicht verstanden. Sie werden sie niemals verstehen. Ihre Religion ist keine Religion, sondern eine Ideologie der Macht. Sie betrügen seit Jahrtausenden und sie betrügen immer noch. Sie missbrauchen die Seelen der Menschen, für die sie sich im Grunde gar nicht interessieren. Sie wollten und wollen nur Steuern zahlende Anhänger, mehr nicht.

Im großen Meer verschwinden die Namen, die Grenzen und Begrenzungen, dachte Franz.

Im Meer gibt es all das nicht, denn das Meer ist ein großes, vielfältiges Wesen, das viele Formen des Lebens entstehen lässt.

Ich glaube an die GÖTTIN, die Große Mutter, die weise, allgütige Schöpferin der vielen Wesen und Wege zwischen Himmel und Erde.

Es ist so vieles falsch, dachte Franz. Das Glaubensbekenntnis, das sie uns allen aufgezwungen haben. Man müsste mehr von sich, seinen persönlichen Erfahrungen ausgehen und diese zum Ausdruck bringen. Nicht nur die Tatsache, dass sie etwas zu sehr festlegen wollten und immer noch daran festhalten wollen, ist falsch, sondern vor allem auch der Punkt, dass sie immer behaupten, ihre Sichtweise wäre die einzig richtige und wahre. Das war und ist ihr Programm: Sie wollen individuelle Wege verhindern. Dabei gibt es so viele Wege. Individuelle Wege sind schön. Nur im individuellen Weg zeigt sich Charakter, Tiefe und Seele. Ich bin kein spirituelles Schaf, dachte Franz.

Das Meer lebt, es schafft immer wieder neu, es ist immer in Bewegung, es wird immer in Bewegung bleiben, solange die Erde um die Sonne kreisen wird.

Das Meer ist das vielfältige Leben.

22. Ein Neuer Weg – Die germanische Göttin

Zwölf Jahre später war eine andere Zeit.

Die Klimakatastrophe war weiter vorangeschritten und würde weiter voranschreiten, weil man die technokratische Zivilisation nicht ändern will. Die Kirchen sind nach wie vor dogmatisch, fixiert auf alte Erklärungen und Dogmen, können und wollen nichts ändern, sondern bleiben lieber bei ihren Deutungen. Neu-spirituelle Strömungen sind, teilweise zumindest, im Sande verlaufen.

Was aus dem Schamanismus werden sollte, wusste keiner. Vielleicht war es nur eine Rückbesinnung für ein paar Jahrzehnte.

Jetzt sprach man wieder über Deutschland und was das eigentlich ausmacht, das „Deutsche", aber so richtige Ideen und Konzepte hatte keiner. Klare Ziele für die Zukunft fehlten.

Als Franz wieder einmal im Frankenland unterwegs war, um einige Stätten nochmals zu besuchen, stellte er sich neue Fragen.

Er besuchte wieder Münsterschwarzach. Jetzt empfand er die Kirche wie eine germanische Trutzburg. Sie war ja in einer Zeit gebaut worden, als man das Deutsche neu entwickeln wollte. Die goldgelbe Marienfigur war ihm schon damals als germanische Sonnenkönigin erschienen. Es hatte ihn nicht gestört, damals nicht, heute nicht. Warum sollte es auch?

Historisch gesehen war Maria eine jüdische Frau aus Nazareth. Gut, das wusste jeder. Aber in den einzelnen Völkern nahm sie ganz unterschiedliche Gestalt an. Italien, Russland, Deutschland – die Figuren und Gemälde zeigten sehr verschiedene Gesichter. Das war gut und richtig. Die Seele der Völker wollte sich ausdrücken. Die deutsch-germanische Seele ist eine andere als die italienische oder die russische, oder die anderer Völker. Die modernen Gleichschalter wollen davon leider nichts hören. Sie wollen nur das allgemein Menschliche betonen, die Unterschiede wegreden.

Die russischen Ikonen von Maria sind gut und schön. Aber es waren und sind nicht unsere eigenen Bilder, dachte Franz.

Eine Figur wie die in Münsterschwarzach, die gehört wirklich zu uns. Sie ist deutsch und germanisch. Warum können manche das nicht positiv sehen?, fragte sich Franz. Warum kommen sie gleich mit ihrer Abwehr, wenn man nur die Adjektive in den Mund nimmt?

Wenn man griechische, italienische, spanische, französische und russische Figuren und Gemälde würdigt, dann auch deutsche. Riemenschneider war ein deutscher Bildhauer. Raffael ein italienischer Maler. Der eine ist so gut und wertvoll wie der andere.

Bekannt und berühmt ist die Gottesmutter von Wladimir. Wladimirskaya. Franz hatte damals bei der Marienweihe ein kleines Blättchen von dieser Ikone erhalten. Der französische Maler Adolphe-William Bouguereau hat vielleicht die schönsten und edelsten Madonnenbilder der neueren Zeit geschaffen. Selbstbewusste und stolze Göttinnen! Ein sehr schönes Gemälde ist das vom deutschen Maler Julius Schnorr von Carolsfeld, Madonna mit schlafendem Kind im Schoß. Ein anderes ist die „Madonna in der Werkstatt-Tür" von Eduard Steinbrück. Das sind nur ein paar Beispiele von bemerkenswerten Gemälden.

Wenn man sein eigenes Volk schätzt, seine eigene Sprache, dann kann man auch die anderen schätzen. Selbsthass und Minderwertigkeitsgefühle helfen nicht weiter.

Vielleicht müssen wir die Seele eines Volkes ganz neu entdecken, dachte Franz. Ganz neu spüren, was das bedeutet: russisch, polnisch, italienisch, deutsch etc. Ganz neu erfassen!

Die Göttin sieht in jedem Land anders aus. Sie hat ein russisches Gesicht, oder eben ein deutsches. Es ist gut so, dass es so ist. Die Natur ist nicht allgemein und abstrakt, sie ist immer konkret. Sie hat überall ihr besonderes Gesicht!

Maria würde, das musste Franz erkennen, immer die jüdische Mutter von Jesus bleiben. All die Versuche über die Jahrhunderte, sie zu einer universellen Mutter des Seins zu machen, sind aus seiner Sicht gescheitert. Sie würde immer die untergeordnete Frau, immer die „Magd" bleiben. Das war und ist im System so angelegt und gewollt.

Seine Deutungen interessierten nicht, das musste Franz im Laufe der Jahre erfahren. Man wollte darüber auch gar nicht sprechen.

Wie könnte eine deutsche Göttin aussehen?

Können wir sie uns als Wesen mit menschlichem Aussehen vorstellen?

Die Erde, die Natur, das Meer – das bleibt immer zu abstrakt. Wenn wir Gemälde wie die von Bouguereau betrachten, dann sprechen sie uns deshalb an, weil wir uns selbst in den menschlichen Figuren erkennen und damit identifizieren können. Darüberhinaus drücken sie geistig-seelische Qualitäten aus, die universelle Bedeutung haben.

Damals, als er Maria verstehen wollte, in ihrer tiefenpsychologischen, teifenreligiösen Bedeutung, fand er neue, ungeahnte Deutungen. Diese Deutungen waren nicht hinfällig, schon gar nicht falsch. Sie waren, so sah er es, immer noch gültig und richtig. Aber heute suchte er nach einer Sicht, die ihre Wurzeln in seinem Land hatte. Das war etwas Neues, weil es bisher nicht vorhanden war.

Die Marienbilder und Marienstatuen waren aus früheren Jahrhunderten. Kunstwerke der Vergangenheit. In den letzten hundert Jahren ist nichts Bedeutsames hinzugekommen. Maria war kein Thema mehr. Die Mutter war kein Thema mehr. Die Versuche, das zu ändern, hatten keine nachhaltige Wirkungen. Heute wird das eher belächelt oder verachtet. Man bewunderte Technik. Flugzeuge, Panzer, Autos, Waschmaschinen, Raketen, Kaffeemaschinen, Staubsauger, Computer. Jetzt sind es die Digitalisierung und die künstliche Intelligenz. Wie großartig, wie natürlich, wie menschlich!, sagte der Zyniker im Inneren von Franz.

Was konnte es jetzt geben?

Was konnte man entwickeln?

Frigga, Freya und Hel waren drei germanische Göttinnen, die für drei Aspekte stehen konnten. Für die drei Aspekte der roten Mutter, der weißen Jungfrau und der schwarzen Frau des Wandels und Todes. Konnte man sie reaktivieren? Konnte man sie neu verehren? Sie waren frei und unabhängig, keinem Herrn untertan. Sie waren selbständig.

Eine deutsche Göttin, da graust es so manchen Leuten bereits.

Eine griechische Göttin, Athene, Aphrodite, Demeter, die kannte der Bildungsbürger, das war normal. Die deutschen Dichter liebten die griechische Mythologie, schrieben ihre Gedichte und Dramen, allen voran Hölderlin, der deutsche Grieche aus Nürtingen.

Aber wir sind keine Griechen, keine Römer und unser Volk heißt nicht „Israel", auch wenn es manche vielleicht gerne so hätten oder sich damit innerlich identifizieren.

Die Deutschen scheinen sich gerne mit anderen zu identifizieren, mit Griechen, Römern, Juden, Indianern, Amerikanern, Japanern etc. Was ist das für ein Identitätsproblem?, fragte sich Franz. Er kannte eine Frau, die sich indianisch kleidete und sich als Indianerin in Germany fühlte. Er kannte jemanden, der sich mit Japan identifizierte und seinen Garten japanisch gestaltete. In seiner Jugend wollten viele amerikanisch sein, auch wenn sie später gegen den Vietnamkrieg waren.

Kann man im spirituellen Bereich etwas Neues entwickeln? Oder geht das nur in Technik und Wissenschaft?

Die Anhänger einer allgemein anerkannten Religion sind meist zu fixiert auf ihre Deutungen und Erklärungen. Davon können und wollen sie gar nicht lassen. Sie haben das irgendwann so festgelegt, jetzt soll es so bleiben, bis in alle Ewigkeit. Die Christen sehen ihre Wurzel tief in der Vergangenheit. Es ist eine jüdische Wurzel. Sie heißt Abraham. Sie heißt Moses. Das ist für sie wichtiger als Jesus, und Maria ist nur eine Ergänzung in einer männerdominierten Religion und Kirche.

Vor zwölf Jahren hatte Franz ein anderes Gefühl als heute. Er musste erkennen, dass das patriarchalische Denken am Ende doch alles beherrschte.

Auch die Geschichte war für ihn wieder in den Vordergrund gerückt. Die Geschichte war eine von Mord, Missbrauch und Unterdrückung. Gleich nachdem der römische Kaiser 380 das Christentum zur Staatsreligion erklärt hatte, ging es los. Die Tempel der anderen wurden zerstört. Rücksichtslos und brutal. Z.B. wurden im Südwesten von Deutschland Mitras-Tempel zerstört. Archäologen haben sie rekonstruiert, neu aufgebaut. Heidnischer Glaube wurde radikal abgelehnt und unter Strafe gestellt.

Patriarchalisches Denken ist eine faule Wurzel. Seine Religion für die einzig richtige und wahre zu erklären und andere zu diffamieren und zu zerstören, ist ebenfalls eine faule Wurzel.

Wie kann auf einer faulen Wurzel ein großer, starker Baum wachsen?

Jahrelang hatte sich Franz mit der brutalen Kirchengeschichte nicht befasst, sie eher als Vergangenheit zur Seite geschoben oder verdrängt. Die vielen Missbrauchsgeschichten, die Verharmlosungen, die Heucheleien haben ihm das wahre Gesicht gezeigt.

Nein, die gütige Maria war nicht wirklich wichtig.

Sie war eher nur ein Manipulationstricks, um die Menschen an sich zu binden. Maria war und ist gütig, die Kirche war und ist es nicht. Sie ist und bleibt ein Machtapparat. Sie will auch vor allem das sein.

Jetzt wollen die Frauen das Priesteramt für sich erstreiten. Aus der Sicht von Franz sprach gar nichts dagegen. Aber wichtiger und zentraler ist es, die patriarchalische Wurzel zu beseitigen. Wir bräuchten eine andere Wurzel, die nicht einseitig ein Geschlecht betont, die nicht unterdrückt, nichts ausgrenzt, dachte Franz.

Eine deutsche Göttin, wie könnte sie aussehen?

Wie die Germania oder die Bavaria in München, die er damals mit Waltraud besucht hatte? Wie die Frankenmadonna in Vierzehnheiligen oder die Madonna in Wargolshausen?

Es waren sanfte, stille Göttinnen, die er damals gefunden hatte, von Marienborn bis Mittenwald. Sie drückten etwas aus, was die offizielle Theologie gar nicht „auf dem Schirm" hatte. Das Wahre kommt eben doch ans Licht, auch wenn man es zu unterdrücken versucht. Gegen die eigentlichen

179

Bedürfnisse kommt man nicht an. Sie sind nun einmal da.

Die Sehnsucht nach einer *liebevollen Göttin*, einer Mutter des Himmels, einer Königin des Himmels, ist und bleibt vorhanden, egal, was irgendwelche Machthaber oder Theologen von sich geben mögen. Das, woran Menschen eigentlich glauben, bleibt ihre persönliche Angelegenheit. Sie können damit im vollen Gegensatz zum herrschenden Denken stehen.

Maria wird immer das Bild des liebevollen Schutzes bleiben. Es mag nur ein Traum sein in einer von Gewalt und Brutalität geprägten Welt und Existenz, denn auch die Natur kann leider brutal und gnadenlos sein. Maria bleibt ein Gegenentwurf! Ein schöner, ein edler, ein reiner!

Der Traum von einer jenseitigen Welt ist gut und richtig, dachte Franz. Besonders in einer Zeit der Krisen, von Corona bis zur Klimakatastrophe. Alles muss und wird sich wandeln.

Aber ganz egal, wie sich die Welt entwickelt, seinen heiligen Traum muss man sich bewahren, das ist man sich und seiner Seele schuldig.

Maria ist eine Göttin des liebevollen Schutzes und der Güte.

Sie wird es bleiben.

Frankenmadonna, Vierzehnheiligen. Thema: Schönheit und Vollendung.

Literaturverzeichnis:

1. Badde, Paul: Maria von Guadalupe: Wie das Erscheinen der Jungfrau Weltgeschichte schrieb. München 2005
2. Dimde, Manfred: Die Heilkraft der Kirchen. Die geheimnisvollen Kräfte sakraler Stätten. München 2001
3. Fredriksson, Marianne: Maria Magdalena. Frankfurt am Main 2006
4. Fuchs, Gabriele von: Maria Magdalena. Das ewige Rätsel. Wer war die Frau an Jesu Seite ? München 2007
5. Geiseler, Kerstin: Maria – die irdische Frau. Graz 2000
6. Gyger, Pia: Maria – Tochter der Erde, Königin des Alls. Vision der neuen Schöpfung. München 2002
7. Romankiewicz, Brigitte: Die schwarze Madonna, Hintergründe einer Symbolgestalt. Düsseldorf 2004
8. Grün, Anselm: Bilder von Maria. Erlöster Mensch, Mütterlicher Gott, Urbild des Glaubens. Stuttgart 2006
9. Grün, Anselm und Reitz,Petra: Marienfeste, Wegweiser zum Leben. Münsterschwarzach 2006
10. Haag, Herbert und andere: Maria. Die Gottesmutter in Glauben, Brauchtum und Kunst. Freiburg 2004
11. Harrer, Karl Maria: Die schönsten Mariengeschichten, Jestetten 2000
12. Kempen, Thomas von: Nachfolge Mariens. St.Ottlien 2006
13. Leloup, Jean-Yves: Das Evangelium der Maria. Die weibliche Stimme des Urchristentums. München 2004
14. Mutter Gottes, wir rufen zu Dir ! : Mariendarstellungen in Unterfranken. Dettelbach 2004
15. Posener, Alan: Maria. Hamburg 2001
16. Rinser, Luise: Mirjam. Frankfurt am Main 1987
17. Treutlein, Josef; Martin, Johannes: Fränkischer Marienweg. Marienwallfahrtsorte und Gnadenstätten in Unterfranken. Dettelbach 2004
18. Werfel, Franz: Das Lied von Bernadette. Frankfurt 1991

Die beiden Werke Nr. 6 und Nr. 7 bieten die meiner Ansicht nach besten Analysen und Deutungen der Figur der Maria. Beide Bücher halte ich für sehr empfehlenswert.

Fotonachweis:
Alle Fotos vom Autor.

Wolf E. Matzker, geb. 1951. Mystiker der Natur, Dichter und Künstler. Er hat sich schon immer für eine Weiterentwicklung der spirituellen Systeme eingesetzt. Dabei sind ihm die Würdigung der menschlichen Seele, die multidimensionale Entfaltung des Bewusstseins und vor allem die Wertschätzung der wilden Natur immer wichtig gewesen.

Werke der letzten Jahre:
Heimat und Spiritualität. Über Natur, Heimat und einen lokalen Schamanismus, 2017
Naturverehrung. Die heilige Natur bei Goethe und anderen deutschen Dichtern, 2017
Heilige Berge. Magie, Schönheit und Spiritualität der Berge und Felsen, 2017
Megalith und Schamanismus. Großsteingräber in Norddeutschland und naturverbundene Spiritualität, 2018
Wodans Adler. Gedichtsammlung, 2018
Meer und Traum. Das Meer im naturmystischen Weltbild, 2019
Die Heilige Heide. Magie und Spiritualität der Heide, 2019
Die deutsche Romantiker-Seele. Auf der Suche nach dem Wesen der deutschen Seele 2020
Sterbender Wald. Waldwege in Zeiten von Zerstörung und Neubeginn, 2020

Mehr auf der homepage: www.visionhill.de

Naturverbundene Marienrituale

- Der **Rosenkranz** ist an sich eine schöne Form der Meditation. Meiner Ansicht nach muss man nicht den ganzen Text herunterbeten, man kann seinen eigenen kreieren. Deshalb mein Tipp: Einen kreativen, neuen Weg suchen.
- **Gebete, Lieder und Chants** kann man überall verwenden, laut oder leise. Man kann sich an vorgegebene Modelle halten oder man kreiert aus wenigen Zeilen seinen eigenen Chant, den man dann öfter singt.
- Rituale für **Mutter Erde und/oder Mutter Maria**. An einem besonderen Platz (Quelle, Felsen, großer, alter Baum, Heiliger Hain etc.) in der Natur kann man Rituale für Mutter Erde und/oder für Mutter Maria durchführen. Man kann sich auf einen Aspekt von Mutter Erde/Maria konzentrieren, z.B. Schutz, Nahrung, Fürsorge, Reinheit.
- Wenn man keine Kirche in der Nähe hat, in der sich eine passende Marienfigur findet und wo man regelmäßig beten und meditieren kann, dann kann man sich in der eigenen Wohnung einen **Marienaltar** schaffen. Der Kreativität sind da keine Grenzen gesetzt. Es reichen auch ein Foto und eine Kerze.
- Beim Wandern in Feld, Wald und Wiesen kann man gut eine **marianische Achtsamkeitsübung** machen, indem man genau die zarten Blumen oder Tiere beobachtet, die Schmetterlinge, die Flockenblumen, das Johanniskraut und vieles mehr. Alles drückt Zärtlichkeit und Sanftheit aus, und diese können wir in uns selbst aktivieren.
- **Marienandacht**. Wenn möglich, kann man eine offizielle Marienandacht mitmachen. Andererseits kann man auch in diesem Fall seine eigene machen, im "Gotteslob" findet man genug Anregungen.
- **Meditation in Stille**. Einfach nur still und empfangsbereit sein, ohne große Erwartungen, das Göttliche bzw. Maria wirken und walten lassen. Wenn niemand in einer Kapelle oder einer Wallfahrtskirche ist, dann lässt sich das gut umsetzen.

Weiße Madonna, Marienborn bei Helmstedt. Thema: Quelle, Wasser.

Du heilende Quelle

Du heilende Quelle
du Wasser des Lichts

Du klärendes Wesen
der Sterne der Nacht

Du stärkende Erde
der uralten Welt

Du streichelnder Wind
des endlosen Raums

Du lächelnder Himmel
des hellblauen Lichts

Mater Dolorosa, Frauenkirche in München. Thema: Trauma, Schmerz, Leid und Überwindung des Leides.

188

Mater dolorosa

Du kennst die Schärfe des Schwertes

den blutenden Riss in der Seele

das leidende sterbende Herz

Du kennst den leeren toten Raum

in welchem verschwinden

all die Gedanken und Träume

Du kennst sie die Wüste

der trockenen toten Bäume

des Waldes der Kindheit

Du kennst sie die Kunst

zu schaffen aus Schmerzen

die heitere Seele des Lichts

Du kannst uns führen fort

von dieser Erde der Kriege

und ewigen Tode für nichts

Du kennst den wandelnden Weg

hinaus und hinauf

ins hellblaue Leuchten

Du führst uns und zeigst uns

das grünblaue Reich

der lächelnden Sonne

Weiß-goldene Madonna, Bürgersaalkirche in München. Thema: Königin des Himmels, Milch und Honig, goldenes Licht.

190

Die höhere Weisheit

Du heilige Löwenmadonna

bist der Sitz der Weisheit

Du kennst sie alle die Tugenden des Lebens

caritas und castitas – virginitas und humilitas

aber Du legst keinen Wert

auf all die vielen Begriffe

und die komplexen Systeme

all der Scholastiker

deine Weisheit ist die

des liebenden Herzens

ob Ost oder West ob Tara oder Maria

ob Fatima oder Guadalupe, ob Sophia oder Pieta

ob Mater oder Madonna, ob Immaculata oder Panhagia

alles nur Namen nur Rufe

um Dich zu finden

dort oben im Himmel

dort oben im lichten Raum

Deine stille sanfte Weisheit

die Du bist die Du lebst

aus dem ganzen Sein

dem tiefen dem heiligen

Kreatives Ritual im Flusstal mit einer kleinen Figur der *Schwarzen Madonna* (Altötting). Thema: Erdverbundenheit, Kraft und Wandlung.

Maria sein

Ich muß Maria sein und Gott aus mir gebären,
soll er mich ewiglich der Seligkeit gewähren.
Angelus Silesius

die alten Schmerzen, die alte Wirrnis im Herzen
all das Leid, den Streit vergessen und verwehen lassen

all die Schmerzen der leidenden Menschen
der Sklaven und Unterdrückten, das ganze Leid der Menschheit

bei ihr sein und in ihr sein, in ihrem heilenden Licht
in ihrem blauen Herzen, ihrer liebenden Weisheit

eine neue Welt sein, eine Welt des Lichts
der offenen liebenden Herzen, und des weiten klaren Geistes

ganz anders sein und werden, als Kind des Lichtes neu geboren
in ihrer Sonne wachsend und blühend wunderbar

Kinder Marias sein, Kinder der Erde
der Bäume, der Berge und der klaren Flüsse
Kinder der heilenden Sonne

Die Madonna in Münsterschwarzach erinnert an eine *germanische Göttin*.

194

Die Madonna von Wargolshausen erinnert an eine *keltische Göttin*.

195

Meeresstern – Katholische Kirche Insel Wangerooge.
Der Traum von einer kosmischen Königin des Himmels.

196

Archaischer Altar für Maria und die *Göttin* (Lübbensteine bei Helmstedt)
Kleine Gnadenmadonna aus Alabaster vor einem Felsenloch.

Lourdes-Madonna, Mittenwald. Thema: Ur-Quelle des Lebens, die Heilige Mutter der Natur, die Seele.

198

Die *Weiße Madonna* (Marienborn). Die Harmonie des Geistigen und der grünen Natur des Waldes.

199